特雷庇姑娘

The Brief Stories of Paul Heyse

[德] 保尔·海泽 ◎ 著

江月 ◎ 译

天津出版传媒集团

天津人民出版社

图书在版编目（CIP）数据

特雷庇姑娘/（德）保尔·海泽著；江月译
. — 天津：天津人民出版社，2018.6（2019.4重印）
ISBN 978-7-201-13536-6

Ⅰ.①特… Ⅱ.①保… ②江… Ⅲ.①中篇小说—小
说集—德国—近代 ②短篇小说—小说集—德国—近代
Ⅳ.①I516.44

中国版本图书馆CIP数据核字（2018）第110223号

特雷庇姑娘
TELEIBI GUNIANG

出 版	天津人民出版社	
出版人	刘 庆	
地 址	天津市和平区西康路35号康岳大厦	
邮政编码	300051	
邮购电话	（022）23332469	
网 址	http://www.tjrmcbs.com	
电子邮箱	tjrmcbs@126.com	

责任编辑	陈 烨
特约编辑	李 羚
策划编辑	张 历
装帧设计	平 平

制版印刷	天津旭非印刷有限公司
经 销	新华书店
开 本	880×1230毫米 1/32
印 张	8.75
字 数	140千字
版次印次	2018年6月第1版 2019年4月第2次印刷
定 价	36.00元

目　录

特雷庇姑娘

特雷庇是一座牧羊人居住的孤寂小村庄，位于亚平宁山脉从托斯卡纳和南面的教皇国[①]之间穿过的那段高原上。向上通往那里的道路均是羊肠小道，车辆无法行驶。为了翻过这座山，邮车和出租马车不得不兜一个大圈，选择走往南几公里外的公路。去特雷庇的人只是那些不得不和牧羊人做交易的农民，当然白天的时候偶尔也会有个把儿画家或不喜欢走公路的徒步旅行者。不过到了夜间，这个荒村就成了赶着马队的走私客经常歇脚之地，要知道，这些人走的是一些别的人全不知道的更加崎岖的山路。

此刻不过是刚到十月中旬，从前在这一季节，这里高原的夜晚还相当明净。不过今天，因为全天烈日暴晒，一片片轻雾就从峡谷中慢慢升起，向雄伟的没有树木的山冈缓缓铺散开来。差不多九点多钟，那些零零落落的矮小的石头房子里的灯火早已黯淡。白天，守在这些房里看家

---

① 在1870年实现统一之前，意大利还是由许多分裂的小国家构成。其中，在罗马教廷统治下的教皇国（Kirchenstaat）就是一个。

的仅是一些衰老的妇女和幼弱的儿童。

此刻，所有的牧人及其家人均睡在那一处处上面吊着大锅的火塘周围，就连狗也在热灰中熟睡着，甚至将四肢伸展开来。或许仅余一个毫无睡意的老奶奶独坐在一堆老羊皮上，机械地摆弄着纺锤，嘴里发出喃喃的祈祷声，不时还轻轻地摇着旁边摇篮中睡得不安稳的婴儿。潮湿而略带秋意的夜风由拳头大的墙缝中吹进来，让将要熄灭的火塘再次冒出浓烟，同时将外面的雾气逼回房中，使之飘浮在屋顶上空。老奶奶似乎早已对这一切习以为常。接下来，甚至她也半闭着眼睛打起瞌睡来。唉，还是能睡一会儿就睡一会儿吧。

只有一所房子里还有人在走动。跟其他房子一样，这所房子也只有一楼一底。独特之处在于它的石头砌得更整齐，房门更高大，除了四方形的正屋，还有几间棚子和小房，前者是专门用于堆放杂物的，后者看样子是后来添盖的。当然了，还有几个马厩和看上去相当讲究的烤饼灶。一群驮着货物的马匹正站在房门前，一个小伙子正想将那些已经吃得光光的料槽搬走。

此时，六七个全副武装的壮汉从屋里走出，夜雾很快将他们包围。这些人急急忙忙地动手整理着马具。一条看上去老迈不堪的狗躺在大房门旁边，看到那伙人离开，它也不过只是将尾巴轻轻地摇了两摇。接着，它动作吃力地从地上爬起来，慢慢地晃进屋去，而屋里，炉火正在熊熊地燃烧。它的女主人正坐在炉旁，脸朝着火，两臂垂在腿边，高大的身躯一动不动，睡得正熟。当老狗用嘴去轻轻舔她的手时，这位女主人才一下子转过头来，如同大梦初醒一般。她说："富科[①]，我可怜的畜生，快去睡吧，你生病啦！"老狗汪汪叫着，以表达对她的感激之情，顺便还摇了摇尾巴。接着，它就爬到火炉旁的一张老羊皮上，一边咳嗽着，一边呜咽着，躺下去睡了。

这期间又先后进来几个伙计，他们围坐到一张大桌子旁边，端起了刚才离开的走私客们用过的碗碟。一个老女仆将他们的碗用从大锅里舀出来的玉米粥装满，然后自己也坐到桌前，用调羹吃起粥来。众人沉默地吃着饭，室内仅听到火焰在毕毕剥剥地爆响，以及老狗在睡梦中发出的沙哑的呻吟声。一个神色严肃的姑娘端坐在炉台旁的石板上，一个老女仆特地为她端来一小碗玉米粥，而姑娘却连碰也不碰，只是用目光扫视着室内，脸上是一副若有所失的神情。当下，门外的雾气已浓，变成了一道挡在面前的白墙。与此同时，半个月亮缓缓地从山峰背后升起。

就在这时，猛然之间从山下的大路上传来马蹄声和人的脚步声。年轻的女主人以一种平静的提醒的声调喊着："彼得罗！"一个瘦长的小伙子一边回应着，一边从桌旁站起来，转眼就消失在雾幕后面。

---

① 狗的名字，意大利文，意思是"火焰"。

如今，伴随着杂沓的脚步声和说话声的变近，那匹马最终停在了门前。又过了一会儿，三个男子出现在门口。他们和人们打了个招呼就走进房中。于是彼得罗凑到姑娘身边，她此时正漫不经心地盯着火焰。他对她说："是从波雷塔来的俩伙计，没带货，打算送一位先生去山那边，他的护照有问题。"

"尼娜！"伴随着坐在火炉前姑娘的叫声，老女仆起身来到她跟前。

"姑娘，他们除了要吃的，"小伙子继续汇报着，"他们还问，这位先生是否可以在这里住一夜。他想天亮前再出发。"

"那就给他在外面的小房里铺一个草铺吧。"姑娘吩咐着，彼得罗点点头，回到了桌旁。

三个人随即也坐了下来，伙计们并没有把他们放在心上。这三个人中，两个是走私客。这二人全副武装，上衣随便地披在肩上，帽檐压得低低的。不过，他们俨然老相识一样，冲着大家点头致意。另一个是他们护送的人，于是这二人将一个宽大的座位让给了那个被护送的人，随后就做餐前祈祷，接着就开始吃起来。

他开口问："小姐，您这儿有酒吗？"他的话刚一出口，姑娘就如同被闪电惊吓到了一样，一下子跳起来，直愣愣地站在火炉边，双手撑在石板上以支持自己的身体。而那只睡着了的狗也马上蹦了起来，一阵野性的猗猗声从它那气喘吁吁的胸腔里迸发出来。陌生人一下子就发现自己面对着四只闪闪发光的眼睛。

"小姐，是不是我不能问您这儿是否有酒？"他紧接着又问了一句。不过没等他说完最后一个字，那条狗已经莫名其妙地发起怒来，不停地吠叫着向他扑来，并用尖利的牙齿撕掉了他披在肩上的斗篷，眼看着它又要再次扑上去，"回来，富科，回来！安静一下，安静一下！"女主人发出了严厉的叫声，将其喝止住了。

于是这条狗就站在屋子当中，用尾巴猛烈地抽打着自己的身子，双眼直勾勾地看着那位不速之客。"彼得罗，把它关进圈里去！"仍旧身子挺直地站在火炉边的姑娘低声命令着。当她发现彼得罗略有些犹豫，就再次重复了自己的命令。要知道，数年来，炉子旁边一直是这条老狗夜里的睡眠之地。伙计们低声交流起来。老狗富科不情愿地被牵走了，因为屋外不断地传来它可怕的吠声和呜咽声，直至它好像精疲力竭了，那声音才慢慢地低沉下去。

在此期间，姑娘已经向女仆示意，让她取来了酒。陌生人一边一个人饮着酒，一边将酒杯递给了护送他的两个走私客。他感到特别纳闷的是，自己如此简单的话语怎么会引起那么巨大的骚动呢。紧接着，伙伴们一个个就餐完毕，放下调羹，向姑娘道晚安后就走出了房间。最终，只有三位来客、女主人和她的老女仆还留在房间里。

一个走私客低声对陌生人说："如果等到太阳出来，要四点钟。倘若想准时赶到皮斯托亚，先生您无须起得太早。再说咱们的马也必须休息六个小时才能动身。"

"好的，朋友。你们去歇着吧。"

"我们会来叫您的，先生。"

"那当然好。"陌生人答道，"尽管圣母知道，我的睡眠时间一般不会达到六个小时。晚安，卡尔洛。晚安，比乔师傅。"

那两个人恭敬地提了提头上的帽子向他致意，随后也离开了桌旁。其中一个人走到火炉边，对姑娘说："姑娘，在波洛尼亚的康斯坦佐让我代他向您问好，他上周将自己的刀弄丢了，托我向您打听一下是否忘在了您这儿。"

"没有。"姑娘不耐烦地回应了一声。

"可不，我也是这样回答他的，倘若刀在您这儿，您一早就让人给他送去啦。再说——"

"尼娜！"姑娘打断他的话，"倘若他们忘记了的话，将上小房去的路再告诉他们一次。"

女仆尼娜随之站起身来。那位走私客偷偷地挤了挤眼睛，战战兢兢地说："姑娘，我就是想再说一句，倘若您能给这位先生提供一张比我们睡得更软的床铺，他会愿意付出更高的费用的。我就是想说这些，姑娘。

愿圣母保佑您一夜安宁，Signora①费妮婕！"

他一边说着，一边走向自己的伙伴，二人一起对屋角里的圣像致敬，画了个十字，就随着女仆走向外面。"晚安，尼娜！"姑娘高声说着。那个到了门口的老女仆转过身来，做了一个表示疑问的手势，随后就顺从地将房门带上离开了。

房间里于是就剩下陌生人和姑娘费妮婕二人，费妮婕立刻将火炉边上的一盏铜灯台抓起来，匆忙地点上灯。炉火慢慢熄灭了，那盏灯的灯台上的三股红色火苗不过能将宽大房间的一小部分照亮。好像是黑夜对陌生人起着催眠作用，于是此人坐在桌旁，将胳膊交叠，把头枕在上面睡着了，他的身体被斗篷紧紧地包裹着，看样子他打算就这样过夜。突然，他听到有人在叫自己的名字，于是抬起头来。很快，面前桌上的灯光明亮起来，年轻的女主人就站在他对面，而刚才就是她在叫他的名字。姑娘的目光与他的目光相遇时，表现出一股咄咄逼人的威力。

"菲利浦，"她说，"您忘记我了吗？"

陌生人菲利浦长时间地打量着费妮婕美丽的脸庞，他发现，这张脸变得通红，原因除了桌上的灯光的映照，还有着她期待得到答案的紧张情绪。可以说，这张脸庞是值得回忆的啊。费妮婕那长而柔软的睫毛缓

_____

① 意大利语"夫人"或"小姐"的意思。

缓地颤动着，这让她的额头和高高的鼻梁显得柔和了许多。她的嘴唇红艳艳的，充满着青春的魅力，而仅在沉默无言的时候，这张嘴才会表现出烦闷、痛苦和粗野的表情，就如同她那对黑眼睛里的神情一样。此刻，她就站在桌子前，这让她身材的粗犷美更加突出，尤其是后颈与脖子更加迷人。不过，在思考了好一会儿之后，菲利浦还是回答道：

"我真的不认识您，小姐！"

"这不可能。"她用相当确信、特别低沉的声调说，"您有整整七年的时间可以将我记住。这时间真是漫长，漫长到可以让一个人将另一个人的模样牢记心中。"

如此离奇的话，好像马上就将陌生人菲利浦的疑虑打消了。"是的，姑娘，"他说，"倘若一个人在七年中不做其他别的事，只想着一个美丽少女的模样的话，那么他临了儿肯定可以闭着眼睛就想出她来啦。"

"没错，"姑娘沉吟着说，"就是这样，当初您也正是这样讲的，您说自己其他任何事情都不愿想。"

"七年前？可七年前我还是一个浪子啊。难不成你将这一切当真了吗？"

她相当严肃地连续点了三下头："我没理由不该当真呀。我可是从自己的亲身经历中认识到，您当初没错。"

"姑娘，"他让自己刚毅的面容变得好看些，然后配合着和蔼的表情说，"我为此感到遗憾。七年前，我或许还认为天下所有的女子都清楚，男人的甜言蜜语就如同赌博的筹码一般，其本身是没一点儿价值的，尽管有时在双方商量好了的情况下，也可以值上几枚响当当的金元。七年前，我将全部的心思都放在了女人身上！不过现在，实话实说，我几乎从不想到你们。可爱的姑娘，我有太多重要的事情要想。"

她沉默着，似乎听不明白对方的话，仅仅静静地等着，等他说出与自己真正有关的话来。

"不错，我现在慢慢想起来了，"他思考了一下，然后说，"我的确曾经来过这一带山区。如果没起雾，我或许可以很早前就认出这个山村和这所房子来。没错，没错，那的确是在七年前，当时我听大夫的话到山里来走走，我就如同一个傻瓜一样，跑遍了最险峻崎岖的小道。"

"这我知道，"姑娘说，一丝动人的微笑从她的嘴唇上掠过，"我对这一切清楚得很，您根本不可能忘记啊。就连老狗富科也不曾将你忘记，不曾将对您旧日的仇恨忘记——还有我也不曾忘记——我从前的爱情。"

姑娘将这番话说得那么坚定，那么坦然。他仰望着她，表情变得越来越惊讶。"我现在想起了一个姑娘，"他说，"我与她在亚平宁高原上相遇，我跟随她到了她的父母家里。倘若没有她，我那回就会在巉岩峭壁上过夜了。我还记得，我当时相当爱她——"

"没错，"她将他的话语打断，"相当爱！"

"不过姑娘不爱我。我和她交谈了那么长的时间，她回应的语句加在一起也不超过十句。最后，我打算亲吻她那阴郁的小嘴儿，为的是将她那沉睡的热情唤起——不过她一下子就从我的身旁跳开，还从地上拾起一块石头，几乎把我砸死，我现在还记得她当时的模样。倘若你就是那个姑娘的话，你又怎么能说我是你那旧日的爱人呢？"

"我那时不过十五岁，菲利浦，且相当害羞。我性子犟，又习惯于一个人待着，不清楚如何正确地表达自己的感情。再说，我还相当畏惧我的父母，他们那时还健在，这您应该清楚。我的父亲拥有相当多的牧人和羊群，还包括这个酒店。从那之后情况也依旧，不同的是他不再管事了——希望他的灵魂已升入天堂！而我在我的母亲面前则相当害羞。您理该记得，当时您恰好就坐在这个位子上，还对我们从皮斯托亚买来的酒连连夸个不停。除此之外，我再也没听到什么，因为我的母亲盯我盯得相当紧，我不得不走出房去，躲在窗子背后偷偷地看您。您当时比现在年轻些，态度也相当自然，不过并不比如今的你更美。您这双眼睛还是和当年一样，当年您想用它们讨哪个姑娘的欢心，就可以讨得对方的欢心。您说话的嗓音如今还是那么低沉，这也难怪老狗一听你的声音就嫉妒得发狂，可怜的畜生！直到如今，我也爱它。但它明显可以感受到我更爱您，它是如此清楚这一点，甚至远胜您本人啊。

"是的，"他说，"那天晚上它就如同发疯一般。那可真是一个奇妙的晚上呐！我的确被你迷住了，费妮婕。我清楚地记得，我始终心神不安地等待着你，你却不愿意回到房里，无奈之下我只好出去找你。我发现你的白头巾一晃，不过转眼就消失了，你立刻就躲进马厩旁的小屋里去啦。"

"菲利浦，那里是我的卧室。您是不可以进去的。"

"不过当时我真的想进去。我如今还记得，我长时间地站在门口，一边敲打着门，一边求你，可以说求了又求。我真是一个坏小子，我当时甚至想，倘若我无法再见到你，我的脑袋就要炸开啦。"

"脑袋吗？不，是心——您当时说的是心。我如今还清楚地记得它们，您说的每一个字我都记在心上！"

"不过你当时却假装没听见。"

"当时我难过得要命。我躲在屋角里，心想倘若自己可以鼓起勇气溜到门边来，将嘴对着您讲话的地方，就算是透过门缝感受到您的一点呼吸也好啊。"

"真是一对儿痴情的年轻人！倘若不是您母亲出来了的话，我仍旧会等在那儿，您没准儿也就会将门打开了。如今我想起来还为自己害臊，我离开你时的确怒气冲天，后来做了一夜的梦，梦中全是你的影子。"

"我却始终坐在黑暗中，通宵未眠，"她说，"直到天快亮，我才打了一个盹儿，然后跳起来时才发现太阳已经升得老高——不过您那时在什么地方呢？我的这个问题没人愿意回答，而我又不方便问。那一阵子我恨每个人，就像您是被他们杀死了，所以我无法再见到您一样。我每天坐立不安，在山上乱跑，时而不停地呼唤着您的名字，时而不停地诅咒您。要知道就是因为您，我从那之后就不再爱任何人了呀。最后，我跑下山去，不过在那里我又害怕起来，不得不往回走。我整整离家出走两天，回来后还挨了父亲的一顿揍。母亲也不愿意理我了，她知道我离家出走的原因。唯一陪着我的就是我那小狗富科，不过每当我在寂寞中呼唤您的名字时，它就会汪汪地叫。"

现在两人都沉默下来，不过却互相盯着对方。后来，菲利浦又开口说："你的父母亲去世多长时间啦？"

"三年了。他俩死在同一个礼拜——希望他们的灵魂已经升上天堂！随后，我就去了佛罗伦萨。"

"去佛罗伦萨？"

"是的。您不是说自己是佛罗伦萨人吗？我到佛罗伦萨后就住在城外圣米尼亚多教堂附近的一家咖啡馆里，我在几个走私客的介绍下，认识了那里的老板娘。随后我在她家住了一个月，每天都请她进城帮我打听您的下落。我自己也在傍晚去城里找您。最终，我才打听到您早已经离开，没人知道您去了哪里。"

菲利浦站起身来，在室中来回踱步。费妮婕转过脸来，双眼始终紧盯着他，不过一点也没流露出像他那样坐立不安的情绪。最终，他走到她面前，将她端详了一会儿，然后问："不过，你向我表白这一切有什么用呢，姑娘？"

"我用了七年的时间让自己鼓起勇气。唉，倘若当初我就向您承认我爱您，我就不会如此不幸。我真怯懦啊！不过，菲利浦，我清楚您必定会故地重游，只不过我没想到时间会这么长，真等得我好苦啊。——我的话听上去是够孩子气的。不过，事情已经过去了，还想它干什么呢？菲利浦，如今您总算来到我的身边啦，从此之后，我就是您的了，永远永远是您的了！——"

"亲爱的姑娘！"他柔声说，不过随即又将已到舌尖上的话咽了下去。姑娘却不曾感觉到，他忧思重重且沉默着站在她面前，目光越过她头顶，盯着对面的墙壁出神了好久。她断断续续地诉说着一切，好像要讲的内容她早已背熟了一样，好像她私下已想象过上千次二人见面的情景。他必定会来的，到时就可以把这些内容讲给他听。

"我从佛罗伦萨回来后，这儿的山上已经有相当多的人来向我提过亲，不过我一定要嫁给您。每当有谁来请求我，对我甜言蜜语时，我就好像听到了您的声音，听见您那天晚上对我讲的话，这些话比世间一切情话都更甜蜜。最近两年，人家就不再来纠缠我了，虽然我还没老，还和过去一样美丽。不过他们似乎清楚，您很快就要来啦。"——接着，她又说，"您打算带我去什么地方呢？您愿意留在山上吗？不，这里不适合您。自从我去过佛罗伦萨，我就知道了这山里的生活是多么可悲。我们可以将房子和羊群卖掉，这样我就有钱了。我早就对这儿人的粗野腻烦啦。到了佛罗伦萨，您要教会我一个城里女人一定要会的一切，我理解任何东西都特别快哩。当然，我从前的时间不多，再说我做过的所有的梦都说，您将来还会和我在这座山上团聚。——我还专门为此请教过一位女巫，她说的一切现在全应验啦。"

"倘若我如今已经有了妻子呢？"

姑娘瞪大眼睛望着他："你这是在试探我，菲利浦！你没有妻子。我已经从女巫那里知道了。不过你住在什么地方，她却不知道。"

"你说得没错，费妮婕，我是没有妻子。不过那女巫，她，或者说你自己，又从什么地方知道我何时想娶妻呢？"

"你能说你不打算娶我吗？"姑娘带着异常坚定的自信，反问道。

"坐到我旁边来吧，费妮婕！我有太多的话想对你说啊。将手伸给我，答应我，你愿意耐心地听我将话讲完，我可怜的朋友！"——她却一点儿也不听他的，他不得不仍旧站在她跟前，心怦怦地跳，双眼悲哀地望着她。而她的眼睛呢，却忽而闭上，忽而睁开看着地面，似乎在臆测着与其生命攸关的某种事情。

"很多年前，我被迫逃出了佛罗伦萨，"他开始讲道，"你要知道，那里长期以来政局就动荡不定。我是一个律师，认识了相当多的人，全年要收写大堆的信件。再说我这个人个性较强，在必要的时候总是直言不讳，虽然我从不曾参与任何的密谋，但还是招致了当局的仇视。最后，我只得无奈地出走，不然就会无端地受到无休止的传讯，最终被投进监狱。我逃到了波洛尼亚，过起深居简出的生活来，除了处理诉讼业务外，我极少与人交往，尤其是妇女。要知道，我已经不再是七年前被你伤了心的那个轻浮少年啦，在我身上，再也没有留下少年时的任何痕迹，仅仅这个脑袋除外，或者像您说的，这颗心，它若是碰上任何无法克服的障碍，还是会极易炸开的啊。当然，今天于我而言，所谓障碍已并非一位漂亮姑娘的卧室门闩，而是一些其他的东西。——你或许听到了，最近在波洛尼亚也骚动起来啦。当局将相当多的头面人物逮捕了，其中就有我的一个朋友，不过我早就深知其行径，清楚他压根不曾有心思去管此类事情。他认为，那么搞不可能让一个坏政府变得好一些，就像你们的羊圈中爆发了瘟疫，关一头狼进去不会有任何效果。简单地说，我的朋友请我做他的辩护律师，以助其获得自由。这件事刚传出去，一天，我就在街上碰见了一个人，这个人对我百般辱骂。我无论如何也无法摆脱这个坏蛋，不得不将他推倒，因为这家伙喝醉了酒，没必要与其纠缠不清啊。我挤出人群，进了一家咖啡馆，没想到，我前脚刚进，他的一个亲戚后脚就追来了。这人没喝醉酒，不过却气急败坏，责怪我做事不体面，人家动口我却动起手来。我尽可能平静地与其对话，原因是我已经看出，这全是政府的安排，其目的就是除去我这个眼中钉。总之一句话，我的敌人的奸计得逞了。那人假装自己一定要去托斯卡纳（意大利二十个大区之一，位于意大利中部，首府是佛罗伦萨），硬逼着我到那边与他决斗。我同意了，这是由于作为一个深谋远虑的人，我当时恰好需要向那些头脑发热的朋友证明，我们对他们的行动持保留态度，并非因为缺少勇气，而纯粹是在一个居于巨大优势地位的政权面前，任何密谋活动都不存在成功的希望。不过当我前天去申请护照时，人家却拒绝发给我，甚至根本不屑于向我说明理由，仅说是奉了最高当局的命令。我明白过来，他们这是想逼我或者接受逃避决斗的羞辱，或者乔装偷越国境，然后又于半道上设下埋伏将我稳稳当当地拿获。如此一来，他们就具备了审判我的借口，就可以按照他们的意愿，将案子无限期地拖下去。"

"这群无耻的东西！这群亵渎神明的家伙！"姑娘将他的话打断，手握成了拳头。

"因此，在别无他法的情况下，我只好在波雷塔找上了走私客。据他们讲，我们明天一早就可以到达皮斯托亚①。决斗的时间是下午，地点是城外的一个花园。"

---

① 意大利中北部城市，位于亚平宁山脉南麓，东南距佛罗伦萨32千米。

突然，姑娘将他的手抓住。"别下山去，菲利浦，"她说，"他们打算将你杀死啊。"

"一定是这样的，他们想要的就是这个结果，姑娘。不过你又从何处知道的呢？"

"我从这儿看出来的——还有这儿！"她用指头分别点了点他的前额和心口。

"怎么，你也是个女巫，是个Stiaga①吗？"他微笑着继续说，"是的，姑娘，他们打算将我杀死。我的对手是托斯卡纳的神枪手。他们用这个好手儿来对付我，可真是瞧得起我哩。所以，我也不想让自己的脸面被抹黑。不过，没人知道这一切究竟能不能真实地进行，没人知道！除非有什么魔术，可以预卜真假。没办法啊，姑娘！事已至此，根本没办法挽回了！"

"你一定要将你脑子里的那个念头打消，"他沉默了一会儿，又说，"将你那愚蠢的旧日的爱情克制住吧。或许发生眼前这一切的原因就在于让我在离开人世之前来让你获得解脱，让你不再作茧自缚，被旧习惯的不幸的忠诚所束缚，可怜的姑娘。再说，你也看见了，我们俩如今或许极不相配啊。你所倾心的是另一个菲利浦，那是一个年少轻佻，想入非

---

① 意大利语：女巫。

非，除了忧愁爱情，别无其他忧愁的菲利浦。你不能对眼前这个思想怪诞，一心想着隐逸遁世的人心存指望。"

他来回踱着步，一半是自言自语地将最后几句话说完。然后，他来到她的面前，想将她的手拉住，没想到却被姑娘的模样给吓傻了。此时，她脸上原本温柔的表情消失不见，鲜红的嘴唇也变得苍白无色。"你根本不爱我！"姑娘用缓慢、低沉的语调说，好像说话的是另一个人一样，她屏住呼吸听着，好像想弄明白这句话的真正含义。

随后，她发出一声大叫，将他的手推开，差一点将桌子上的灯碰倒，与此同时，突然，那狗的咆哮声和挣扎声再次从外面传来。——"你不爱我，不，不，不！"她再次激动地喊道，"是不是你宁愿去送死，也不愿意投入我的怀抱？你七年后重归旧地，难道仅仅是为了与我告别吗？你竟然能在谈到自己的死时若无其事，似乎它代表的是我的死亡一样。倘若果真如此，那么我这双眼睛还不如瞎了，以免再看见你。我这双耳朵还不如聋了，以免再听到你那残忍的声音。听到它，我是生不如死呀。早知道你就是为了将我的心撕碎而来，我为什么不让那狗先将你撕碎呢？为什么你没有一失足，摔下深谷呢？伤心啊，太让人伤心了！圣母哟，请你看一看我此时的惨状吧！"

她扑倒在圣像前，将额头贴在地上，手伸向前方，似乎在祷告。菲利浦听着狗的吠叫声，其间夹杂着不幸的姑娘那喃喃祈祷和叹息之声。

此时，月亮已经高高升起，将屋里照得异常明亮。他正打算振作精神再解释一下，却突然感到姑娘用胳膊将自己的脖子搂住了，她的嘴唇凑到了自己的面前，滚滚热泪流到了自己的脸上。"菲利浦，不要去送死！"可怜的人儿哽咽着说，"如果你肯留在我身边，没人能找到你。随便他们喜欢讲什么就去讲好了，这些杀人凶手，这些阴险毒辣的恶棍，他们远比亚平宁山上的恶狼凶残啊。——没错，"她泪眼迷离地望着他说，"你就待在这儿吧，既然圣母将你送到我身边，那就是让我救你。菲利浦，我不清楚自己说了哪些气话，不过我这颗让我无法闭嘴的痉挛的心感觉到，我的这些话是气话。请你原谅我吧。我想说，那些认为爱情可以忘却，忠诚可以践踏的人应该下地狱。你想要一栋新房子吗？那么咱们就建好啦。你不喜欢被其他人打扰？那么就将他们全打发走，包括尼娜，还有那条狗。倘若你怕他们将来会将你出卖，那么咱俩就离开这里，今天就走，立刻就走。我认识每一条路，在太阳升起之前，我俩已经进入了谷底，朝着北方继续走啊，走啊，能一直走到热那亚，一直走到威尼斯，你想去什么地方就去什么地方。"

"够啦！"他严厉地说，"别再说这些傻话。你无法成为我的妻子，费妮婕。就算他们明天还未将我杀掉，我也活不了多长时间的，那是因为我清楚，我将他们的道挡住了。"说着，他温柔且坚定地将自己的脖子从她的臂弯中抽出。

"你看，姑娘，"他接着说，"现在这种情况就已经够不幸的了。我们绝无必要再采取这种冲动的行动，从而让自己变得更加不幸。或许，将来听见我的死讯时，你已经有了丈夫和一群美丽的孩子。看着他们，你就会暗自庆幸并感谢我这个死鬼今天晚上的理智，在第一次见面那天晚上他比你差远了。好啦，我要去睡觉啦，你也应该休息了，请你将一切安排好，以免我们明天再见面。我在路上听走私客们说你的名声极好。倘若明天咱俩再来个拥抱什么的，那么你就要招人非议了，是吧，姑娘？晚安，费妮婕，晚安！"

他一边说着，一边亲切地将手伸向她，不过姑娘根本不碰。月光下，她的脸色煞白，眉毛和低垂的睫毛显得更加阴郁。"你知道，就是因为七年前那个晚上我太过理智，"她悄声说，"我已经吃尽了苦头。现在倒好，现在他竟然又想让万恶的理智将不幸送给我，而且是永远的不幸。不，不，不！我坚决不会让他走——倘若他走了，去送了死，那以我就没脸见人了！"

"你听见我说的话了吗，姑娘？"他着急地将她的思考打断，"我说，我想去睡了，想一个人待着！你不要再胡言乱语，让自己病上加病了。难道你不曾感觉到，我的荣誉已经让我离开你，让你永远无法成为我的妻子了吗？我并非你怀里的娃娃，可以随你玩弄摆布啊。我已选定了自己的道路，而这条路不适合两个人走，因为太窄啦。请你告诉我，我应该在哪块羊皮上过夜，然后——我们两两相忘吧！"

"不，就算你将我撵走，将我打死，我也不会离开你！就算挡在我们中间的是死神，我也要用有力的胳膊将你拖过来。不管是死还是活，菲利浦，你都属于我！"

"闭嘴！"菲利浦大喝一声，额头一下子变得通红，他用双手将姑娘健壮的身体猛地推开，"闭嘴！咱们之间到此为止，永远地到此为止。你看你说的，似乎我是一个物件儿，任何一个人看见了，喜欢了，就可以据为己有吗？不过，我是一个人，要想占有我，那么一定是我心甘情愿的。你因为我吃了七年苦——难道你就在第八年有权让我鄙视自己吗？倘若你想讨我欢心，那么你的手段就太低劣了。七年前我爱你，是由于你还不是现在的样子。倘若你当初就一头扑到我怀里来，硬逼着我将心交给你，那么我也会和今天一样，硬对硬，根本不买你的账。现在咱们之间的账算清了，我这才知道，我当时是同情你，而不是爱你。我最后问一次：我的卧室在什么地方？"

他声色俱厉、斩钉截铁地讲完以上这段话，之后就沉默了。看得出来，他也对自己无奈地用这样的语调说话感到异常痛苦。尽管如此，他依旧沉默着，不过他暗暗惊讶，姑娘听了他的话并不像他所担心的那样激动。他原以为，她会马上悲痛欲绝，然后他就可以好言抚慰。没想到，姑娘漠然地从他身边走过，将一扇远离火炉的厚实的木板门打开，指了指门上的铁插销，又退到火炉边去了。

菲利浦走进门去，马上将插销插上。不过，他还是站在门后很长时间，偷听着姑娘在外屋的动静。结果什么声音也没有，整个院子里，除了狗的骚动声，厩舍中马的踢地声，以及野外刮散了残雾的风的呼啸声，再无他声。现在，皓月当空，菲利浦从被当作窗户的墙洞中拔掉一大丛干草，于是整个房间一下子就明亮起来。他这才发现，自己所处之地就是费妮婕的闺房。一张窄窄的整洁的床铺靠墙摆着，床边是一个没上锁的柜子，一张小几，一只矮凳。圣者像和圣母像贴满了房间的四壁，耶稣受难十字架挂在房门的一侧，十字架下是一个圣水钵。

此时，菲利浦激动地坐在硬邦邦的床铺上。他数次想抬脚往外走，想去告诉费妮婕，自己伤她心的原因，就是想将她的相思病治好。不过每次他都是用脚跺跺地，对自己这种软绵绵的感情格外不满意。"再没别的办法了啊，"他自言自语道，"唯有这一种方法，才能避免造更多的孽，受到更多的诅咒。七年啊，可怜的姑娘！"——小几上放着一把嵌着相当多的小金饰的大角梳，他机械地将它拿起，于是，姑娘浓密的发辫，以及发辫覆盖下的骄傲的脖子、饱满的额头、黝黑的脸庞出现在他的眼前。最后，他不得不将这件诱惑物丢进柜子里，那里面整整齐齐地放着洁净的衣裙、头巾，以及不同种类的小首饰。他慢慢地将柜门关上，走到墙洞前，向外探望。

这间卧室位于住宅的背面，因此他的视线并不受特雷庇村的其他房屋的阻挡，他可以纵览整个沟壑纵横的高原。他看到，对面，在峡谷背后，一座光秃秃的巨岩在月光下耸立着，此刻，月亮正悬在屋顶上方。他还看到，侧边有几间仓房，一条小路就从仓房旁边通下深谷。一棵枝丫光秃的孤孤单单的小松树长在岩石地上，除此而外，地上只有野草，以及随处可见的荆棘。——"在这样一个地方，"他暗忖道，"必然是无法忘怀自己的所爱呐。——我真想改变主意哩！没错，没错，总之，她的确是适合我的女人。她爱我，远胜梳妆打扮、游乐玩耍，以及花花公子们的窃窃私语。倘若我带着如此漂亮的一个妻子回家去，我的老妈肯定大吃一惊啊！我甚至无须重新布置住宅，原本那些空荡荡的房间凄凉冷清。不过于我这个郁郁寡欢的人而言，时而听见一个女人的笑声也很好——不过，愚蠢啊，菲利浦，愚蠢！你为什么要让这个可怜的女孩子去波洛尼亚当寡妇呢？不行，不行，绝对不行！千万别旧罪未赎，再添新罪啊！不行，我得提前一个小时将向导唤醒，趁特雷庇还不曾有人醒来时就悄悄上路。"

　　就在他正想从窗前离开，到床上去舒展因为长途骑马疲乏了的四肢时，他突然发现一个女人从房屋的阴影中走出来，来到月亮地里。她不曾回头，不过菲利浦相信那就是费妮婕。但见她迈着稳稳的大步，离开住宅，顺着通向深谷的小路走去。一时间，他的身上起了一阵鸡皮疙瘩，脑子里一闪：难道她是去自杀的？他下意识地冲到门边，用力去拔那插销。结果那生了锈的旧插销死卡住不放，就算他用尽全身的力气也无济于事。他的额头沁出一股冷汗，他大喊大叫，用拳头捶门，用脚踢门，那门还是纹丝不动。最后，他绝望了，重新奔到墙洞跟前。他发狂一样地推墙，眼看墙上的一块石头已经松动了，可是突然之间，他发现小路上出现了姑娘的身影，姑娘正向房子走来，手里攥着一样东西，不过月光下无法看清是什么东西。不过，他还是将她的脸看清了，那张脸上神色严肃，若有所思，不过并不激动。她根本连看也不看他的窗户，随即就消失在黑影里。

因为惊恐和劳累，他站在原地长喘着气。突然之间，一阵巨大的响声传来，这声音明显是属于那只老狗的，不过并非狂吠，也不是呜咽。他的心情因为这一谜团更加抑郁、不安，他将头探出墙洞，不过除去万籁俱寂的高原之夜，看不到任何东西。突然，那条狗发出一声短促尖厉的尖叫，随之而来的是一声惊心动魄的哀号，然后他无论怎样竖耳朵听，也听不到任何声音了。紧接着的一整夜，唯有外屋的房门被碰响过一次，以及费妮婕走在石头地上的脚步声。他长时间地站在插着的房门后面，最初是悄悄偷听，之后就发出询问和请求，恳求姑娘就算是只讲一句话也行——结果没有任何回音。最终，他不得不倒在床上，如同高烧的病人一样大睁着双眼胡思乱想，直至午夜后一小时，月亮开始沉落，他才因为极度疲倦不再胡思乱想，进入了梦乡。

一觉醒来，他看着仍旧朦朦胧胧的四周，定了定神，从床上爬起来，感觉此时天色已经并非如日出前的晦暝时分了。侧面墙缝中透进来的一线微弱的阳光照在他身上，他马上就发现，那个他临睡着之前还敞着的墙洞又被乱草堵得严严实实了。他把草掵出去，于是他的双眼马上被一束强烈的日光照射得睁不开了。菲利浦勃然大怒，一方面责怪走私客不曾来叫他，另一方面也怪自己睡得太死，不过最怪的却是姑娘，他断定一定是她设下了这个狡猾的圈套。他立刻奔到门边，结果这回插销一拔就开了，他走进了隔壁房间。

但见费妮婕一个人相当悠闲地坐在火炉旁，似乎已经等他很长时间了。她的脸上已经找不到昨晚的风暴。就算他用阴郁的目光盯视着她，她也不曾露出半点哀愁和克制的神情。

"是你想到的让我睡过头的方法，对吧？"他冲着她嚷道。

"没错，"她无动于衷地回答，"您困了嘛。反正您赶到皮斯托亚的时间还早，倘若您与那帮杀人犯碰头的时间是下午的话。"

"我没让你管我是不是困的事。你怎么还缠着我？这对于你没帮助，姑娘。我的向导在什么地方？"

"走啦。"

"走啦？你在骗我吧。他们在什么地方？傻瓜，是你将他们打发走的吧？他们还没拿到钱哩！"菲利浦一边说着，一边冲到门口，打算出去。

"我付给他们了。我还告诉他们，您需要睡眠，等您一醒来，我就亲自送您下山去。恰巧店里的酒没了，我也打算到离皮斯托亚一小时路程的地方去进货。"费妮婕静静地坐着，还是用漫不经心的调子说。

菲利浦被气得半天说不出话来。

"不，"他最终迸出一句，"我不用你送，我一辈子也不用你送！你这条狡猾的毒蛇！太可笑了，你还认为用几个诡计就可以将我缠住。今天咱们就一刀两断，这可比从前任何时候都要断得更彻底！我瞧不起你，你竟然将我当成一个愚蠢的窝囊废，认为凭几个小花招就可以将我征服。我才不用你领路哩！你把你的伙计派一个给我，给你——这是还你代付给走私客的钱。"

他将钱包扔给她，然后推开房门，准备自己找人当向导。

"别费神啦，"姑娘说，"你找不到任何人，伙计们全进山里去了。除此之外，您在特雷庇找不到可以为您带路的人了。余下的都是可怜的衰弱的老头儿、老太太和小孩子，本身还需要人照顾呐。倘若你不相信我的话——那你就自己瞧去呗！"

"再说，"她看见他气恼交加，进退两难地站在门槛上，背朝着她，于是接着往下讲，"您为什么觉得我不能替您带路？是不是还有什么危险？昨天夜里我做了很多梦，我从梦里知道，您的确不适合做我的丈夫。

没错，我是对您极有好感，所以倘若可以陪您聊几个小时，心里也是极其高兴的。是不是这样就算我暗算您？您已经获得自由了，可以永远离开我，想去什么地方就去什么地方，死活随便。我是这么安排的，我就是想再送你一程而已。我向您发誓，倘若如此做可以让您放心的话。我仅送您走一段路，绝对不会将您送到皮斯托亚。我仅将您送上大路。这是因为倘若您自己走去，没多久就会迷路，到时候就进退不得了。您上次进山来旅行遭遇的危险，想必还记着呢吧。"

"见鬼！"菲利浦嘟囔一声，随即咬住了嘴唇。此时他才发现，太阳已经升高了，于是几经斟酌，到底有所顾虑。不过，他想承认那最为可怕的事情。于是他向姑娘转过脸去，望着她那对大眼睛，感受着目光的安详，想从中证明她不曾撒谎。在他看来，与昨天相比，姑娘可谓判若两人。他在对此感到惊讶的同时，甚至还渗进了某种不满，因为他必须对自己说，她昨天的感情冲动和难过一夕之间消失得无影无踪了。他盯着她反复看了半天，却发现不了任何可疑之处。

"既然你已经理智多了，"他干巴巴地说，"那么好吧，走！"

她站起来，不曾表现出一丝一毫的高兴，说："我们先吃点东西，路上几个钟头都不可能吃到任何东西。"说着就为他端来一碗吃的和一壶酒，随后自己也站在火炉边吃起来，不过滴酒未沾。而他呢，想着早些将此事结束，因此在吃了几调羹之后就将酒一饮而尽，随后在火炉里的木炭上将一支雪茄点燃。在此过程中，他没看姑娘一眼，只是此时因为二人距离太近，才偶然发现她的脸颊上泛起了一片奇怪的红晕，眼睛里也闪着胜利的光芒。她急步奔到桌边，提起酒壶来猛地在石头地上摔了个粉碎。"在您的嘴唇碰过它之后，任何人也不能喝它了！"她说。

菲利浦相当愕然，随即疑心顿起：是不是她给自己下毒了？不过他立刻安慰自己，这仅仅是她爱心未泯的表现，又在装神弄鬼了，于是二话没说，抢在姑娘前头走出房去。

"马被他们牵回波雷塔去了，"到了院中，她发现他在东张西望时，就对他讲，"再说，您骑着马儿下山也不安全。今天的路可比昨天的陡啊。"

说话间，她就走到了他的前面，很快，村里的石头房屋就被他们抛在后面。火辣辣的阳光照着这些房屋，这些房屋死气沉沉的，连烟囱里也不见冒出一点炊烟。到了此时，菲利浦才发现在一面明净的天幕下，这个荒无人烟的高原是那么雄伟庄严。道路沿着宽宽的山梁蜿蜒向北，在坚硬的岩石上仅留下一条隐约可辨的暗线。在左边的远方地平线上，在对面平行的山脉偶尔低下去之处，大海的一角闪闪发光。远近都无法看到树木，仅有一些坚硬的荆棘和杂草。

此时，他们已经离开山梁，走向谷底；要登上对面的山峰，就一定要先穿越这道山谷。走着走着，他们就看见了针叶林和奔向谷底的泉水，听见了从深涧中传来的哗哗水声。费妮婕仍旧保持沉稳的步子，在前面开路，脚下选择着最牢实的石块，无须回头，也无须说话。菲利浦呢，只将一双眼紧盯着她，此外再没精力顾及其他，所以暗暗佩服她脚力的矫健。姑娘有一条宽大的白头巾挡着面孔，因此他压根看不到。不过在二人偶尔并肩前行的时候，他却必须强迫自己平视前方，才能不去看她。于他而言，她眼下的模样太迷人了。现在是大白天，他可以察觉出姑娘的脸庞还带着一股特殊的稚气，不过倘若让他讲这稚气的特征，那么他又无法说出来。只是好像觉得，这脸庞仍旧如七年前那样，尽管整个而言她已发育成熟了。

　　最终，他忍不住先说话了，她呢，也相当随意地给予他明白的回答。不同之处在于，她那山区女子惯有的响亮浑厚的嗓音今天听起来却干巴巴的，甚至讲到最无所谓的事情也相当凄切。眼下他们正走的这些山路，这几年经常留下政治逃亡者的足迹，而且其中的大多数人均曾于特雷庇歇脚。菲利浦将自己的一些熟人的特点一一描述出来，问费妮婕是否见过这个或者那个人。她极少想得起他们，尽管她记得，走私客的确曾带过相当多的陌生人来她店里过夜。不过，她只记得其中的一个，而且印象深刻。在提起此人时，姑娘的脸色马上绯红，停住脚步，沉着脸说："他是一个坏蛋！我只好在半夜将伙计们叫醒，将这家伙撵出店去。"

　　就这样一边走一边聊，菲利浦竟然不曾发现太阳虽然已经升得老高，而托斯卡纳的景物仍没出现在他们眼前。他甚至根本不曾想到，今天这一天也不会看到目的地。他们于杂树丛生的幽径上走着，脚下五十步外就是一条飞瀑，他们的脸上不时感受到飞溅的水花。他们看见蜥蜴爬过岩头，在迷离的阳光下，一群群蝴蝶在翩翩起舞——眼前的一切真是让人心旷神怡啊，他根本不曾发现，他们还在努力地逆着溪流的方向行走，根本不曾向西转弯哩。他这位女向导的嗓音，对他有着一股无可抗拒绝的魔力。不过昨天，他在与那两位走私客同行时，脑子里却只顾想心事。这时，他们走出了峡谷，一派峻岭重叠、沟壑纵横的蛮荒景象出现在眼前，他才猛然明白过来，停住脚，抬头仰望天空。他终于看清楚了，他们走的是相反的方向，现在，他距离目的地要远了差不多两个小时的路程啦。

"等一等！"他喝道，"我总算发现得及时，你还在骗我啊。这是去皮斯托亚的路吗，你这狡诈的女人？"

"不是。"她无畏地回答，双眼低垂，看着地上。

"好哇，你这该死的女人，你如此诡计多端，我看就连魔鬼也得在你面前俯首称臣哩。我真恨自己瞎了眼睛！"

"一个恋爱着的人，可以与魔鬼和天使比力量，可以做到一切啊。"姑娘用低低的、悲戚的语调说。

"不！"菲利浦大吼一声，愤怒地说，"别高兴得太早了，你这个自以为是的女人！要知道，一个男子汉的意志绝不会屈服在某个疯婆子自称为爱情的东西面前。你快领我回去，立刻走，把最近的路告诉我——

不然，我会用这双手将你掐死——你这个傻瓜，你竟然没发现，倘若你

让我成为一个世所不齿之人，我会恨你的。"

他握紧拳头，冲到她面前，不过却不知道下面应该做什么。

"你尽管来掐死我呀！来呀！"姑娘用颤抖的声音大声地说，"菲利

浦，倘若你这么干了，你最终会扑在我的尸体上，哭得眼睛出血，可却

无法让我复活了。你会从此起卧在我的身边，每天一直与那些飞来啄我

尸体的兀鹰搏斗。白天，你会被烈日炙烤；夜里，你的衣服会被露水湿

透，直至你和我一样地死去——要知道，现在你再也无法离开我啦。你

以为，我是一个在山里长大的可怜的傻丫头，就可以将七年的时光如同

一天一样随便就抛弃吗？我清楚自己为这七年付出了多么大的代价，它

们是多么宝贵，倘若我用它们来将你买下，那么我出的价钱也足够公平

啦。我让你去送死？可笑！你离开我试一试。你会发现，我肯定可以将

你弄回来，让你永远待在我身边。你今天早上喝的酒里，已经被我加进

了爱药，其魔力是世界上任何人都无法抵抗的！"

她在大声说出这几句话时，样子威严得如同一位女王，然后她将一

条胳膊伸向他，好像在向自己的臣下展示她的威仪。可他呢，居然倨傲

地哈哈大笑，喝道："你的爱药失效了，我现在比任何时候都更恨你了。

不过我没必要和你这个傻瓜较劲，否则我自己也成为傻瓜啦。希望你看

不到我，你的疯狂病会自行痊愈，你的相思病也会自行痊愈。我放弃你这个向导了。我看到对面山冈上有一间牧人小屋，周围是一群羊。那里的篝火正在闪亮。想必那儿的人会将如何走的方法告诉我。那么再见了，可怜的毒蛇，再见！"

菲利浦走了。姑娘一言不发，反而极其安静地坐在峡谷边一道巨岩的阴影中，低垂着大眼睛，凝视着生根在谷底溪涧旁的枞树的浓荫。

菲利浦离开她没走多久就陷入了没有路径的乱石和荆棘丛中。他无论怎样否认，必须得承认，他的心中因为那奇怪少女的话而感到不安，不过他无论如何也要让自己的心思集中到赶路上来。此时，他发现牧人的篝火还在对面山坡的草地上燃烧着，于是振作精神往前赶，打算先下了深谷再说。

依据太阳的位置，他估计此时差不多是十点来钟。等他爬下峭壁后，他发现了一条浓荫蔽日的小路，接下去是一座由另一条溪涧上跨过的小桥，过桥后再往上攀爬，就可以到达那片草地。他沿着小路疾走，最初的路陡直向上，不过走着走着，这条路就绕着山腰转起圈来。他发现，倘若选择这条路来走，不可能在短时间内到达目的地，不过在笔直往上的方向，却是一些无法逾越的峭崖。他反正不打算走回头路，于是只好好听天由命地朝前赶去。最初他的步子相当轻松，如同一个刚刚挣脱了罗网的人一样，他时不时地看看那牧人的小屋，发现它好像在不断后退。

慢慢地，他的血液流得缓慢了，脑海里又浮现出自己刚才经历过的点滴细节。他清楚地发现，那个美丽的少女坐在自己面前，一扫刚才在盛怒之下模模糊糊看不真切的样子。

他不由得对她产生了深深的同情。"此刻她还坐在那儿吧，"他自言自语道，"可怜的疯女子，她竟然相信那些魔法哩。怪不得她昨天夜里在月光照耀下离开房子，天知道竟然去采了什么药草。的确，我那两位勇敢的向导就曾告诉我，山岩间一些奇异的白花是一种很灵验的爱情花。花草真无辜啊，看你在人们眼里是多么可怕！——难怪那酒喝后舌尖上这么苦。人随着年纪增长，其表现出来的天真幼稚反倒越来越可贵，越来越感人。——她站在我面前极度自信，甚至连古罗马那个将自己的著作投进火中的女先知①也无法与之相比吧。可怜的少女之心，你因为自己的痴心妄想而变得如此美丽，又如此可悲啊！"

他越往下走，就越被她的柔情所感动，越被她的魅力所吸引；他离开了她，所有的事情反倒更清晰起来。"我无法责怪她，她是一片好心，打算救我的命，让我免去自身无法摆脱的责任。我原本应该握着她的手，告诉她：'我爱你，费妮婕，倘若我可以活下来，我就再来将你接

---

① 指古罗马库安城的女预言家。相传她拿自己的著作到暴君塔克文（公元前6世纪）处求售遭拒绝，便愤而投进火堆，后者见此情形同意买下剩下的最后三本。她的著作《罗马神言集》成为罗马官方的卜书。

回家去。'我太蠢了，竟然不曾想到这么办！可耻，得亏你还是一个律师！我原本应该像一个未婚夫那样和她吻别，这样她就不会责怪我欺骗她。不过我不但不曾这样做，反而由着自己的性子硬来，结果将事情弄得一团糟。"

接下去，他又进一步想象自己以未婚夫的身份与姑娘告别的情景，恍惚觉得自己真的感受到了她的呼吸，以及与她的嘴唇相触时的滋味。就在这时，他好像听见了她在叫他的名字。"费妮婕！"他也满怀激情地回应，心突突狂跳，脚也立住不动了。在他脚下，溪水在淙淙流淌，四野里林莽阴森，枞树的树枝静静地低垂着。

那个名字又已经到了他唇边，他突然感到羞耻，于是及时将嘴闭上。他真是又害臊又害怕，于是伸出手来拍了拍自己的额头。"怎么，是不是我已迷到睁着眼睛梦见她的程度了？"他大声地问自己，"是不是她的话是对的，世界上的确无人可以抗拒这爱情的魔法？倘若果真如此，那么我也就并非男子汉，活该受她摆布，只配一辈子做女人的奴隶。不，见鬼去吧，你这个漂亮的自欺欺人的女巫！"

这时，他的头脑又清醒过来，不过与此同时，他发现自己彻底迷了路，在乱走。他退而不能，否则就是冒险。最终，他决定不惜任何代价也要马上爬到一个山坡上去，为的是寻找那所眼下已经无法看到的牧人的小屋。他脚下相当远的地方是淙淙的流泉，于是他顺着陡峭的溪岸走着。此时，他将斗篷缠在脖子上，选择溪涧两边的峭壁靠得特别近的一个安全点，一个箭步跨到对岸。在那边，他鼓起更大的勇气向上攀，很快就看到了阳光。

烈日暴晒着他的头，他感到口干舌燥，不过依旧拼命地爬呀，爬呀。就在这时，他突然感到恐惧，怕自己就算是竭尽全力，也无法赶到目的地了。他感觉热血直往脑袋上涌，他大骂自己早上为什么要喝那鬼酒，同时不由自主地想起昨天路上看见的白色花朵来。看，眼前不也长着它们吗——他一阵寒战。"倘若确有其事，"他想，"当真有一种力量，可以将我们的心和我们的感官迷惑，让一个男人的意志屈从于一个少女的任性——那么我宁肯走上绝路，也不甘受此侮辱，宁愿死，也不做奴隶！没这样的事，没这样的事！无稽之谈仅能将相信它的人制服。菲利浦，拿出男子汉的气概来！前进，草地就在你面前了，再过一会儿，这该死的山和它的魔法将会永远被你抛到脑后啦！"

尽管话是这样说，不过他还是冷静不下来。他看着横在自己面前的每一块岩石，每一片滑溜的青苔，每一根树枝，觉得这些都妨碍着自己，他必须下巨大的决心才能战胜它们。几经努力，他到达了山顶，最后抓住几丛荆棘，纵身一跃就上去了。不过一开始，他眼前看不到任何东西，由于血液冲进了他的眼眶，加之阳光忽然由四周的黄色岩石上反射过来，于是耀眼的光线令其头晕目眩。他一边愤愤地摸了摸前额，一边将头上的帽子摘下来，用手理了理蓬乱的头发。突然，他的确听到有人在呼唤自己的名字，于是不由得大吃一惊，惊愕地看向喊声发出的方向。于是他发现，费妮婕就坐在与他相隔几步远的一块石头上，仍保持着他刚才离开时的姿态，她就坐在那儿望着他，目光满含宁静和幸福。

"你最终还是来了，菲利浦！"她亲切地说，"我原以为你早就到了哩。"

"妖精！"他百感交集，又惊又怕，不由得失声骂道，"在我无路可走，痛苦不堪，简直快被烈日烤焦了的时候，你竟然还奚落我。我必须再见到你，再诅咒你一次，你为此而感到得意扬扬了吧？不过你要知道，虽然我又见到你了，不过全能的上帝作证，我并不是刻意来找你的，你仍旧无法得到我。"

费妮婕异样地微笑着，摇了摇头。"不过你还是下意识地被吸引到我这儿来了，"她说，"就算你我之间隔着世界上一切高山，你也会将我找到，你要知道，我在你喝的酒里掺进了七滴狗血，那是从狗心里取出的鲜血啊。可怜的富科！它是那么爱我，是那么恨你。如此一来，你就会恨昔日的菲利浦，恨那个讨厌我的你，而你唯有爱我，心中才会获得安宁。你看，菲利浦，我是不是将你征服了？好啦，现在让我为你指明去热那亚的路，我的情人，我的丈夫，我亲爱的！"

她一边说着，一边站起来，张开双臂想拥抱他，不过一看到他的脸色，她就愣住了。此刻，他面如死灰，如同遭了雷击一般，仅有一双通红的眼睛，嘴唇无声地颤动着，头上的帽子也掉到了地上，双手狂舞着拒绝她靠近。

"狗！狗！"他几经努力，最终吐出两个字，"不！不！不！我决不让你的阴谋得逞——恶魔！我宁愿做一个男子汉死，也不当一条狗活！"说到这里，他一边发出一连串可怕的狂笑，一边两眼死死地盯住姑娘。随后，他慢慢地，吃力地，一步一步地，踉踉跄跄地向后退去，最后面朝上，摔下他刚刚爬上来的深谷。

亲眼看着他那高大的身躯在悬崖边上消失不见，姑娘只觉得眼前发黑，双手不由得抓住自己的心口，嘴里迸发出一声尖利得如同山鹰般的叫声。这叫声在整个山谷间回响。她几步就蹿到崖头，站在那里，不过双手仍按着心口。"圣母啊！"她脱口唤了一声，然后快速靠近崖边，攀着枞树间的岩壁向下溜去，双眼始终看着谷底，她气喘吁吁，嘴里一边嘀咕着些什么，一只手紧按着胸口，另一只手则紧紧地抓住石缝和树枝。就这样，她溜到了枞树的根部，发现菲利浦躺在那里。此时，他仰面横靠在一根树干上，双眼紧闭，额头和发间鲜血淋漓。他的衣服也撕碎了，右腿明显受了伤。他还活着吗？她也说不准，她将他抱起来，感觉他还在动。或许是他紧紧缠在脖子上的斗篷减轻了他摔在树上时的力量。"赞美耶稣！"姑娘松了口气。这时，她好像凭空生出了巨人般的力量，怀中抱着那个无法动弹的男子,重新开始往上爬。她爬了很长时间,中间不得不数次将他放在青苔和岩石中间,这样她可以歇口气,不过他还是昏迷不醒。

最终,当她带着这沉重的负担登上了崖顶后,膝头马上一软,倒在地上失去了知觉。很久之后,她才苏醒过来,爬起身就向着牧人小屋的方向走去。直到离得足够近了,她才打了一个响亮的吆喝,声音一直传到了峡谷对面。首先回应她的是一个男人的声音。她再吆喝了一次,来不及等到回应就转身往回走,来到奄奄一息的菲利浦身旁。随后,她喘着粗气,抱起他,将他放在自己刚才坐着等他的那道岩壁的阴影下。

就是在那里,菲利浦略微恢复了知觉,将双眼睁开。他发现两个牧人蹲在自己身边,是一个老头儿和一个十七岁样子的小伙子。他们向他脸上洒水,为他擦太阳穴。他的头下软绵绵的,他不知道的是,他此时正睡在姑娘怀里。

他好像压根儿将她忘了。他深深地吸了一口气,竟感觉全身筋骨都被震松了一样,于是就再一次闭上双眼。最终,他上气不接下气地恳求说:“你们两位——好人,请你们去一个人到山下的——皮斯托亚,快去。那里有人等我。上帝——会保佑你的,倘若你能对‘幸福女神’酒店的掌柜——说一说——我当下的情形。我名叫——”说到这里,菲利浦又昏迷过去了。

"我去，"姑娘说，"你们立刻将这位先生抬到特雷庇，把他放到尼娜指定的床上。告诉她去找齐亚鲁加老婆子，让她为这位先生治伤，给他包扎一下。你们现在就把他抬起来，托马索抬肩，比波抬脚。好，起来！动作轻一点，轻一点！慢着——你们把这个浸到水里，然后搭在他的额头上，每遇着一处泉水就这么浸一次。明白了吗？"

　　她将自己的亚麻头巾上扯下一大块来，在水中浸了浸，缠到了菲利浦那鲜血淋漓的头上。随后两个牧人就抬着他向特雷庇走去。姑娘目光黯淡地目送他们远去，直至走远了，她才急急忙忙地紧了紧裙子，顺着崎岖的小路向山下狂奔。

　　快到下午三点的时候，费妮婕赶到了皮斯托亚。"幸福女神"酒店所在的位置与城门相距几百步，此时由于正是人们午休时间，店里冷冷清清的。几辆松了挽具的马车停在店前的凉棚下，车夫们都坐在弹簧垫子上打盹儿，酒店对面的一家大铁匠铺也歇了工，大路两旁的树上蒙着一层厚厚的尘土，树叶一动不动，可见没有一丝风。费妮婕走上井台，自己动手把辘轳放下井去，汲上水冲了冲自己的手和脸。接着，她又慢慢地喝水，喝了相当长的时间，直至解除了饥渴才走进酒店。

　　睡眼惺忪的掌柜从柜台里的条凳上站起来，发现搅扰他午休的原来是一个山野姑娘，于是又一屁股坐了下去。

他问她："你干吗？如果吃饭喝酒，你就自己下厨房去。"

姑娘沉静地问："您是老板吧？"

"没错，除了我没别人是。我是'幸福女神'的巴尔达萨勒·迪兹，这里人人都认识我。你找我什么事，小美人儿？"

"我捎来了菲利浦·曼尼尼律师给您的口信。"

"噢，噢，真的吗？既然如此，那又是另一回事啰。"他马上站起来，说，"如此看来，他无法亲自来了，是不是，孩子？不过里边有几位先生正等着他哩。"

"那么请领我去见他们吧。"

"哎，哎，还保密呐！不知道可不可以让我听听他对那些先生说的话？"

"不可以。"

"好吧，孩子，好吧。看起来，人人都有自己的秘密啊，你这个漂亮的小顽固脑瓜儿竟然和我这巴尔达萨勒倔老头一样。嗯，嗯，这么看他不来啦。这定会让那几位先生极其扫兴的，看样子他们是有重要的事情找他哩。"

掌柜沉默下来，不过双眼不停地眨巴着从侧面打量着姑娘。而她呢，却一点儿也不打算与他深谈，转身推开了门；他不得不戴上草帽，摇着头，陪她去了后面。

他们穿过院子后边的一个小小的葡萄园，一路上，老头儿一直在不停地问着问题，而且还大惊小怪，姑娘则沉默不言，不予理会。一个极其平常的凉亭就在园子中央的林荫道尽头，亭子四周的百叶窗均关闭着，里面甚至还挂着一块厚厚的窗帘。距离亭子几步远的地方，老板让费妮婕站住，自己走上去敲门。门一敲就开了。随后费妮婕看到窗帘被掀到一边，几个人在窗帘后面打量着她。老头儿马上又走回来，告诉她，先生们想和她说话。

就在费妮婕跨进门的时候，一个原本背对着门坐着的男人就站起身来，用犀利的目光瞥了她一眼。另两个人则静坐不动。费妮婕发现，他们面前的桌子上摆着些酒瓶和杯子。

"这么说，律师先生不愿意来赴约了？"站在她面前的那个男子说，"你是何人？为什么说只有你带的口信才是可靠的呢？"

"我叫费妮婕·卡塔涅奥，是特雷庇村的一个女孩子，先生。你如果想要凭证，我没有，我的凭证就是我说的均为实话，这些就是凭证。"

"律师先生为什么不来了？我们原以为他是一个遵守承诺的人哩。"

"他的确是这样的人。尽管他从悬崖顶上摔下去，摔伤了头和脚，失去了知觉。"

发问的男人与其余二人对视了一下，然后又说：

"费妮婕·卡塔涅奥，你真是不擅长撒谎啊，因为你最终还是说漏了嘴。倘若他失去了知觉，又如何让你到这儿给我送信呢？"

"他刚恢复了一会儿，可以说话了嘛。于是他说，有人在'幸福女神'酒店等他，一定要去那里告诉他们他发生了何事。"

坐着的汉子中的一人冷笑了一声。提问的人又说："你瞧，你的故事不能让这儿的先生们相信。的确，与其当一个君子，还不如当一个诗人轻松惬意啊。"

"先生，您的意思要是说，菲利浦先生之所以没来，是因为胆怯的话，那就是卑鄙的污蔑。您会因此而受到老天的惩罚的。"姑娘用坚决的口气说，顺便将这三个人顺次看了一遍。

"你真热心，小姑娘，"那个人讥讽地说，"你或许就是那位律师先生的好朋友吧，嗯？"

"你错了，只有圣母知道！"她用低得无法再低的声音回答。三个男人开始低声交谈着，费妮婕听见其中的一个人说："那个地方还归托斯卡纳管辖。"——"难道您真相信了这一诡计？"另一个人又插嘴说，"倘若他真在特雷庇，不如——"

"走，你们自个儿亲自去看看！"费妮婕将其窃窃私语打断，"不过，倘若你们打算让我为你们带路，那么你们就不能带武器。"

"傻瓜！"最后发言的那个男人说，"你认为，我们是为你这么个美人儿的性命担忧吗？"

"不，不过你们打算害他，我知道。"

"除了这个条件，你还有哪些条件，费妮婕·卡塔涅奥？"

"有，需要一个治伤的医生去。你们中有大夫吗，先生们？"

她的问题没得到回应。三个家伙又交头接耳起来。"我来的时候，恰好发现他在这儿，不过希望他还留在这里。"一个男人说完就走出了凉亭。很快，他带着一个人走进来，而那个人明显与他们不是一伙的。

"您或许愿意费心与我们去一趟特雷庇吧？"最开始讲话的那人问他，"我们会在路上告诉您去那儿做什么。"

新来者沉默着鞠了一躬，大伙儿就动身了。费妮婕在经过厨房时要了一个面包，接过来啃了几口。随后，她又赶到一行人的前面，沿着上山的路走去。一路上，她一点也没在意那几个热烈交谈的旅伴，而是用尽全力赶路，时不时地被叫住停一下，以便大家可以跟上她。那时，她就会站住等待他们，同时用茫然的目光向远方看，用手紧按着心口，神情怅惘。就这样走走停停，直到黄昏时分他们才到达山顶。

特雷庇村和平时一样毫无生气。仅在窗洞处留下几张孩子的面孔，他们好奇地凑在那里观看，几个女人挤在门口，目视费妮婕一行经过。她径直向家里走去，路上不同任何人说话，邻居们招呼她，她也仅用摆手代替回答。在她家门前，一群男人正在谈话，伙计们正照料着那些装上了货驮子的马匹，走私客们在那里出出进进。大伙儿发现了陌生人，于是马上沉默下来，均从门边退开，以便来人可以进入房间。在大房间里，费妮婕和尼娜交谈几句，随后就将自己卧室的门推开。

室内光线黯淡，那个受了伤的人正在床上躺卧着，在其旁边的地上，蹲着的就是特雷庇最老的老婆子齐亚鲁加。

"怎么样，齐亚鲁加？"费妮婕问。

"还不错，赞美圣母！"老婆子一边回答，一边飞快地瞟了一眼跟在姑娘后边进来的先生们。

菲利浦从昏迷中清醒过来，苍白的面孔突然亮了。他问："是你吗？"

"没错，我带来了这位先生，就是那位您打算与之决斗的先生，让他亲眼看看，您不能去了。除他之外，还请了一位大夫。"

菲利浦用失神的双眼将眼前的四个男人逐一端详了一遍，然后说："他并不在这些人中间。我不认识这几位。"

说完这些，他又打算将双眼闭上。此时，那三人之一走上前来，对他说："不过我们却认识您，这就足够了，菲利浦·曼尼尼阁下。我们奉命在皮斯托亚等候着将你抓捕。我们将您的信件截获了，得知您这次来托斯卡纳，可不单单是为了决斗，而是打算和某些人恢复联系，从而替您在波洛尼亚的同党们寻找援助力量。如今在您面前的就是警察局的官员，请看，这是我收到的命令。"

他将一张纸从口袋里抽出来，递到菲利浦面前。菲利浦目光呆滞地盯着那张纸，一副看不明白的样子，接着马上就又昏睡过去了。

警官转头告诉医生："替他检查伤口，大夫。倘若伤势不重，我们要立刻将这位先生弄下山去。我刚才发现外面有马。咱们没收那马，如此一来就可以一举两得，将两宗案子办完，理由是那些马都驮着私货。这可太好了，咱们就此摸清了来特雷庇的都是些什么人，也免得以后再展开调查了。"

在他讲这些话和大夫为菲利浦检查伤口的时候，费妮婕已经溜出房去了。老齐亚鲁加则静悄悄地坐在房里，口中不停地祈祷着。突然，一片嘈杂声从屋外传来，伴随着的是人们不安地进出的声音，紧接着，一张接一张的面孔从墙洞里探进来，然后一晃就消失了。——就在此时，大夫说："没问题，只要多包扎一层就可以将他弄下去了。不过，倘若让他在这里静养，让这个老巫婆服侍他，他会好得更快一些，因为这个老婆子有专门治伤的草药，就算是最有学问的名医也得甘拜下风哩。不过，要是半道上伤口发炎，那么就会要了他的命，我可对此不负任何责任啊，警官先生。"

警察回答："无所谓，无所谓，只要能带他走，不用考虑任何方式。请快给他包扎吧，记住能扎多紧就扎多紧，不要浪费时间，咱们得立刻上路。今晚有月光，再找一个小伙子为我们领路就可以了。莫尔查，你现在就出去将那些马给咱们牵过来。"

两个密探之一接到命令后马上拉开门向外走，结果却被眼前意想不到的景象吓呆了。原来一群村民已经将外屋占领，为首者就是那两名走私客。门打开时，费妮婕正在对他们讲话。此时，她来到门口郑重宣告：

"先生们，请你们立刻离开这间屋子，将伤员留下，不然的话你们就不会再见到皮斯托亚。自从我费妮婕·卡塔涅奥成为这儿的当家人，这所房子里从不曾发生过流血事件，希望上帝保佑永远不出此类可怕的事。你们也别打算再上此地来，就算是人更多一些也不行。你们也许会记得此地有一个地方，那个地方两面峭壁中间的石梯窄到了仅能容一个人往上爬。那么险要的口子仅凭一个小孩子就可以守住，他仅需让遍地都是的乱石向下滚就可以啦。在这位先生转移到安全的地方之前，我们会派人在那儿放哨。没错，你们就滚回去吹嘘你们的英雄业绩吧，你们欺骗了一个女孩子，还打算将一个受了伤的人杀死。"

三个密探的脸色慢慢发生了改变，当姑娘一讲完，屋子里呈现一片肃静。突然，三个家伙如同听到口令一样，同时将一直藏在衣袋里的手枪拔出来，警官极其冷漠地说："我们是凭法律的名义来的。你们自己不尊重法律，甚至还要妨碍他人执行法律吗？你们倘若逼得我们运用武力维护法律尊严，那么你们中会有六个人就此送命。"

一阵低语从村民中传出。"安静，朋友们！"姑娘用坚毅的声音喝道，"他们没这个胆量。他们清楚，倘若杀死我们中的一个人，他们就要加倍偿命。他自己讲起话来就像一个大傻瓜。"她又转过脸去对警官说，"你们脸上全写着害怕两个字，这至少说明你们还没糊涂。识相点，快逃命吧。路给你们留出来了，先生们。"

她向后退一步，用左手指着房门。三个家伙低声商量了几句，随后就沮丧地穿过激愤的人群，在越来越响亮的唾骂声中溜出房去。医生也犹豫了一会儿，不知道是跟上去还是留下，直到姑娘威严地将手一挥，他才仓皇地去追赶其同伴。

屋内发生的整个这幕，都被欠起身来的菲利浦看在眼里，他不禁因惊讶而张大双眼。此时，老婆子再次走到他的床前，为其整理好枕头，对他说："躺下吧，孩子！危险消除了。再睡一会儿，可怜的孩子，睡吧！我齐亚鲁加老婆子会为您守着的。再说，您相当安全，因为有咱们的费妮婕保护着您，她真的是好样儿的！睡吧，快睡吧！"

随后，她哼起简单的催眠曲，如同哄婴儿一样哄其入睡。而他呢，则呢喃着费妮婕的名字进入了梦乡。

菲利浦在山上一住就是十天，因为有了老婆子的看护，他在夜里睡得十分香甜，白天就可以坐在门口享受着山里的新鲜空气与安静。在他可以提笔后，他马上写了一封信，让一个小伙子送到波洛尼亚去。次日，回信来了，不过消息究竟是好还是坏，别人根本无法从其脸上发现。他只和守护他的老婆子以及村里的小孩子打交道，其余的人一个也不讲话。

至于费妮婕，也只有当她每逢晚上在火炉旁吩咐各种事情时，他才得以与其见一面。要知道，她一直是天亮就出门，然后全天待在山里。而在此之前她并不是这样的。

关于此点，他是偶然之间从别人的谈话里才知道的。即便是姑娘在家的时候，他也找不到可以与她交谈的机会。不过从其举动判断，她好像彻底忽视了菲利浦的存在，她的生活好像又完全恢复了常态。唯一的不同就是，她的脸色如今冰冷得如同一块石板，不但面无表情，而且目光也阴沉沉的。

一天，菲利浦在好天气的诱惑下，去到与平时相比距离房子更远的地方。在新焕发的生命力的驱使下，他又一次走下一个缓坡。当他转过一处山谷时，费妮婕猝然进入他的视野——她正坐在一股山泉旁边的青苔地上，于是他惊呆了。他看到她手把着纺车和纺锤，好像纺着纺着就陷入了沉思。菲利浦的脚步声将她惊醒，她将头抬起来，不过却一言不发，脸上仍旧是冷漠的神情，随后站起来提着纺车就要走。菲利浦叫她，她也不理，很快就消失得无影无踪了。

这次见面后的第二天早晨，菲利浦起床后涌起的第一个念头就是去找她，此时房门却不推自开了，姑娘极其平静地跨了进来。她站在门边，将手威严地一摆，让正从窗前迎着她跑去的菲利浦不由自主地站住了。

她冷冷地说："您已经康复了，我刚和老婆子谈过。她说您又有力气可以旅行啦。不过不要赶得太急，而且要骑马。明天一早请您离开特雷庇，而且从此之后不要再回来。我请求您答应我的这点要求。"

"费妮婕，我答应你的请求。不过我有一个条件。"

姑娘沉默着。

"那就是你要和我一起，费妮婕！"他激动得无法控制自己说。

一股愠怒之色冲上了她的眉梢。不过她还可以保持着冷静，她用手抓住门把，说："为什么我要受您奚落？你理应无条件地答应我的条件，先生，我希望您自重。"

"是不是你打算将和着爱药的酒渗进我的骨髓，让我被你完全拥有后，你又打算将我赶走，费妮婕？"

姑娘平静地摇着头，低声说："从此之后魔法不会存在于我们之间了。其实，早在爱药生效之前，您就流了血，于是魔力就解除了。这样反而更好，因为我也有做错的地方。咱们就不要再提它了吧，您只是答应走就行啦。我会为你准备好马匹和向导，随便您想去任何地方。"

"倘若此种魔力消失，姑娘，那么如今让我无法离开你的必定是另一种魔力，那是一种你还不清楚的魔力。就像上帝真正赐福予我——"

"闭嘴！"姑娘将他的话打断，同时因为恼怒而撅起了嘴唇，"我根本无法听进你想说的那些话。倘若你自认为欠了我的情，或者打算怜悯我，那么您就走吧，咱们之间的账两清啦。您千万不要认为我这个可怜的脑袋学不会任何东西。我现在明白了，人是无法买来的，就算付出任何代价也买不来，就算帮他出力也不行——这是顺理成章的事情呀——七年的等待也好——在上帝面前，这真算不上什么事。您千万不要认为，我的不幸是您造成的。不，我的病是您治好的！走吧！记住我对您的感谢之情！"

"请你当着上帝的面回答我的问题啊！"菲利浦一边狂叫着，一边冲到了她眼前，"我也将你的爱情治好了吗？"

"没有，"她相当冷酷地回答道，"您问这个问题干什么？这爱情仅属于我个人，您没权过问，更没权支配。走吧！"

说着，她向后退了一步，跨出门槛。就在这一刹那间，菲利浦扑倒在她面前的石头地上，将其膝盖抱住。

"倘若你说的是真话，"他伤心欲绝地喊着，"那么就救救我吧，那么就接受我的爱情，让我们二人在一起吧！否则，我这颗在奇迹的帮助下才得以完好如初的头颅，便会和你这颗打算摒弃的心共同碎掉。我的世界业已成为一片空虚，充斥我生活中的只有仇恨，我不被过去的故乡和如今的故乡所接纳，倘若我再失去你，我还如何活下去啊！"

此时，他抬头看她，结果发现两行晶莹的泪珠从她紧闭的双眼中流出来，只有她的脸上还保持着冷静的神态。又过了好一会儿，她才呼出长长的一口气，随之将双眼睁开了，嘴唇张了两张，却发不出任何声音——在她的身体里，生命之花又突然之间绽放了。她将腰弯下，用强健有力的胳膊将他搂起来，颤抖着说："你属于我！我也愿意属于你！"

第二天，旭日初升，这对情侣就上了路。菲利浦想去热那亚，从而逃避敌人的暗算。这个高大苍白的男子坐在马背上，其未婚妻牵着马的缰绳。秋日朗朗的阳光照耀着他们，在他们的两旁是雄伟的亚平宁山脉，那里峰壑起伏，蜿蜒伸展；一只只雄鹰在峡谷上空翱翔盘旋；远方的大海波光闪闪。于这两位旅人而言，未来正在眼前展现，就好像远方的大海一般，是那么光明，宁静。

犟妹子

在太阳还未升起的时候，一片灰色的浓雾将维苏威山①密密地包裹着。这片雾向着那不勒斯方向不断延伸，进而将沿岸一带的城镇包裹其中。海依旧还在静静地沉睡着。然而，在索伦多镇陡峭的岩岸下，在一片狭窄的海湾的沙滩上，渔民夫妇们已经开始活动了。他们中的一些人挽着粗大的缆绳，将那些在海上忙碌了一夜的渔船和渔网拖到岸边。

一些人将小船和风帆整理好，将桨和桅杆从那些巨大的洞窟里搬出来。那些巨大的洞窟是渔民们夜间存放船具的所在，挖在岩壁里，而且还装有栅栏门。此时，你看不到一个闲人，甚至那些因年迈无法再出海的老头儿也成为长长拖网的人群中的一员。一些老婆婆散站在平屋顶上，有人专心致志地纺线，有人耐心地照看孙儿。她们是女儿的得力助手和后备军，如此一来做女儿的就得以成为丈夫的臂膀。

一个老婆婆对身边正摆弄着纺锤的十岁小女孩说："蕾切拉，瞧见没？咱们的神甫先生就在那儿。"女孩一边举起手和对面船上的一位神甫

———————————
① 位于那不勒斯市附近，是意大利著名的火山。

打招呼，一边说："他正在上船呢。他想让安东尼送他去卡普里。圣母玛利亚啊，您瞧，他老人家似乎还没睡醒哩！"而对面的这位矮小和气的神甫正撩起黑袍子来细心地铺在木凳上，然后安然坐定。岸边的其他人也停下手中的工作，目送这位不住地朝左右两边的人们和蔼地点头的神甫离去。

女孩奇怪地问："妈妈，他为什么一定要去卡普里呢？难道是那里没有神甫，要从咱们这里借一个吗？"

老婆婆答道："别犯傻了，他们那儿神甫多的是。不只如此，他们还有一座美丽的教堂、一位咱们这里没有的隐士。不过，那里有一位高贵的太太，多年前曾在索伦多住过，并且身患重病，家里人几次都以为她就要去见上帝了，每次都请神甫替她送临终。结果你瞧，她竟然获得了童贞圣母的帮助，又好了起来，而且可以每天在海里洗澡啦。从此之后，她就搬家去了卡普里，临走前还捐给教堂和穷人很多钱。听别人说，她让神甫应允要经常去看她，听她忏悔，否则她不会搬走。真奇怪，她是那么相信他。咱们的运气相当好，有他这样的一位神甫。他的能耐并不比大主教差，大人老爷们都来向他请教。愿圣母和他同在！"她一边说，一边向马上要离岸的小船挥手告别。

矮小的神甫坐在船上，一边担心地看着那不勒斯方向，一边问船员安东尼："我的孩子，咱们会碰上晴天吗？"

小伙子答道："现在太阳还没出来呢。等它出来，这点儿薄雾根本不算什么。"

"如此，那就抓紧开船吧，我们也好在天热起来之前到达。"

安东尼抓起长桨，正打算将船撑开，不过突然又停下来，目视从索伦多镇港湾来的那条陡峻的小路的高处。

一个少女苗条的身影出现在那里。她正匆匆走下石阶，而且还一边走，一边挥动手绢。她的手腕上挎着一个小包。虽然整个人的衣着相当简朴，不过，她高昂着头，样子是那么高傲，甚至可以用桀骜不驯来形容她。在她的头上，黑色的辫子如同一顶王冠一样盘在上面。

"你还在等什么？"神甫问。

"有个人向着船这边走来了，或许她也想去卡普里。倘若您不介意，神甫——船肯定会加速前进，而她仅仅是一个不到十八岁的女孩子。"

就在两人谈话的时候，那个姑娘已经从小路四周的墙后面转了出来。

神甫问："那是劳蕾拉？她去卡普里干什么？"

安东尼耸耸肩。而这时，姑娘已经疾步来到跟前，向前张望着。

几个年轻的船夫冲着她高喊着："你好啊，犟妹子！"看样子，倘若面前不是他们心怀敬畏的神甫的话，他们还打算说点什么。姑娘对他们的问候，采取不理不睬的态度，这让他们相当开心。

此时，神甫也大声说："你好，劳蕾拉。最近怎么样？你想搭船去卡普里？"

"倘若您允许，神甫！"

"你问船主安东尼吧。每个人都是自己财产的主人，而上帝却是我们大家的主人。"

劳蕾拉半眼也不瞧青年船夫，说："给你半卡尔令①，不知道是否够付我的船钱。"

小伙子安东尼嘟囔着："你还是自己留下用吧。"然后，将几篓橘子推开，为她腾出一个座位。那些橘子是他打算运到卡普里去卖的，那边的岛上满是岩石，出产的橘子数量少，满足不了众多游客的需求。

姑娘将黑色的眉毛一扬，回答道："我不会白搭你的船的。"神甫说："来吧，孩子。他是个好青年，所以不想靠你这可怜的一点钱发财。快上来呀。"他一边将手伸给姑娘，一边说，"就挨着我坐。看，他为了让你坐得软和一些，都用自己的衣服给你垫上啦。他对我可没这么好。年轻人都是这样的，他们照顾一个年轻姑娘的周到程度，要远胜于照顾十个教士呢。得了，得了，安东尼，别道歉啦！这是上帝的安排，人以群分嘛。"

此时，劳蕾拉已经上船坐了下来，不过在坐下之前，她默默地将安

_____
① 意大利古币名。

东尼的上衣推到了边上。安东尼也不管,任由上衣那样摆着,仅仅从牙齿缝里嘀咕了几句。随后,他用力一撑岸,小船就飞一般地向海湾冲去。

当他们乘坐的船行驶在刚刚被第一抹霞光照亮的海面上时,神甫问劳蕾拉:"你的包里头装了些什么?"

"一块面包和一些丝线,神甫。丝线是打算卖给卡普里的一位太太的,她想织带子,线是要卖给另一位太太的。"

"是你自己纺的吗?"

"没错,大人。"

"倘若我记得不错,你也学过织带子。"

"是的,大人。不过因为母亲的病越来越严重了,我没法离家,想自己买架织机又没钱。"

"越来越重了!唉,唉!我复活节去你家的时候,她还能坐起来呢。"

"春天从来就是她最难过的季节。自从那几场大风暴和地震后,她就痛得无法起床啦。"

"一定要多祈祷和请求啊,我的孩子。你要求童贞圣母帮你母亲说情。你要做人诚实而勤劳,她才能听到你的祈祷。"

停了一会儿,他又接着说道:"当你走到海边来的时候,人家会冲着你喊:'你好,犟妹子!'他们这样叫你的原因是什么呢?于一个基督徒而言,这个名字真的相当糟糕。身为基督徒,理应温顺谦卑才对。"

姑娘棕色的脸蛋通红，双眼闪闪发光。

"他们之所以讽刺我，是由于我和其他女孩子不一样，我不喜欢跳舞、唱歌，不喜欢讲话。说实话，他们理应让人家自己走自己的路嘛，我又没有碍谁的事儿。"

"不过，你也应该对大家都和和气气呀。"

她将头低下，眉头紧皱，好像要将那对黑色的眼睛藏在眉毛底下似的。船默默地航行了一会儿。此时，辉煌的太阳已从群山顶上升起，维苏威山的峰尖在云端高高地耸出，不过，雾气还在山脚一带环绕着。索伦多平原上的房舍在一座座绿色橘园的掩映下，在阳光下闪着白光。

神甫问："那个想娶你的那不勒斯画家，他再没有消息了吗？"

姑娘摇摇头。

"你为什么拒绝他那次来要给你画像的要求呢？"

"他为什么要画我？比我好看的女孩子那么多。而且——谁知道他画后要拿去干什么。母亲说，他会用我的画像施魔法，加害我的灵魂，甚至将我弄死。"

神甫严肃地说："别信这些罪过。主不是一直掌握着你吗？没有主的意志，你不会少一根头发。难道一个人手头拿着张画像，就强过主的能力吗？——再说，你也可以看出来，他对你是好的。否则，他怎么愿意娶你呢？"

姑娘沉默不言。

"不过你究竟为什么回绝他呢？听说，他是一个正派人，又有钱，他肯定会养活你和你母亲，相比靠缫丝挣钱，这要好得多。"

姑娘激动地说："咱是穷人，母亲又病了这么长的时间。咱只能成为人家的累赘。再说，咱和一位上等人也不相配。倘若是他的朋友来看他，我会成为他羞愧的根源。"

"看看你都说些什么话！我不是对你说过，人家是正派人。他还想搬到索伦多来住。这么好的一个人，在短时间内再也找不到啦，他就如同上天专门派来扶助你们的。"

"我压根没打算嫁人，永远不嫁！"她十分固执地说，好像在自言自语。

"你是许了愿，还是想去做修女？"

她摇摇头。

"人家叫你翚妹子，尽管那个名字不好听，但是没有错。你想没想过，你并非孤身一人生活在世界上，你这个倔脾气，只会让你那患病的母亲活得更苦，病得更重。你有什么重要理由拒绝一只诚恳地伸过来要对你和你母亲进行扶助的手？劳蕾拉，请你回答我！"

她迟疑着低声说："我有一个不能说出来的理由。"

"不能说出来？连我也不能说吗？连对你的忏悔神甫也不能说？要知

道，你平时是那么信赖他、相信他，他对你也是一片好意。难道事实并不是这样？"

"不妨让自己的心放轻松些吧，孩子。倘若你说得对，我首先会表示赞成。不过，你还年轻，对世界知道得不多，或许将来有一天，你会为此后悔，后悔自己不该因为一些孩子气的想法将自己的幸福断送。"

她羞怯地瞥了一眼船尾的小伙子。此时，他正用力划着桨，额头上压着拉得低低的羊毛帽子。他双眼紧盯船旁的海水，如同独自陷入了沉思。神甫发现姑娘在看那个小伙子，于是就将耳朵凑近姑娘。

"您与我的父亲并不相识。"她一边悄声说着，一边目光变得阴沉起来。

"你父亲？我记得他去世时，你还不到十岁。我希望他的灵魂能早日升入天堂。不过提到你的父亲，这和你的倔脾气又有什么关系？"

"神甫，您根本不了解这个人。您不清楚的是，是他一手造成了我母亲的病痛。"

"不会吧？"

"没错。就是受到他的虐待、踢打才导致这种结果。我清楚地记得那些个晚上。他怒气冲冲地回到家，面对百依百顺的母亲，一味地揍她，揍得我的心都要碎了。无奈之下，我不得不将头用被子蒙起来装睡，事实上我整夜在哭。后来，他发现她躺在地上无法起来了，又突然改变了态度，将她抱起来拼命地亲，这又令她因为窒息而大叫。这些事情，母亲不让我提起一个字，不过她的确被折磨得相当惨，因此就算是父亲死了好多年，她的身体还没能康复。倘若她早早地辞别人世——我祈祷上帝保佑不会发生这样的事情——我就不清楚害死她的罪魁祸首了。"

矮小的神甫不停地摇晃着脑袋，似乎有些拿不定主意，或许在相当大的程度上更赞成她的忏悔。最后，他说："劳蕾拉，你宽恕他吧，就如同你母亲宽恕了他一样。不要总是想着那些悲惨的事情。总有一天，你会过上好日子，并且将这一切忘记。"

劳蕾拉说："我永远无法忘记。"随后，她的身子忍不住颤抖了一下，"神甫，如今您终于明白了，所以我要永远做少女，不给任何一个想先虐待我、然后又来亲我的人做奴隶。倘若有人现在想打我或者吻我，我就清楚自己要反抗。母亲无法反抗，不但不能反抗别人的毒打，也不能反抗别人对自己的亲吻，原因就在于她爱他。我不愿意用这种方式爱任何人，也不愿意让自己因为爱而生病，因为爱而受苦。"

"你看看你，说起话来还和不谙世事的人一样。难道天下的男人都像你那可怜的父亲一样，纵情任性，会虐待自己的妻子吗？难道你没发现左邻右舍中那么多的好人吗？难道你没看到那么多的妻子与丈夫一起过着宁静和睦的生活吗？"

"不过，没人清楚我父亲待我母亲的情况呀！她宁愿自己死一千次，也不愿意将真相告诉他人，向他人诉苦。而这一切的原因就在于她爱他。倘若爱情就是如此，在理应呼救时将自己的嘴堵住，在受到坏人侵害时无力反抗，那么我永远不会倾心于任何一个男人。"

"我告诉你，你只是一个孩子，并不清楚自己在讲些什么。等到了那个时候，你的心就会一直问自己，究竟是爱还是不爱对方。到那时，无论你向自己的脑袋里塞些什么想法，都没用啦。"——略微停息了一会儿，他又说："再来说说那位画家吧，难道你也相信，他会虐待你？"

"他看我的眼神，就和我看到的我的父亲求母亲原谅，抱起她来用好话骗她时的眼神一模一样。我对这种眼神相当熟悉。那是一个可以忍心殴打从不曾损害过自己的老婆的人的眼神。我特别害怕看到这样的眼神。"说完，她再次固执地沉默下来。神甫随即也不说话了。看样子，他还在想着各种可以用来开导姑娘的箴言隽语。不过由于当着年轻的船夫的面，他不太方便开口。就在姑娘忏悔结束的时候，小伙子变得好像烦躁不安了。

两个小时后，他们的船在卡普里那小小的码头靠了岸。安东尼从船里抱起神甫，蹚过最后几道平缓的海浪，然后态度恭敬地将他放在岸上。劳蕾拉则自己扎起裙子，右手提着木屐，左手挎着小包，扑喇喇踩着水跑上了岸。

神甫说："安东尼，我今天在卡普里或许会待很长的时间，你不必等我。或许明天我才回去。劳蕾拉，你回去后代我向你的母亲问候。这个礼拜我会去看你们。天黑前你还回去吧？"

劳蕾拉一边整理着裙子，一边说："要是有机会就回去。"

安东尼则用自己认为满不在乎的口气对劳蕾拉说："你知道，我是一定得回去的。我等你到响晚祷的钟声，如果你不来，我就自行返航了。"

矮小的神甫插话说："劳蕾拉，你一定得来。你不能让你母亲一个人过夜。——你要去的地方很远吗？"

"我要到葡萄园去，在安那卡普里。"

"我得去卡普里。愿上帝保佑你，我的孩子，还有你！"

劳蕾拉吻罢他的手，既像对神甫又像对安东尼，道了一声再见。不过安东尼装作没听见，相反，他向神甫摘下帽子致敬，然后连看也没看劳蕾拉一眼就走了。

不过，就在他们转身之后，安东尼的目光仅仅随着困难地走在卵石滩上的神甫移动了短短一会儿，就追逐着朝右边高坡走去的姑娘而去，同时为了挡住刺眼的阳光，他还将手举到额前。上坡之后，就在道路要转进两堵围墙之间的时候，劳蕾拉停了下来，似乎打算喘口气，同时回头望了一下。

此时，她就站在码头上，四周是嶙峋的怪石，湛蓝的海水，异乎寻常的美丽——没错，这样美丽的景色的确值得驻足欣赏。不过，巧的是，她的目光在掠过安东尼的船旁时，和安东尼追赶她的目光碰撞在一起。于是，这两个人就如同无意间做了坏事的人那样，互相做了一个表示歉意的动作，接着，劳蕾拉就撅着嘴向前走去。

下午一点钟时，安东尼早已坐在渔民酒馆前的长凳上等了两个小时。他心里一定有事，不然不会每隔五分钟就跳起来跑到太阳地里，向着通向岛上两个小镇的道路方向张望着。当酒馆的老板娘问他原因时，他说是怕要变天了。不过，天色尽管还明亮，但天空和海水的这种颜色他还是认识的。要知道，从去年起风暴之前，天空和海水就是这样。那一次，他差一点没能将一家英国人运到岸边来。他还问酒馆老板娘是不是还记得那件事。

老板娘说："忘啦。"

没关系，倘若傍晚时变了天，她就会想起他的话来了。

过了一会儿，老板娘问："去你们那边的老爷太太多吗？"

"刚开始多起来。在此之前，我们那儿的日子可苦啦。就是因为喜欢洗海水浴的游客一直没来。"

"这些人春天来得晚。相比我们卡普里，你们挣的钱多吗？"

"倘若光靠划船过日子，那么挣的钱还不够一个礼拜吃两次空心粉。好在时不时地帮着送封信到那不勒斯，或者送哪位想钓鱼的老爷到海上去——这就是我全部的营生。不过，您知道，我舅舅是位有钱的爷，手里好几个大橘园呢。他常对我说，'托尼诺①，但凡我活着，你就不会吃苦，即便是以后，我也会把你放在心上的。'就这样，我在上帝的保佑下才熬过了冬天。"

"您舅舅有儿女吗？"

"没有。他是一个老光棍，在国外住了相当长的时间，手里攒了几个钱。眼下，他想开家大渔行，让我去总管一切，帮他将事情料理好。"

"那么，您就成了一个有靠山的人了哟，安东尼。"

年轻的船夫耸耸肩，说："人人都有自己的难处哩。"说罢，他又跳起来向左右看着，而实际上他完全清楚，存在变天的可能性。

老板娘说："我给您再来瓶酒吧。反正您舅舅能付得起账。"

"那就再来一杯吧，你们的酒太烈。我的脑袋现在就开始发热了。"

"这酒不醉人。您放心喝着，想喝多少就喝多少。真巧，我男人来了，您得和他再坐一会儿，聊一聊。"

果然，很快，酒馆老板魁梧的身影就出现在高坡那里。他肩搭渔网，一头鬈发上戴着一顶红色便帽。原来他刚刚进城给那位贵妇人送鱼去了。那位贵妇人为了招待从索伦多来的小个子神甫，专门要了鱼。他一看到年轻的船夫，就挥手以示热情的欢迎，随后就坐到他身边，开始问长问

---

① 安东尼的爱称。

短，热烈地说这说那。就在老板娘又提来一瓶纯正的卡普里酒的时候，一阵咔嚓咔嚓的声音从左边的沙地上响起，随后，劳蕾拉的身影在通往卡普里的路上出现了。她走过来，向大家点了点头，接着就一声不吭地站在那儿，不知道怎么办。

安东尼马上跳起来，说："我该走了。这姑娘是我们索伦多镇的，今儿一早和神甫先生一起过来的，她天黑前必须回家照料生病的母亲。"

老板说："得，得，离天黑还早着呐。她有大把的时间。先来喝一杯。喂，老婆，再拿个酒杯来。"

劳蕾拉说："谢谢，我不会喝。"然后仍旧远远地站着。

"放心地斟吧，老婆，斟啊！她得人劝着哩。"

小伙子安东尼说："随便她吧。这是一个顽固脑瓜，只要她不愿意的事，圣者也说服不了她。"说完，他就急匆匆辞别众人，跑到船边去，解开缆绳，静候劳蕾拉的到来。劳蕾拉先向酒馆老板夫妇点点头，然后才迈着踌躇的脚步走向小船。上船前，她向四周看了看，似乎在盼着有人可以和她搭伴。不过，码头上空无一人。渔民们或者在午睡，或者在海上垂钓撒网；只有几个妇女和小孩在自家门口或打盹儿，或纺线；就是那些外来的游客，也早就离去了，直到天凉了，他们才会乘船而归。不过没等她看很久，就在她还没来得及反抗的时候，安东尼已经将她一把抱起，如同抱小孩一样抱到船上去了。随后他自己也跳上船去，抓起桨来，三两下就划到了海上。

劳蕾拉背对着安东尼坐在船头，因此安东尼只能看见她的侧面。此刻，她的表情远胜于平时的严肃。额头上覆着鬓发，纤细的鼻翼不停地颤动着，丰满的嘴唇紧抿。就这样，他们沉默地在海上航行了很长时间，最后，劳蕾拉被阳光晒得太热了，就将包着东西的手帕打开，取出东西，将帕子包在头上。随后，她开始吃午餐——面包，要知道，她在卡普里可是空着肚子的。安东尼实在无法看下去，于是从橘子筐子中取出两个橘子，对她说："喏，劳蕾拉，就着它们和面包一起吃吧。你可别以为我是特意为你留的。它们只不过从筐子中滚了出来，我搬空筐子回船时发现它们在舱板上。"

"我有面包吃就行，你自己吃吧。"

"大热天吃橘子可以解渴，你看你跑了那么远的路。"

"之前人家给过我一杯水喝，现在我已经不渴了。"

"随你吧。"

安东尼说完，将橘子扔回筐里。

随后又是沉默。平明如镜的海面上，船头的击水声相当轻。甚至那些栖息在岩岸洞穴中的白色水鸟，就是飞来飞去地觅食也是那么安静无声。

"你把这两只橘子捎给你母亲吧。"安东尼再次挑起话头。

"我们家里还有橘子，如果吃完了，我就再去买。"

"你还是捎去吧，权当是我的一点儿心意。"

"可她并不认识你呀。"

"没关系，你可以告诉她我是什么人嘛。"

"我也和你不熟。"

她说不认识他，这已经并非首次了。一年前的一个礼拜天，也就是那位画家来索伦多的时候，安东尼和当地的几个小伙子恰好在大街旁的广场上玩地滚球。也就是在那时，画家第一次见到了劳蕾拉，当时的她头上顶着水罐，恰好从他身边走过，而且根本不曾注意到他。结果那个那不勒斯人就对她着了迷，傻傻地立在那儿盯着她看，甚至没发现自己正站在滚球道上，只要向前跨进两步就可以让出来。

就在这时，他的脚踝被一个球重重地一撞，这才提醒了他，这里不是发呆的地方。于是他回头瞧了瞧，似乎是在等着什么人去向他道歉。结果掷出这一球的年轻船夫却一脸傲慢地站在伙伴中间，一言不发。陌生人认为不值得和对方发生口角，最好走开为妙。不过，这件事后来传开了，原来画家正式向劳蕾拉求婚时，人们提起这件事。于是画家就问劳蕾拉，她是否是因为那个粗俗无礼的愣小子才拒绝他的。劳蕾拉不耐烦地答道："我不认识他。"这些事情是后来才传到安东尼的耳中的。从那之后，劳蕾拉再碰到安东尼，理应是认得了吧。

此刻，这二人共坐一条船上，就如同一对仇敌相见，两人的心跳都加剧。安东尼平素和善的面孔此时涨得通红。他用桨击打着海水，让水花溅到自己身上。不时地，他的嘴唇哆嗦着，似乎是在骂什么人。劳蕾拉假装没看见，做出一副漫不经心的样子，身子倾出船外，任水流从手指间滑过。随后，她将手帕解下来，整理着头发，似乎船上只有她一个人。不过，她的眉毛在轻轻抽动，双颊发烧，就算是用湿淋淋的手去冰也没有任何作用。

此时，他们已经身处大海中间，四周看不到任何船只的踪影。在他们的身后是卡普里岛，前面是躺在刺眼的阳光中的海岩，而且还与他们相隔很远很远。四周静到了甚至没有一只海鸥来将这深沉的岑寂冲破的程度。安东尼向四周看了看。突然，他似乎是下定了决心，将桨放下，神色也变得冷静下来。劳蕾拉忍不住回头看看他，心情也变得紧张起来，不过并不是害怕。

"我一定要把这件事处理清楚。"安东尼脱口而出，"拖了这么长的时间，我都奇怪自己竟然没因此而发疯。你说不认识我？难道你没有一次又一次地看见，我好像个疯子一样在你面前跑过，装着一肚子的话要对你说？可你总是将嘴一撇，转过身去不搭理我。"

劳蕾拉干巴巴地说："我没什么和你谈的。我看出来你想和我搭讪。不过我不想让别人无缘无故地嚼舌头。我没打算嫁给你，没打算嫁给任何人。"

"不嫁给任何人？你自认为将画家打发了，就可以总用这个借口吗？呸！你那时候还是一个孩子。你将来会感到孤独的，到那时，如果你还是这样的怪脾气，你就会随便找个人嫁了的。"

"没人清楚自己的将来。就算我会改变想法，这也和你没任何关系。"

"和我没任何关系？"安东尼大叫一声，从桨手凳上一下子跳了起来，小船也因此颠来簸去，"和我没任何关系？在清楚了我的境况以后，你还能说出这样的话。你将来对谁比对我好，那个人就不得好死！"

"难道我承诺过你吗？你自己脑子发热，和我有什么关系？你没权利让我跟你好。"

"哦，"安东尼吼道，"这在书上当然没写，因为任何法律专家也不会将它用拉丁文写下来，再盖上封印。不过，我知道，因为我是一个好小伙子，所以我具备娶你做老婆的权利，就如同我拥有升天堂的权利一样。你以为，我会眼睁睁地看着其他男人带着你上教堂吗？随后，任何一个打我面前经过的姑娘都会耸肩膀，我怎么可能受得了？"

"您想怎么办就怎么办吧。无论你怎么吓唬，我都不会害怕。我会仍旧按自己的想法去做。"

安东尼浑身颤抖着说："你才不会总是这样说哩。我是一个男子汉，所以不会长期这样下去，让一个犟妮子把我的生活糟蹋了。你明白吗，如今你就在我的手心里，我想让你怎样就怎样。"

劳蕾拉慢吞吞地说："那么弄死我吧，前提是你得有这个胆量。"

安东尼气得高声嚷着："那就干脆一点儿，海里有的是咱俩的地方。妹子，我没法帮你了。"他差不多是满怀同情地这样说的，那声音好像是在梦中，"不过，前提是我们二人一定要一起，而且就现在！"他一边大声吼叫着，一边猛地转身双手抓住了劳蕾拉。不过很快，他就将右手缩了回来，手上的鲜血涌了出来。原来是劳蕾拉狠狠地咬了他一口。

"你想让我怎样，我就必须怎样吗？"劳蕾拉一边大叫着，一边将身子猛地一扭，把安东尼撞到一边，"咱们走着瞧吧，看看我究竟是否被你握在手心里！"说完，她就跳下船去，转眼之间消失在大海深处。

没过一会儿，她就浮出了水面，身体被湿透的裙子紧紧地裹着，海浪将她的辫子冲散了，沉甸甸地拖在脖子上。她不停地用双臂划水，沉默地奋力从小船旁游向岸去。

小伙子安东尼因为这突然的震惊差不多失去了知觉。他木木地站在船上，弯着腰，双眼如同钉子一样钉在劳蕾拉身上，好像眼前出现了奇迹。随后，他摇了摇脑袋，一下子就扑到桨前，使出吃奶的劲儿追着她划去。就在此时，舱底被他手上喷涌出来的鲜血染红了。

虽然劳蕾拉游得够快，但就像是转瞬之间，安东尼就赶到了她身边。

安东尼喊道："看在圣母玛利亚分上，上船来吧！我是个疯子，天知道我如何失去了理性。我如同被雷劈了一样，脑子突然发热，自己发起狂来，连自己干了些什么，说了些什么，也全不清楚啦。我不祈求你原谅，劳蕾拉，我只希望你能愿意救自己的命，上船来吧！"

可是劳蕾拉只是机械地向前游着，对一切充耳不闻。

"你压根不可能游到岸边，还有两海里的距离呢。你冷静一下，想想你母亲吧。倘若你遭遇不测，我会被吓死的。"

她目测了一下到岸边的距离，然后一言不发地游到船边，双手攀住船舷。安东尼赶去帮助她，姑娘攀上船时，体重导致小船倾向了一边，结果他放在凳子上的衣服就掉进了海里。劳蕾拉动作敏捷地翻进船来，重坐到原来的位置。安东尼看见她平安无事了，于是重新划起桨来。她用手拧着湿淋淋的裙子，再将辫子里的水挤掉。此时，她才发现舱底的血。她马上看了看安东尼的那只手，发现他还在划着桨，就好像根本不曾意识到自己受伤了一样。

她将自己的手帕递过去，说："拿去！"

安东尼摇了摇头，继续划船前行。最后，她不得不站起来，走到他身边，将他那很深的伤口用手帕紧紧地包扎起来。随后，她不顾他的反抗，将桨从他手中夺出，坐到他对面，正眼也不瞧他一眼，只是盯住被血染红了的桨，用力划船。二人沉默不语。就在船快划到岸边时，出海夜捞的渔民们发现了他们。他们热情地和安东尼打招呼，用劳蕾拉打趣他。不过两人头也不抬，一言不发。

船进港的时候，太阳还高挂在波希达岛上空。劳蕾拉将在海上差不多已经干了的裙子抖了抖，跳上岸去。那个清晨看着他们离开的老婆婆，此时又站在屋顶上。她问："安东尼，你的手怎么啦？耶稣基督啊，血把整个船都泡起来了。"

　　安东尼答道："小问题，教母。一颗突出的钉子把我刮伤了。明天就好了。该死的血一碰就出来，实际上并不危险。"

　　"小伙子，我来给你敷点草药吧。"

　　"教母，不用费心啦，已经包扎好了，明天就好了。我的皮肤可健康了，任何伤口都会一下子长好的。"

　　"再见！"劳蕾拉道别后，转身朝上山的路走去。

　　小伙子安东尼在后面大声说晚安，不过双眼并未看她。随后，他从船上将船具和筐子搬下来，沿着狭窄的石阶向上爬，回到自己的小屋去了。

　　在那两间他当下居住的小屋里，只有他一人。透过房间里那几个只装着木条子的小敞窗，海风轻轻地吹进来，带来了比平静的海面上更多的凉意。安东尼在这种寂静中获得舒服感。就在刚才，他站在圣母的小像前相当长的时间，对着那贴在像上的、银纸剪成的星辉状灵光虔诚地站了很久。不过他并不想祈祷。于他而言，不存在任何希望了，为什么还要祈祷呢？

白天好像驻足不前。他特别渴望黑夜早点到来，这是由于虽然他嘴上不说，但失血过多让他感到特别疲倦，也让他特别虚弱。他感到手上传来的阵阵剧痛，于是就坐到一张小凳上，将手帕解开。被堵住的血又渗了出来，伤口周围肿得老高。他将伤口仔仔细细地洗净后，让它长时间地浸在冰水里。当他再将手取出时，就清楚地看到了劳蕾拉的齿痕。他自言自语道："她说得没错，我是一个野兽，活该有这样的下场。明天我会托乔西普还给她手帕。我不打算和她再见面了。"他用左手和牙齿将右手的伤口重新包扎好，之后就将手帕仔细地洗干净，在太阳底下晒上。然后，他将自己扔在床上，闭上了眼睛。

皎洁的月光将他从似睡非睡中唤醒。同时，让他无法安睡的还有手上的疼痛。他跳起来，想在冰水中浸泡右手以减轻疼痛。就在这时，他听见门上发出响声。他一边大声问"谁呀？"一边拉开门。结果出现在他面前的是劳蕾拉。

她在没获得安东尼的许可下就径自走进屋里。进屋后，她将裹在头上的帕子解开，将一只小提篮搁在桌上，随后就喘起长气来。

安东尼问："你是来取手帕的吧？其实你无须多跑这趟，我明天一早就会托乔西普把它还给你。"

劳蕾拉马上回答："和手帕无关。我上山给你采了些止血药。看，就在这儿！"她一边说一边将提篮盖揭开。

安东尼真诚地说："太麻烦你了，太麻烦你了。我已经好了很多，已经好了很多了。即便是更坏了吧，那也是我自找的。你这时过来干什么呢？倘若让人碰见怎么办？你知道，他们会怎么胡扯，尽管他们并不清楚自己在说些什么。"

劳蕾拉着急地说："我才不在乎别人呢，我只想看看你的手的情况，给它敷上草药，要知道你用左手可做不好事情啊。"

"我告诉你，这压根没必要。"

"那让我看看，好让我确信。"劳蕾拉随后直接抓起安东尼那只无力反抗的手，将布条解开。于是那巨大的肿块就出现在她眼前。劳蕾拉怔住了，惊叫着："圣母玛利亚！"

安东尼无所谓地说："有一点儿肿。不过没事儿，一天一宿后就好啦。"

劳蕾拉摇摇头说："如果这样下去，你一个星期也无法出海啦。"

"我想后天就可以了。这真没关系。"

说话间，她端来面盆，重新清洗伤口。他也如同小孩子一样，任其摆布。然后，她在伤口上敷上草药，再用自己带来的布条包扎好。他马上觉得疼痛减轻了。

包扎完后，他说："谢谢你。你听我说，你如果肯对我再行个好，就请对我今天发了狂的行为表示原谅，并将我说的和做的一切统统忘了吧。

我也不清楚自己是怎么搞的。你从来不曾逗过我，的确从来不曾。以后，你再也不会听到我说的任何使你生气的话了。"

"理应是我请求你原谅，"劳蕾拉抢过话头，"我原本可以用更好的方式将一切向你解释清楚，而非采用不理你的方式。再说，还有这手上的伤口……"

"你那是自卫，而且是在我理应恢复理智的时候不得已的行动。我说过了，这没关系。不要再说什么请求我的原谅了。你这样做对我有好处，我理应感谢你。好了，你回家睡觉吧。这是你的手帕，你可以马上带回去。"

他将手帕递给她，而她却站着不动，似乎是在作激烈的思想斗争。最后，她说："你因为我而丢了上衣，而且我知道，那里面还有卖橘子的钱。我是在回家的路上才想起这一切的。因为我没钱，所以没办法赔偿你。就算我手头有点钱，但那也是我母亲的。不过，我有一个银的十字架，是那个画家最后一次去我家时留在桌子上的。不过我当时瞧都不愿意瞧那东西一眼，险些将它从箱子里甩出去。倘若你拿去卖掉，或许可以补偿你的损失。这是我母亲说的，因为那东西还值几个钱。倘若还不够，我就想办法趁母亲睡着时，夜间多纺线挣点钱还你。"

他态度坚决地说："我不要任何东西。"说完，他将她从衣袋里掏出来的那个亮晶晶的十字架推开了。

劳蕾拉说:"你必须得收下。你的手不知道多久才能干活呢。我将它放在这里了,因为我不想它出现在我的视线里。"

"那就把它扔到海里去吧!"

"这并非我送给你的礼物。这是你的权利,你理所应当采取任何方式处理它。"

"权利?我没权利要属于你的任何东西。倘若你往后再碰见我,就发发慈悲,别再看我。否则我会认为你是在用这种方式提醒我一度对不起你。好啦,祝你晚安,就让这次会面成为我们的最后一次吧。"

他将手帕放进她的提篮,又在上面放上那个十字架,最后将篮盖盖上。不过,当他做完这一切,抬头看到她的脸时,竟然吓了一跳。她的脸颊上滚过大颗大颗的泪珠,而她也不去管它们,任其肆意流淌。

安东尼大喊出来:"圣母玛利亚啊!你不舒服吗?你看你全身都在颤抖!"

她说:"我没事。我要回家!"她一边说着,一边摇晃着向房门走去。最终,她忍不住将额头抵在门柱上,发出大声而急促的抽泣声。在他追上去劝阻她之前,她突然转过身来,扑到了他的脖子上。

"我无法忍受啦。"她一边喊着,一边紧紧地抱住他不放,就好像垂死之人想抓住生命一样,"我无法听到你好言好语对我说完话,然后又让我离开,这让我良心上过意不去。你打我吧,踢我吧,咒骂我吧!——

或者，倘若你真爱我，在我对你这么狠以后还爱我，那么，就请你收留我吧，你想把我怎样就怎样吧。前提是你不要将我打发走，不要让我离开你！"接着又是一阵急促的抽泣，她无法讲下去了。

他沉默着将她搂在怀里好长时间。

"你问我是否还爱你？"他最终大声地说，"圣母玛利亚啊！你难道认为，我心里的血会因为这小小的伤口而流光吗？你就没感觉到这颗心在我胸中跳动得如此剧烈，似乎要跳出来献给你吗？倘若你说这些话仅仅是想试探我，或者是由于同情我，那你就走吧，我会将这些也忘记的。你无须由于清楚我为你吃了多少苦头而认为对不起我。"

"不，"她将头从他肩上抬起来，双眼含泪地盯着他的脸，相当坚决地说，"我爱你。还是让我说吧，我仅仅是一直害怕自己会爱上你，一直想反抗。如今我可要变个样子了，原因就是你在巷子里从我身边走过时，想让我看不到你，那样我可受不了啦。现在，我还要吻你哩，"她说，"倘若这样，你还是心存怀疑，你就可以告诉自己，她吻过我了。而劳蕾拉除了她的丈夫，不会吻任何人。"

她吻了他，然后从他的怀抱里挣脱开，说："晚安，我亲爱的！睡觉去吧，把你的手养好。不用跟着我，要知道我不害怕任何人，只害怕你。"

说完这些，劳蕾拉就快速地跑出门去，消失在围墙的暗影里。小伙子安东尼则长时间地凝视着窗外的大海。海上，星星们似乎都在轻轻地摇曳。

　　下一次，当矮小的神甫听完劳蕾拉长时间的忏悔后，他走出忏悔室时，不由得暗暗发笑，自言自语地说："没人能想到，天主如此快就对这颗奇异的心表示垂怜。我还为此在不停地责备自己不曾对她身上那个犟性子魔鬼予以更加严厉的责备哩。不过，我们的目光都过于短浅，无法看清通往天国的条条道路。喏，希望上帝赐福于她，也赐福于我，让我可以活着看到劳蕾拉的大儿子，让他代替他爸爸送我过海吧！哎呀呀，这个犟妹子！"

台伯河畔

一月末。年前的第一场大雪仍旧将群山覆盖着，阳光透过浓雾射下来，也只能将山脚下窄窄的一带积雪融掉，但是坎帕尼亚荒原上早已绿意盎然，好像已经春回大地。只有一排排橄榄树的秃树随处立在凹地的缓坡上，或者围绕着一所孤零零的小茅屋生长着，或者披着霜的一丛丛荆棘蔓生在大路两旁，还能感觉到严冬的威胁。

　　此时，散布在荒原上的羊群都还集中关在农舍旁边的畜栏里。为了勉强挨过寒冬，农舍一般会建筑在山丘后，并将麦秸从顶到底铺上。牧人中哪个人如果会唱歌或吹牧笛和风笛，此时就会三三两两结伴前往罗马，在那儿或者摆出风笛手的架势为画家当模特儿，或者从事其他工作，以此度过穷困、寒冷的日子。牧人自顾尚且不暇，何况牧犬呢。它们因为无人管理，饿得发了疯，成群成群地奔跑在茫茫无人的野地里，最终成为坎帕尼亚荒原的真正主宰。

　　傍晚，一个男子顶着猛烈的寒风出了庇亚门①，沿着城外穿过一排排

---

① 罗马的城门之一。

农舍的大道，慢悠悠地朝前走去。一件斗篷被他胡乱地披在宽宽的肩膀上，灰色的大檐帽压得低低的。他眺望着对面的群山，直到大路通进一片果园，园墙只将远景的小小的一隅留给他。他好像感觉到太憋闷了，结果再度坠入不愉快的思绪中，他原本想将它们摆脱，这才来到郊外的。一位衣饰辉煌的主教大人带着侍从从他身旁经过，他不但没发现，而且不曾向对方致敬，直到跟在后面的主教的车辇辚辚驶过，他才意识到自己的失礼。

就在这时，一辆又一辆轿式马车和轻便马车也从梯费里方向驶来，车上坐着外国游客，他们雅兴大发，要去观赏山中雪景和小瀑布。那些年轻的英国女人任自己的蓝色头巾在北风中飘舞。而他根本不曾在意那些娇艳的脸庞，就匆匆离开大道，踅进左边一条田间小路，在经过几间磨坊和小酒店后，他就深入到了坎帕尼亚的荒野中。

此时他停下来，深吸一口气，享受着冬日辽阔晴空下的自由。夕阳从天边照射过来，将古代罗马水渠的废墟映红，让萨宾山脉的积雪发出闪闪的红光。城市已躺在其身后。不过这时与他相距不远的某处却响起了钟声，不过因为逆风，那声音听上去十分微弱。他变得不安起来，又疾步向前赶去，似乎在躲避着这生命的最后一点声响。他很快就离开了小径，忽上忽下地翻越着荒野里的一道道波浪形土坡，还不时跃过夏天圈牛群的木栅，渐渐地走进了暮色茫茫、荒凉无人的原野中央。

四周好像平静的大海一样，一片沉寂，甚至可以清晰地听到乌鸦掠过大地的振翅声。听不到蟋蟀叫，回家去的村妇的歌声也无法从遥远的大道上传过来了。此时他才真正感到心情舒畅起来。他将手杖用力地向地上戳了几下，欣赏着大地发出的回响。

　　"她话并不多，"他说着罗马老百姓的土话，自言自语，"但她讲的都是实话，默默地关心着我们这些践踏在她身体上的孩子，对我们可谓有问必答。从此之后我绝不再听他们的唠叨，那些个轻浮的家伙！他们的空话磨伤了我的耳朵，似乎我已经一文不值，似乎我对他们无休无止谈论的那些事情特别了解，似乎我除了干活儿不懂任何事情。不过我却靠他们生活，在他们将鼻子伸长到我作品上嗅来嗅去的时候，不得不对他们笑脸相迎！真该死！"他狠狠地诅咒着——某处似乎传来一声回响。他看了看四周，不由得一愣。在半小时路程内的旷野上，他没发现一所茅屋，也不曾见到一座土丘，他不相信附近有人。过了好长时间，他终于继续往前走，心想没准刚才是风在捉弄他。不过突然又出现那个声音，而且比刚才更近更响。于是他又一次停住脚，竖起耳朵听。

　　"我或许已经走到一所农舍或者仓库近旁了，是不是从那儿传来的牛群的哞叫？这不可能——声音不一样——的确不一样——听，听啊！"他不由自主地打了个冷战，"是狗群！"他嗓音喑哑了。

　　那怪声越来越近，嗷嗷的叫声好像狼嚎，既不是狂吠，也不是号叫，而是一种重浊粗野的吼声，随风送来就成了一支绵绵不断的凄厉可怕的曲调。这曲调好像具备摄人心魄的魔力。你瞧那位漫游者此时呆若木鸡地站着，将嘴和眼睛张大了，脸朝向传来那些疯狂的畜生的战斗呐喊的一方，根本无法动弹了一样。最终，他强自振作起来，说："晚啦，它们已经嗅到我的气味了。跑吧，天已经晦暗不明，跑不了十步就会摔倒的。得了，活着既然已经像一条狗，这会儿再让自己被同类结果掉——也挺有意思。倘若我手中有把刀就好了，可以让我那些伙计们更省事。"不过，他一边说着，一边试了试手杖下的大铁尖，"倘若它们的数量不多，或许我还能比它们多挨几天饿呢。"

他将斗篷转过来，用右手灵活地将手杖紧紧握住，用斗篷将左胳臂一道一道地缠起来，作好防卫的准备。他怀着冷静的决心，检查自己所站之地。但见那里寸草不生，布满乱石，异常坚硬。

"让它们来吧。"他说，同时摆好架势。现在他已经依稀看见它们了，开始数道："五条！那儿又跑来第六条！看，它们和地狱里跑出来的恶鬼一样气势汹汹，腿很长，很瘦。等着吧，畜生！"他说着将一块大石头拾起，"不过得按规矩，宣一宣战啊。"

话音未落，石块已向着五步之外的领头狗飞去。伴随着一声凄厉的号叫，狂奔而来的狗群一下子停住了。它们的一个伙伴倒在地上，浑身剧烈地抽搐。

"休战啦！"那男子说。他的嘴唇哆嗦着，左手痉挛地紧捏着斗篷，脉搏跳动得相当剧烈，不过其锐利的双眼一眨不眨。他发现自己的敌人又开始蠢蠢欲动，在苍茫的暮色中，那一双双巨眼闪着凶光。它们两条两条地逼近，最大的一条狗领头。第二块石头飞过去，将那头狗肋骨凸显的胸部弹到了一边，那畜生被激怒了，发出喑哑的号叫声，冲着黑色的人影扑来。又是猛地一击，它倒在石头地上，随后，旋风似的舞动的手杖戳进了它那大张着的嘴。

此刻，与搏斗地相距几百步之远，一名骑手正穿过冬季的茫茫夜色，从无路可寻的坎帕尼亚荒原上急驰而来。他定睛向着那传来断断续续号叫声的地方望去，发现一个男人被围困在狗群中，他正受到从四面八方扑来的野狗的轮番攻击，两条腿已经摇摇晃晃，被敌人逼得连连后退，拼力才得以支持着不倒。骑手大吃一惊，用马刺猛刺马肋，向前飞奔。殊死搏斗的人突然听到马蹄声，或许是这突然到来的希望太让他震惊了吧，他的力气也一下子就消失啦。他的胳膊沉下来，头晕目眩，感到身后让某种东西一扯，随即一个踉跄跌倒在地上。在迷迷糊糊之中，他听见几声枪响，随后就彻底昏迷过去。

当他再次强打精神将双眼睁开时，他发现一张年轻小伙子的脸俯在自己的头上，而自己的后脑勺正枕在对方的膝上，那人正在用刚拔出的湿润的青草替自己擦太阳穴。站在他们身边的马正喘着粗气，两条血肉模糊的大狗躺在马脚下的地上扭来滚去，作着垂死挣扎。

"您受伤了吗？"他听见对方问。

"不知道。"

"您住在罗马？"

"离海神喷泉相距不远。"

年轻人将他扶着站起来。不过他无法站住，因为左脚太痛了。他光着脑袋，斗篷已经被撕得粉碎，衣袖也被咬破了，胳膊上流着鲜血，脸色苍白，神情呆滞。他一言不发，任凭自己的救命恩人半扶半背着将自己弄到几步之外的马前。他艰难地坐上马鞍，然后让年轻人牵着缰绳，慢慢走回城去。

他们走到城外的第一家小饭馆前停下来。年轻人让老板娘取来酒。受伤的男子喝完一杯后，神情马上活跃起来了。他对年轻人说："您帮了我的忙，先生。不过我或许并不会因此感激您，相反会加倍地诅咒人生。不过，暂且还是让我向您表示感谢吧。人毕竟也像无法丢掉其他恶习一样无法舍弃自己的生命。人人皆知空气中充满了腐烂发臭的气息和人所吐出来的浊气，却又认为呼吸是一件好事。"

"您将人都说得太坏啦。"

"不过我不曾见过任何一个人，当我说他好话时他不认为我是一个傻瓜。请原谅，您不是罗马人吧？"

"我是德国人。"

"上帝保佑您！"

这两个人默默地到了城门口，进城后走向巴尔伯利尼广场。受伤的男子指了指广场角落里一所又破败又黑暗的小房。当马在那低矮的门前站住时，他就从马背上翻下来，不过因为年轻人没来得及扶住他，他无力地摔倒在了地上。

"情况比我预期的更糟糕，"他说，"劳驾您，请扶我进去吧，钥匙在那儿。"年轻人扶着他，一言不发，只是让一个小男孩帮他牵着马，让一个闲得无聊的青年帮忙将房门打开。房子里黑乎乎的，门开时迎面扑来一股阴冷潮湿的霉气。两个青年人遵照男子的吩咐，将他抬进左手边的一间空荡荡的大屋子里。

"您的床在什么地方？"德国人问。

"您认为哪儿好就在哪儿，不过还是把我放到那边墙壁的前面吧，这后面的一堵墙已经不可靠了。这座漂亮的老皇宫，一到开春人家就要来将它扒掉啦，不过我想它可没耐心等到那个时候。"

"可您在这儿如何受得了啊？"

"这就是埋葬自己的最便宜的办法，"他冷漠地回答，"我无须付房钱，却像主人一般自由自在。"

说话间，帮忙的小伙子已经将火石打着，将窗台上的一盏黄铜小灯点燃了。年轻的德国人则扶着他，让他躺到一条铺麦草的单子上，再用破斗篷勉勉强强将他盖起来。受伤的男子长长地舒了口气，将强壮的四肢伸展开，闭上了双眼。德国人给小伙子钱，让他去办许多事情。随后，他并不曾告辞就走出房子，跃身上马，匆匆而去。

一刻钟后他重新跨进房间，一位大夫跟在他的身后。大夫为病人检查和包扎腿上的一处处伤口，病人一声不吭，听凭对方摆布。趁着这个空当，德国青年看着房间的四周，发现四壁空空如也，墙壁上的泥灰已经大块大块地剥落，屋梁也光秃秃地露在外面，已经被烟熏黑。刺骨的寒风透过破烂的窗户直往里灌，屋子里零零落落地放着几件用具。此时，小伙子抱来一捆柴，在壁炉中生起了火。当炉火噼噼啪啪爆响的时候，散射出红光，于是屋角里的几座扑满了灰尘的黏土塑像和石膏模型就显现了出来。有一条背上托着个死去男孩的大海豚，还有一座巨大无比的美杜莎头像，仅仅凌乱地垂挂在其痛楚的太阳穴上的发辫还不曾变成一条条活蛇——年轻的德国人想不起在古希腊的雕塑中是否见过此类形象。此外还有比真人更大的石膏模型：几条胳膊，几只脚，一个少女的胸部，其间还立着些黏土习作，全都乱糟糟地挤在一起。不过在桌上，他看见陈放着一位雕塑家必需的多种类型的工具，以及一沓沓还没完成的草图，大部分画的都是美杜莎的脑袋，样子和那座大浮雕颇像，只是所表现的激情和崇高的程度与性质不同罢了。旁边还有一口小箱子，里边装着不曾加工的贝壳、石版画拓片，以及玻璃和石膏坯子等。

"我想没危险了。"大夫终于说，"只需弄些水来，夜里让小伙子守着他，不断地替他冷敷伤口。卡尔洛先生，您可被它们搞得够呛喽。不过在这样的季节和这样的时刻，谁让您跑到坎帕尼亚荒原上去了呢？"

"谁？壁炉这坏东西呗，"艺术家回答，"它太固执了，你不在它的脖子里填上木柴，它就不肯给你一点点暖气。我有些讨厌我这座豪华的老宫殿，大夫先生，我真恨不得踢它一脚，让我和它都可以暖和起来。喏，为了避免我俩之间真正闹翻，我就离开了它。"

"您在这儿过得太窝囊啦。"心地善良的小个子大夫一边擦拭着蒙上了水汽的眼镜片一边说，"待会儿我让妻子给您送条毯子来吧，明天我再来看您。您好好地睡一觉，睡眠这位大夫可以治咱们所有的病。晚安！"

年轻人陪着大夫走出房间，二人在过道里谈了一会儿。

"我也只知道他的名字。"大夫说，"此人脾气古怪，行径孤僻，就是喜欢跟小酒馆中最下流的人来往，将手中的东西都挥霍掉。不过就石雕这一行而言，他在全罗马都是首屈一指的。他的手艺得自其父亲，他父亲叫乔万尼·比安基，早已死了。"

"他的伤口果真没事吗？"

"只要他好好休息，坚持用冰冷敷就没事。这个人的身板儿像铁打的一样，不然就不可能抵抗那些畜生这么长时间。一共五只，您说！当真是一个不要命的家伙！他做起事来就是这么怪。喏，喏，他会睡着的。别担心，特奥多尔先生！"

特奥多尔回房时，他当真已经睡着了，虽然脸冲着明亮的炉火。特奥多尔长久地端详着他。他面目相当清秀，只是鼻梁瘦削了些，头发间或泛白，胡子也不曾修整。一排雪白发亮的牙齿从他呼吸时微微张开的唇间露出。特奥多尔将斗篷揭开，替他换冰时，发现他的四肢的确强健有力。

特奥多尔请帮忙的小伙子将足够的木柴和冰搬来，告诉他明天一早再来，就将他打发回去了。他自己则端了一把藤椅坐到壁炉前，将身上的大衣裹紧，作好熬夜的准备。此时差不多是十点钟左右，月亮在屋外空旷的广场上洒满清朗的光辉，喷泉的水花落在海神的贝壳里发出唰唰的响声。一个姑娘的低声吟唱从邻近的一幢楼房中传来：

Chi sa，se mai
Ti soverrai di me!①

这是一首古老悲歌的结尾叠句。很快，这歌声也沉寂了，仅余无字

---

① 意大利语：谁知道，要是你什么时候还想起我来！

的曲调还在特奥多尔心中发出回响。

他看见自己又站在梯费里的峡谷边沿上，面对着从无数泉眼里涌出来又落进谷底去的小瀑布，由于是冬天，水已经不多。他们漫无目的地并肩走着，他，那位美丽的小姐，以及小姐的矮小灵活的女伴，后面这一位不停地抱怨着走的路太吃力，太危险。

"咱们早就应该跟着您的爸爸妈妈往回走，玛丽，"她已经多次操着英语说，"没错，咱们这会儿还可以这样做。他们还在那儿，姑娘，在那瀑布的顶上，您瞧，玛丽，不过很快就会回到'女巫'大旅馆，舒舒服服地坐在壁炉前，而咱们却要将鼻子冻掉。你的鼻子已经冻得通红了，玛丽，我的天啊，瞧您变成什么样子了，姑娘！再说瀑布那边刮来的风如此刺骨，我早就说过，先生，并警告过，可咱们的小姐就是异想天开。仁慈的主啊，咱们已经在秋天欣赏过这些风景了，更别提夏天！那时节咱们骑着马舒舒服服地走下山去，哪里会像这会儿似的非往下滚、往下摔不可！"

"已经不远了，亲爱的蓓姬小姐，"姑娘笑吟吟地说，"上了大路就平坦啦。咱们的朋友自愿搀着您，您干吗要拒绝他呢？"

小个子女人靠到她身边，咬着她的耳朵说：

"亏得你还这样问我，玛丽！您知道我的想法，让一个未婚男人这么搀着下山是绝对不行的。咱们脚下一滑，靠在他身上，他就马上会当作是对他亲热的表示。您叫我真难堪，姑娘。"

玛丽偷偷笑了笑，接着就摆出一副严肃的样子走自己的路。她额前的棕色发卷被那黑天鹅绒的帽子压着，这导致年轻人几乎看不到她的脸。"我的父亲向您承认，他因为您的矜持而难过，不过这并不是恭维之词，先生。"她随意地望着青年，说，"倘若我没有记错。自从我哥哥去世后，您只到过我们家四次。"

"四次！"他应着，"难道您曾数过……"

"我一直听见父亲在念叨。'自从我的爱德华不在了，'他说，'我就不打算再与任何他不熟的人讲话。'他还嚷嚷什么不认识我呢？随即，他就会不停地谈您、夸您、想念您。"

"我得承认，"特奥多尔说，"当我们在这里碰见的时候，我感动于您的父母在欢迎我时表现出来的亲热和眷爱。真的让我特别感动。不过相比任何时候，我本人在今年冬天的确懒于和人交际。去年则明显不同，去年我刚到这里，无论什么人，倘若发现对我有好处，我全都来往。不过如今我发现自己那样做的结果就是吃了亏。当然，此地地杰人不灵。这里的人自身也有所感，不过为了撑门面，他们只好不停地自抬身价。这的确相当让人讨厌，也让像我这样的诚实人对与其交往失去了兴致。所以我喜欢独自生活，仅与个别情况相似的人来往。要知道，我可是在故乡就已经被惯坏了，为此只有在家里才可以高兴地长久地生活。"

"您离开自己的父母已经很长时间了吗？"

"我的父母已经过世了。"他语调低沉地回答，"他们二人是在同一个礼拜去世的。之后我就翻过阿尔卑斯山离开了家乡，没人知道我何时会再回去。"

他们漫步于橄榄园里淡淡的树影下。路面彻底晒干了，他们头顶上的叶簇被阳光照射着，叶片上的一层薄薄的残雪已经融化，绿叶如同被连绵春雨洗过一样熠熠生辉。矮小的伴娘立刻又变得兴致勃勃起来，大讲特讲她一个人穿越罗马城的经历。要知道，她正在写一部与罗马相关的书。无论如何，确切的事实就是她打破自己做事的原则，不顾他人的非议，与一个陌生的年轻意大利男子一起共度了一个多小时的时光，将卡拉卡拉温泉全面具体地考察了一遍，并且还接受了对方送她回家的请求。

"您或许认为，玛丽，"她提高声音说，"我可以轻易地狠心不再回到我那古老的英格兰了吗？您要知道，我刚到这里的时候，甚至连一个月也无法待下去。要知道，我出生于一个古老的世家，先生。我的第一位祖先在为自己及其子孙后代争得土地后，就牺牲在哈斯廷格斯①。所以，我理所当然拥有英国的一份土地，就如同它拥有很多土地，属于最大的

---

① 1066年，以征服者威廉为首的诺曼底贵族在哈斯廷格斯最后战胜了盎格鲁－撒克逊人。

领主一样，不过没人会心甘情愿地弃自己的土地于不顾哟！但谁知道呢，我或许就会在这里度过一生，倘若将祖国忘记并非什么卑鄙的行为。要知道我们已经被祖国忘却了，它已经忘却了我们的祖先为其建立的伟大功勋。"

"这我真不清楚。"特奥多尔笑了笑说，"我想您仅能替古老的英格兰建立一种功勋，即跟随贵祖先的脚步，将罗马征服。"

"看您这张利嘴。"她用手中的扇子轻轻地打了年轻人一下，说，"若我现在处于您恰好可以讽刺的年纪就更好了。不过说真的——由于您那样讲也的确有几分道理，如今的确有人在动我的脑筋——您会不会认为，英国人与意大利人或者具体地说，罗马人长期地生活在一起，双方性格可以合得来吧？"

"您知道，高贵的女士，爱情可以创造奇迹，可以将鸿沟填平，可以将藩篱摧毁。我并不担心性格什么的。倘若文化教养相当，心灵可以创造奇迹呢！我发现太多的由于情趣不同而破裂的婚姻，相比因为性格不同而破裂的婚姻要多得多。不过可能任何一个罗马男子都不会与您对罗马的兴趣发生共鸣呢！"

"您说得没错，"她回答，"总之，爱情是个口味问题。"说完，她将自己的脸用绿纱巾遮住，如同要进行严肃的思索，不希望被他人打扰一样。

由于蓓姬小姐又和平时一样自言自语地唠叨起来了，两个年轻人加快脚步向前赶了一点儿，因为他们可不想偷听她心中的秘密。

"这是一个善良的女人，"玛丽用温柔的语调说，"她因为旅行而彻底失去了常态。她或许天生具有点儿冒险的性格，不过这种性格被英国的政治生活给白白地消耗掉了。但我们一踏上大陆，她的这种奇特的禀性就复发，为此害我们一路上可为她担心了，当然也因此给大伙儿提供了一些笑料。"

"倘若再年轻一些，这种好幻想的个性或许相当可爱。"特奥多尔说，"不过年纪略大些的人通常会明白，命运如何来就不得不如何顺应，自己去刻意追求并不会讨得了好。不过希望她可以认真对待自己那位殷勤的罗马朋友，就像人家最初就认真地对待她一样。"

"我看到他们二人一起回家过。那个男人比较年轻，仪表堂堂，不过有些高傲，但是还算秀气。"

"你如何看待蓓姬小姐提出的那个疑难问题？"过了一会儿，特奥多尔问。

"什么问题？"

"就是不同民族的人能否合得来的问题。"

玛丽思考了一会儿，然后说：

"人们彼此希望得到的越多，想给予对方的越多，我认为他们就会越亲密。不过就算是这样——我认识一个英国人，他与一个出生于南美洲的欧洲女子结婚了，夫妻二人对待生活都相当轻率、肤浅。他高兴自己娶了一个漂亮妻子，而她好像对于他打算用财富将其埋起来的现象格外满意。可是最终他们之间还是出现了问题，无论生活在何处，总是水土不服一样。这二人倘若继续生活在一起，就不快活啦。"

"他们二人出生的地方不同。不过倘若女方也有北方人的血统呢？"

"不过就算是这样——就拿我个人感受而言吧。我生长于高原，慢慢就适应了罗马柔和的气候。现在是冬天。而那边早已是银装素裹。等我今天回到父母身边，坐在壁炉前，倾听着烧开的水在茶壶里唱歌，我发现自己生活所需要的任何东西都有，都近在身边，按这个标准，我原本应该感到相当幸福了吧。不过并非如此，坦白地说，我此刻真的相当怀念自己的故乡呐，怀念我们的乡间别墅，怀念那挺立在窗前的几株老槭树，怀念花园后边被白雪覆盖的田野，尽管那里远不如眼前的坎帕尼亚荒原壮美，尽管其上笼罩着的苍穹浓雾弥漫，没有此地的天空明净到让人心胸开朗，精神清爽。不过，这里毕竟是异乡的土地。而在人与人之间，或许也存在一种陌生之感吧。"

就这样，这二人一直用英语交谈着。这时，年轻人突然开始讲起德语来，所幸姑娘也完全听得懂，不过在讲的时候略带些英语腔。

"请允许我说德语吧，"他说，"您刚才谈到自己对故乡的怀念。当您讲着故乡的宁静的冬天时，我也不由自主地想念起德国的冬天了，于我而言，它们已经成为过去，恐怕我再也不会回去啦。我好像又听见乌鸦飞过秃树间撞断细瘦的枯枝时发出的咔嚓声，我仿佛又听见雪花飘落于窗前发出的簌簌声。我的母亲因病卧床已经数月之久，她无法，也不想再回到喧嚣嘈杂的都市了。从前，这幢老别墅仅在夏天才住人，目之所见均为愉快的行猎和欢乐的野游。可是现在它却成了冬季的避风港，母亲就在这里休息，从而让自己因长途跋涉而积下的辛苦被温泉洗去。"

"这样，您就可以待在她身边喽？"

"最初的几年我仅在那里住几周。最后一个冬天，她无论如何不让我离开了。我于是整天坐在她床前，或是做做自己的工作，或是与她聊聊天，或是为她弹她心爱的曲子，当然那些曲子并非当下流行的乐曲，而是简单而古老的民歌。小客厅面向花园，窗户很多，又高。我好像还可以看到我的父亲因为忍受不了屋里过于暖和的空气，跑到窗外的阳台上不停地来回踱步，头上还戴着熊皮便帽，嘴里衔着短短的烟斗。不过他极少离开窗前那地方，倘若谁有事情找他谈，那就一定要劳驾去那里。当然，他也会时而走进屋里与我们共度一刻钟。此时我的母亲会将头抬起，仰望着他，那目光啊，我永记在心。我的母亲拥有一双美丽而清澈的蓝眼睛。"

"后来她去世了？"

"是春天去世的。父亲没多久也在骑马时出了事。自从母亲离开了我们，他就再也无法静下来，经常喜欢骑最野的马，而且经常半天半天外出不归，无论我怎样要求他爱惜自己。我了解他，因此无论如何也摆脱不了不祥的预感和恐惧——结果真的被我猜中了。"

交谈间，他们二人已经下到谷底，于是就此停下来，等待玛丽的到来。玛丽所站之地与特奥多尔相隔几步远，在其侧面。当他转过头去观赏山景时，他就将姑娘的整个形象收入眼底。但见其俏丽开朗的脸庞上流露着几许哀愁，她那双低垂着眼睑的明眸里闪动着点点泪光。她将双眼抬起，神情肃穆地向远方凝视，他发现她蓝色的眼睛竟然特别大。他曾见过这双美眸，不过在过去他始终在逃避它们的注视，原因是他清楚它们的魅力太大。不过此刻，他终于首次心甘情愿地屈服于它们了。"玛丽！"他轻唤了一声。不过玛丽既没动弹，也没看他。这时，那位矮小的女伴已经赶到了。结果三人就一边爬着梯费里一侧的山坡，一边又交谈起来，不过玛丽一直不曾搭话。

傍晚时，大家一起从梯费里动身返城，因为喝了一点酒，兴致要比刚才好很多。当特奥多尔将女士们逐一扶上马之后，老先生马上亲切地对他说：

"在我知道何时可以再见到您之前，亲爱的朋友，我不打算上车。我还有一件小事，一件于我及全家都相当重要的事，打算与您商量一下。这件事和我们可怜的爱德华有关。我相信，倘若您知道我们在期待着您的帮助，您肯定很快就来。"

"今天晚上就来吧。"老太太也请求。

年轻人答应了。当仆人为其牵来马匹的一瞬间，他发现玛丽脸上浮现出一种忧戚的神色。他立刻上了马，轻轻地驾驭着这匹年轻的坐骑，在马车旁走了一段路。随后，他就将速度放缓，落于马车之后，静等白天悄悄过去。等天黑之后，他才重新策马急驰，横越坎帕尼亚荒原，心想这样就可以少走一段弯路了。结果没想到，他与正和狗群搏斗的比安基相遇了。

特奥多尔又将头晃了晃，让自己清醒些，同时为壁炉里添了几块柴，并用他那双黑色的眼睛严肃地瞪着火焰。

"我这样答应去却又没去，他们会如何想啊！"他自言自语说，"她会如何想啊！现在再派人去报信已经太晚了，再说也没人可派呀。她肯定还坐在家里，不清楚今天的一切代表着什么。或者——Chi sa, se mai……①"

———————————

① 意大利语：谁知道，要是你……

他为病人更换冰块后就在房里开始不停地踱步，踱着踱着，他望着美杜莎的脑袋出神，经炉火映照，它的颜色就好像一个垂死者的脸色，在其上面反抗的血液正与死亡的恐怖进行着斗争。他被那景象深深地打动了。最后，他只好强迫自己将目光移开。这时他才发现有好些淫秽的小雕像被放在光线昏暗的壁炉台上，其中几件就是臭名昭著的庞贝①铜像的仿作，另外几件则明显是最新创作的，不过就其神形生动和放纵不羁来看，则足以与前者相媲美。一本破烂不堪、积满灰尘的阿里约斯托②诗集躺在小雕像旁边。他将这本书拿到手里，好奇地读起来。因为这是他可以在这里找到的唯一一本书。

很快，几个小时过去了。深夜，睡梦中的病人突然大声呻吟起来，胳膊在身体旁边不停地挥动。特奥多尔将他蹬跑了的睡垫推好，为其重新盖上毯子后，这个人就彻底清醒过来了。他一下子从床上坐起，一边好像打算自卫一样在身边摸索武器，一边厉声大喝："您是什么人？"

"一个朋友，让我们好好认识一下吧！"特奥多尔回答。

"骗人，我没有朋友！"病人一边喊叫着，一边努力想站起来。最终，他因为包扎在绷带里的手脚的疼痛而清醒了。在他倒下身后，他回

---

① 古希腊和罗马时代的城市，公元79年维苏威火山爆发时被埋入地下，18世纪以后在此地发掘出大量艺术品。

② 阿里约斯托（1474—1533）：意大利文艺复兴时期的诗人，代表作为《疯狂的罗兰》。

忆着自己经历过的事。最终，他静静地躺了一会儿，语气缓和地说："原来是您啊。我都认不出您来了。您此时在我房里干吗？为什么不回家去？是不是您与其他人不一样，在白天时比较诚实，到了晚上却无法入睡？您快走！您应该去睡觉了，为什么要在半夜三更守着我？"

"大夫说，您的伤口需要在夜间冷敷。我对于请不相干的人来做这件事不放心！"

"这事跟您难道有关吗？"

"也不相关。不过，您要知道，我之所以照顾您，并非为了挣几个小钱，而是完全为了您好。"

病人沉默地躺着。可相当长一段时间后，才态度异常粗暴地说："您就行行好，赶紧走吧。我一想到自己是在被人关照，就如同生病一样难受。倘若想让我对您表示感谢，那好似老头子侍候起小娘儿们，我可要笨拙死了。"

"您无须感谢我。我之所以留下，是因为您需要我。当然，倘若没我，您也可以的话，那么就无须等您来抱怨我打扰您了。"

"可我知道您坐在旁边挨冻，我就无法入睡。"

特奥多尔将炉火拨旺，说："您在那儿也可以感觉到，我其实挺暖和的。"

病人将双眼合上，又躺了一会儿问："您是一个路德信徒吧，先生？"

"没错。"

"我早知道，"比安基自言自语说，"他想将一个灵魂从教会①的怀抱中骗过去，因此才干这种事情。不过，相比我们，他们也并不太好啊。"

"您在说胡话。"特奥多尔重重地说，"说吧，随便您说什么都行啊。"

随之而来的就是长久的沉默。特奥多尔依旧和此前一样给比安基更换冰块，比安基则面冲墙壁一动不动地躺着，仿佛睡着了。突然，就在特奥多尔又去照料他时，他一翻身就坐了起来，然后将受伤的胳膊伸出去，急切地想将特奥多尔的手抓住，抓住后就用自己温暖的手握着，同时低声地、缓慢地说道："您太好了！您太好了！您是一个真正的好人。"说完就虚弱地倒在草铺上，大声抽泣起来。等到眼泪流尽以后，他又再度进入梦乡。

当比安基再次苏醒过来时，明亮的日光已经透过百叶窗的缝隙射进屋里，于是他眼前形成了一片迷蒙的光雾。他看到一个小伙子和大夫就站在床前，他听到他们说，小伙子一大早才到，特奥多尔进城去了，也没说是否还来。

整整半天的时间，比安基都显得焦躁不安，心事重重，不时地倾听着走道上的声音。几只小老鼠跑到屋子中间来，对他忽闪着小眼睛，叽

---

① 指天主教，也就是旧教。路德派是主要流行于德国的新教。

叽地叫着，直摇着小尾巴向他打招呼。要知道，这些小家伙是他在最穷迫困苦的情况下也记得周济的，于是被他完全驯化了。可是此时，他不屑于看它们一眼。帮忙的小伙子不清楚它们在这所房子里享有的特权，于是就将它们轰走了。随后一个人来敲门，为其带来了艺术品商人的一项订货——用红贝壳雕的几只耳环。他二话不说就让小伙子将人家打发走了。他认识的一位雕刻师，听说他得以死里逃生，于是好心好意地跑来探望他这个孤独的人，结果得到了相同的对待。

特奥多尔此时已经早早地来到了一所高大的楼房前，这里住着玛丽一家。老用人为他开了门，对他说："昨晚上老爷太太等了您很长时间，还让我到您府上去，不过您没有回家。玛丽小姐说，希望您别出什么事儿才好，因为您是骑马回城的！感谢上帝，您平安无事。"

特奥多尔没回应。这时，他听见贝多芬的奏鸣曲从房里传出来。他正倾听着，琴声突然停止了，接着响起推开靠椅的声音和衣裙的窸窣声。他跨进房，一下子就来到玛丽面前。她早已等在房间中央，好像正在向房门奔去。看到他，她激动得无所适从，双颊烧得通红。他急忙将姑娘的手捧起，这才发现她的眼睛哭肿了。

"玛丽，"他说，"我已经知道了，我应该比自己想象的还要更多地请求你们原谅。害你们替我担心了！"

姑娘强颜欢笑。

"我很高兴，我们的担心是多余的，"她说，"看样您是被什么事给拖住了。我马上就往最坏的方面想，真是太傻了。我这就去叫爸爸妈妈。"

他连忙将她制止住。

"您哭了吗？玛丽……"

"没什么，我夜里睡得很糟糕，刚才弹琴又太激动了。"

他将她的手放开，她站在原地，让身子倚在椅子的靠背上。他则在房间中不停地来回走动，最后重新停在她面前，将她的手抓住，嘴里嗫嚅着什么，突然一下子将姑娘抱住。姑娘啜泣着，静静地偎在他的怀里，内心充溢着激动、幸福之感。

"咱们到爸爸妈妈房里去吧。"玛丽从二人之间首次热烈的拥抱中脱身出来，说，"跟在我后面！"

她温柔地牵着他的手。他却希望什么地方也不要去，因为此时他感觉，似乎一旦与其他人在一起，他就会失去她。不过他还是跟着她走了。在她母亲的房间里，他们见到了两位老人。在跨进门时，特奥多尔认为好像有必要请求自己的爱人，让她不要提刚才发生在二人之间的事。他感到，自己当下处于陶醉状态，仅能与其本人无言相对，而无法向其他人做出解释和交代。没想到，姑娘已经把话讲出来了。这位母亲是一位雍容大度的夫人，她亲切地拥抱了特奥多尔。平时，她就是一个相当注重礼仪之人，对于眼下这件大喜事当然也十分郑重地为其祝福，而且说得极其诚恳，当然，这与特奥多尔的心情还是有些不协调。而做父亲的却一言不发，只是无数次地将其未来女婿的手握住，不停地亲吻自己女儿的额头。

特奥多尔开始讲述昨天晚上发生的事情。玛丽则倚靠在他的胸前，当他讲到和狗群格斗时，她害怕地用胳臂搂住自己，好像如此一来才让自己确信，一切皆已过去，他已安然来到她的身边。母亲向女儿使了个眼色，不过这都被特奥多尔看在眼里。结果，姑娘就坐直身子，端端正正地坐在他身旁，不再碰他。他为此感到非常尴尬，数小时后，他只好离开了，临别时在门口再一次衷心地亲吻姑娘，不过感到她在吻自己时怯生生的，而且迅速将嘴唇抽离。为此，他在离开时内心产生了一种异样的感觉，心口感觉压抑极了，血管好像被堵住了，热辣辣的。他静静地在大门外站了一会儿。街上空无一人，他让自己的前额贴在石头门柱上冰了冰，将双臂向上伸展着，样子像是要将天空撕下一块按在自己胸口上，等情绪略微稳定后，他就向着海神喷泉的方向走去。

当门外传来特奥多尔的脚步声时，比安基那苍白的脸颊马上现出红润。他激动地坐起来，专注、坚定地望向跨进门来的特奥多尔，感觉他好像比自己昨天见到的更高大，更有男子气概。特奥多尔走到他跟前，说道："您看上去好多了，比安基，医生比较满意。我求您安静地躺着吧。我一个人在房里踱一会儿，我的脑子还乱哄哄的，心情还平静不下来。"

他不曾将自己来自何处告诉比安基，也不曾将自己在几小时前刚与一个女人的命运结合在一起的事情告诉他。不过，在其身体四周好像围绕着一圈荣光，比安基无法将视线移开去。他将帽子摘掉，将大衣搭在一边肩膀上，抬起头，宽阔的胸部挺着，鬈发蓬松，额头饱满、高贵。他就这样双臂抱在胸前沉思默想着，而且不停地徘徊，好像将来探望病人的目的忘得干干净净。走着走着，他又用脚踢一踢燃烧的木柴，盯着火苗出神。最后，他转过身来，说："来，说说您吧，比安基？"

"您想知道什么呢？"

比安基用带着疑虑甚至反感的语气反问着，而非从前的顺从和谦恭，敏锐的特奥多尔听后相当感动。于是他将一把椅子推到床前，将比安基的手握住，说："我不想知道任何事情，只想知道您感觉如何。倘若您没心情讲话，那么您的手已经把结果告诉我了，它使我知道您已经不发烧啦。"

此时，他感觉自己被比安基的手握得更紧了，随后对方就不好意思地将手抽了回去。

"您很快就会好的，到时候咱俩就可以各奔东西，永不再见了。不过现在您可还得忍受我的打搅，您一定要清楚，我没打算让您这样的艺术家被一个笨手笨脚的小伙子给毁了的。"

"我这样的！"比安基发出一声苦笑，"您知道我是怎样的人？谁又知道我是怎样的人？我不过是一个短工，用妇人一样的耐性替妇人雕刻贝壳，最终导致强健的胳臂羞于触碰大理石。喏，昨天多承蒙您的关照，这样或许就可以让可怜的残废人中少了一个抢面包的。"

"您的话真有意思。是不是用两句话可以将意思揭示出来，而用两寸大的贝壳就不足以将意思表现出来？"

"表现思想或许可以，不过倘若想表现形式就困难了。"

"您必定身有所感，心有所想。"特奥多尔说，"不过为什么您要强迫自己做不愿做的事情呢？"

"那是由于我已经习惯于您所见到的这种奢侈生活。当然，我也曾想过到外面广场上去制作一件大作品，昼以野草果腹，夜以雕像为床。不过，人偏偏就这样弱不禁风、胆小怯懦，而且无法承受他人的议论。加上我又无法离开酒和女人。"

"那么倘若您得到机会，是不是就可以放心地雕一件大理石作品了？"

病人一下子就从床上坐了起来。

"您知道，您这个轻率的问题将导致怎样的后果吗？"他双眼冒着火星，大声问道，"您看一看那边的屋角！那里扔着我伴随着此类问题产生的一切。它们已经被灰尘渐渐埋葬掉了，我一看到这些轻浮多事的家伙在屋里转来转去，就无法原谅他们。不过我也够傻的，就由于人家告诉我，想让我替已故教皇的纪念像塑一些模型，我竟然就被人无数次地欺骗。好几周了，我什么也不想做，什么也不想思考，让自己全身心地投入到工作中，当然我自己对结果相当满意。我真是一个傻子，真是想入非非！这事就发生在昨天。我将模型用一块布包裹起来，挟着它大老远地去见那位主教会议的秘书，你要知道我对这件事真是牵肠挂肚，就怕另一个人去会将这件事搞砸啦。结果我不得不无奈地对着那个看门的坏蛋说尽好话，还将自己的最后一个银毫子给了他。这样我才得以进到府里。在府中，我被那些身着黑袍、红袍和紫袍的教士细细地打量，就因为我衣着普通，而这是由于我是直接从作坊里跑去的。我心想：随他们瞧去，我只需拿出勇气，带着自己的作品去恭恭敬敬地见大主教就行啦。结果真的到了这位主教大人面前时，我马上发现此人心情恶劣，身边的人早已吃过他的苦头了。我不得不将自己的来意简单加以说明，希望他可以赏光看一看我的模型。那个老头子漫不经心地点点头，甚至不曾看我那个被一伙形容猥琐的教士包围之下仍极其气派的塑像一眼，就说：'倒也不错，不过不行，不行！高贵气质少了些，我的孩子，还不够神圣、庄严！将它带回去毁掉，另做吧。趁着料子还没干！'我差一点儿让他给气疯了。毁掉塑像，似乎我那已形成的思想就是蜡泥一样。——我无言以对，而这时那班鼠从就将我纷纷围住，一个个将其表示博学的眼镜架上，对我的作品品评开了，直至将我的作品骂得体无完肤，就如同一头被老狼咬得半死的绵羊，又被拖到狼子狼孙中，让其练牙劲儿一样。倘若我还可以讲话，那么我就会告诉老头子我在工作时产生的诸多想法，因为听说这个人是一个极有头脑的人，或许听我讲述自己的想法后会对我的作品另眼相待。不过当下他心情正不好，因此我的作品就倒霉地受尽了糟蹋。最终，我听那些人胡说八道够了，也对那班小人厌烦透顶了。这些人所讲的内容与艺术没半毛钱关系，一味地在对我个人进行攻击，这让我感觉如同万箭穿心一般难受。倘若换成其他艺术家，或许会对他们的冷言相讥挺身自卫。不过我、我——我能从什么地方学到此种本领呢？我的父亲一向对自己的作品不多言，他死去后，罗马城不会因此更热闹，也不会因此更安静。加上我一向不喜欢与学究们打交道。因此这次我也对他们敬而远之，并发誓从此不再与其发生任何关系。我走到下面的利别塔街，心中懊恼到了极点，结果一怒之下就将我的塑像扔进了台伯河。干脆让台伯河帮我毁掉另塑吧，我说。这样做后我心里才略微轻松了一点，最后我竟然在不知不觉中走进了坎帕尼亚荒原，而正是在那儿，您发现了我。"

"您注定无法逃开那些学究。"过了一会儿，特奥多尔玩笑式地说，从而将陷入沉思的艺术家拉回现实中来，"您不愿意和我接近，说明您的感觉相当准确。要知道我之所以来罗马就是为了啃羊皮古书，将那些已经极少人过问的久已湮灭的事物发掘出来，意大利古老城市的历史呀，和外国签订的条约呀，法律文书呀什么的，因此于双重意义上而言，咱俩实际上各行其道。"

"随便您，您高兴是什么就是什么，高兴做什么就做什么。"艺术家打起精神，自顾自地说，"您为人善良，长相英俊，又是一个德国人。"

"您不了解德国的学者们。德国人的学究气相比罗马，更加可怕。我自己有时都对它心怀恐惧。倘若心灵脆弱，那么让它一碰就会变成石头，就如同那些看见了美杜莎面孔的可怜虫一样。"

"美杜莎？"

"想必您比我更加了解她。您不是也将其扔在了那边屋角里，也曾无数次动手在贝壳里刻过她，不过多次半途而废，最终让其躺在您的工作平台上了么？"

"关于她我知道的很少。只不过在我还是一个孩子时，我就从父亲屋里得到了一个模型，可以照着刻。我喜欢这个脑袋，原因是我的生活中缺少乐趣，因此被这个美丽女人所体现的阴郁的死诱惑着。后来，我在卢多维希宫①才看到她的全貌，为此心中再也无法保持平静，回到家后就尽可能将其仿刻出来。相比在希腊人的石雕上变成了妖怪，卢多维希宫里的她要有人性得多，激烈得多。我从不问与之相关的传说，也讨厌读书。"

---

① 罗马的著名宫殿，艺术品收藏甚丰。

"倘若您愿意，我可以为您念一念古代一位诗人讲的故事。"

"念吧，越快越好，不过——您何时再来呢？"他看见特奥多尔站起身，就问。

"今天夜里。"年轻人说，"不过不是为了念故事。您要知道，您还得调养。我不想听任何别的东西，我只想知道您想讲些什么。不过病人禁止想干什么就干什么。"

当特奥多尔夜里再去时，他发现桌子上放着一瓶酒，一把舒适的软垫圈椅也已经摆在壁炉前了。比安基已经入睡，照顾他的小伙子告诉特奥多尔，酒是从小饭馆赊来的，圈椅则是从邻居太太家借来的。在他将这两件东西弄来之前，比安基先生一直吵闹不休，不安心睡觉。

第二天晚上，特奥多尔实践了自己的诺言，带着一本意大利文的奥维德①诗集来了。他念一会儿就从书边上偷觑一下比安基，结果发现这位艺术家双眼望着天花板，一动不动。他不曾发出一点声音，好像特奥多尔那平和的嗓音将他迷住了，内心为其所听见的故事深深激动着。特奥多尔就这样念啊，念啊。当他最后站起来时，比安基不由得长叹一声，喊道：

"您要走了吗？您不知道我现在真快活啊。于我而言，这些故事一度

---

① 奥维德（公元前43—公元17）：古罗马诗人，代表作为《变形记》。

仅是些肢体残缺的雕像，它们身首异处，久经风化，轮廓已经模糊了。不过如今听您念时，它们就自己凑拢来，完整地站在了我面前。倘若现在我的手脚能听使唤该多好啊！我的指头儿已经发痒了，真想拿团黏土来捏一捏啊。不过您不让，而且您马上就要走了——您笑了？我猜到您要去什么地方了。去享受你的青春吧。不过现在我应该考虑一下，我究竟将你多少这样的夜晚夺走了啊！"

"相比我在您这儿，他们会更加寂寞。至于我要去的地方，比安基，您仅猜对了一半。我现在是要去向两位老人献殷勤，而他们那美丽的女儿仅仅偶尔偷偷地用其柔嫩的小手碰一碰我的胳膊。观看和希望是我如今全部的享受。"

"不过您却可以如此淡定地承认这一切，既不抱怨，也不过分渴求么？我也曾一度无望地爱过一次。结果我却如同一条蚯蚓一样在地上乱扭，并且为此诅咒自己瞎了眼睛。"

"我祝福她，当我感到自己的血液也流得过于狂暴时，我就会去野外，让自己迷乱的头脑清醒一下，或者到市集广场中闲逛一会儿，或者去卡普栖修士们的山上去，看一看那儿的棕榈树，那些树干现在还被埋在雪里。棕榈树也一定要熬过严冬，虽然它对夏天无限向往。"

"不过您也可以否认，您为了这件琐事难道不是太苦了自己，太损害自己的健康么？而且最最糟糕的是，我们会因为您的帮助而变得懒懒散散，婆婆妈妈。倘若咱们不当傻瓜，不一味地觊觎自己无法企及的东西——那么一切都好了。所有的女人都可爱，倘若其模样儿俊俏，可以弄到手。"

"我不这么认为。倘若我想为了任何一个其他的女人就将她撇下，那么我所要找的女人就理应和其他男人找的女人不同。"

"谁还谈这些啊？"

"我想，我们二人。"

"我可不这样，"比安基回答，"我的确不这么想，像您这么年轻英俊，竟然不知道为自己讨些便宜。"

接下来，他看上去相当扫兴，不说话了。

"咱们随它去吧。"特奥多尔愉快地说，"各人照自己的想法做事，并且替对方过得快活而感到高兴就可以了。"

自此这两个人再不曾谈到这个题目，比安基好像是将其彻底忘记了，特奥多尔也不曾将其提起。伤势日渐好转，特奥多尔对病人的怪癖和粗鲁也越来越反感。比安基丢掉了曾经对朋友的不同方式的温情表示。比安基尽量避免与特奥多尔握手，也不再与对方谈自己的生活和心情，更不问特奥多尔如今做些什么，过去经历如何，甚至不再称呼特奥多尔的名字。不过也不是对朋友的一切都加以拒绝，其中就包括接受他经常来访，接受他带给自己一些小小的礼品。

　　唯有一次，特奥多尔提来一小篮水果，一些刚开的紫罗兰盖在水果上面，因此看上去显得那么井井有条。他一见便知，这一定是一位细心的女人打理的，于是一言不发地接过去，冷冷地把果篮往壁炉台上一放，让它紧紧地与那些个淫秽的小雕像靠在一起。特奥多尔也一言不发，只在离开时将篮子取过来，来时怎样提的，走时又怎样提走了。

　　除此之外，他仍然为比安基念书听，念古代诗人的作品，念但丁和塔索[1]的作品，最后还为他念了马基雅维利[2]的作品。他发现，当双方的话题转到政治方面时，比安基就异常激烈，且主张拥护暴君的统治，就如同生活中缺少乐趣于是就蔑视人类的人一样。此时二人经常激烈争论，不过最终的结果就是不了了之。不过一旦谈起艺术来，二人的思想感情就相当接近了。

　　此时，比安基已可以扶着手杖挣扎着走到桌旁，重新开始工作。他坐在那儿，或者雕刻小头像，或者用蜡泥替新构思的作品捏出小小的模型，而这时，特奥多尔就念《荷马史诗》给他听。过去，那些分布于广阔的罗马城四处的众神的形象，那些长期以来意义模糊、于他而言只是一些无生命的美丽肢体的石雕，现在在其心中均活了起来。好像他现在

---

[1]　塔索（1544—1595）：意大利文艺复兴时期的诗人，代表作为诗剧《解放了的耶路撒冷》。

[2]　马基雅维利（1469—1527）：意大利政治家和理论家，主张君主集权，代表作为《君主论》。

才将双眼睁开，认识了他曾一度梦游其中的那个世界。所以他越来越急于希望可以再一次走出家门，去实地观察他至今只于想象中看到的一切，去首次真正占有一切。

当生长在品丘冈的园林的杏仁树绽放出粉红色的花时，比安基首次站在石栏前，其目光越过广阔的罗马城，向着对面的群山眺望。在他脚下，罗马市人声喧腾，阳光灿烂。台伯河金波闪耀，位于河右岸的恩格尔堡顶上的一面面大旗被海上送来的和风吹得飘扬翻卷。而在这一切之上，就是罗马三月明净柔和的蔚蓝色天幕。比安基身体倚着手杖，浓眉下的目光格外阴郁，给人一副心事重重的样子。特奥多尔也同样陷入了沉思，最终，他将目光从远方收回，相当严肃地望着比安基说：

"您已经彻底好了，再过几天，您就要搬到利别塔街的新工作室里去。我想，我们这样相处的时间已经不多，我也要抓紧做自己的事情，我会减少和您欢聚的次数。不过倘若您愿意改变初衷，帮我制作一件于我本人而言相当重要的作品，并且以此作为迁往新居的第一件工作的话，那么我就得到了一个或许可以经常地来看您的借口。事情是这样的。我与一家极其友好的人在此地定居下来了，说不定会永远居住在罗马吧。那位先生是一个德国人，早年曾经在英格兰生活，娶了一位英国妻子。这位妻子替他生了一儿一女。儿子患有肺病，医生建议来意大利尝试最后的救治办法，因此举家迁居至此。与每一位认识他的人一样，我也相当喜欢这位青年。一想到已经目睹过一个如此可爱和高贵的人长眠于对面泽斯蒂陵墓旁的黄土里，我的心中就余痛隐隐。那个人死于去年冬天。而今其父母打算于其墓前立一块石碑，希望碑上的雕刻可以将其品格表现出来，以便寄托对他的怀念。我最最希望的是托付给您来完成这样一件作品，我不相信其他任何人。"

"您可以信赖我，特奥多尔。"雕刻家说，"我也想瞧一瞧，我可以做些什么。"

"您想不想结识一下那位青年死者的父母亲，听他们谈谈对于墓碑的想法和希望？"

艺术家沉默了一会儿，最后平静地回答：

"不，我不喜欢结识人，不喜欢看人流眼泪。您说您也爱他，这就足矣。我是为了您而做——不过您别见怪，"他略停一会儿继续说，"是我自己不能够去。倘若谁想认识我，谁就一定要像对付陷阱中的熊一样毫不客气，我唯有在逃无可逃的情况下，才会乖乖儿地用后脚站起来，嘟嚷两句。不过让他们最好也别这样做。让我先做起来吧。在模型已经做得差不多、就连外行也可以看出眉目来之前，我不想说任何话，也不想让任何人来参观。那之后他们就可以来了。"

他们又谈了些其他的事，比安基越来越高兴，甚至可以用志得意满来形容。反之，特奥多尔则心情抑郁，脸上如同蒙上了一片阴影。这两个人就这么整天待在一起，心中均怀着依依不舍之情，要知道这是二人首次一起于公共场所露面，置身于喧嚣的车马和欢笑的游人的包围之中。比安基不愿意让特奥多尔扶自己，他慢慢地走在朋友旁边，双眼不停地看着来来往往的姑娘，她们中相当多的人似乎都认识他。他也时不时地向某个熟人点点头，不过不和人家搭话。他走过之后，很多人停下来对其指指点点，窃窃私语，表情既怜悯又敬重，甚至还含有某种恐惧的表情。他自己则对这一切好像毫无察觉，双眼一直平视前方，甚至经常越过人群眺望着城外的城堡及其后边的坎帕尼亚荒原，目光炯炯有神。

"您在想什么呢？"特奥多尔问。

"我在想我的那些老鼠，它们头上的房顶就要被拆掉了，它们秘密藏身的洞穴就要被阳光照射进去了，它们以后如何生活下去啊！我知道，它们已经有了家眷。可怜的笨蛋！它们和一个人在同一所房子里生活了这么长时间，最终却从他那里一无所获。看我多么痛快、贫穷、自由、孤身一人，搬家的时候，只要用车一推就得了！"他将胳膊伸出来挥动着，似乎面前无论有着怎样的重负，他都乐于承担一样。相比从前任何时候，他看上去都更加年轻，更加精神焕发。

傍晚，他请特奥多尔陪他去一家小酒馆，那里是他受伤之前经常光顾之地。

"我要让您了解，优秀的罗马社会的样子，所剩不多的善良的罗马人的样子。"他说，"对于贸然闯进其圈子里的外国人，他们是有些不信任的，他们不清楚这些人打算做什么，或者说不太清楚他们想做什么。据说在那些上等人家里情况也并不多么好。您呢就只管喝酒，休管闲事，他们愿意做什么就让他们做什么。我这会儿特别想去看看，就算是带去一位德国人也无关紧要，因为我还是挺受他们尊重的。"

特奥多尔在他的带领下穿街过巷，远离海神广场，向贝尼尼①的杰作之一——迪·特列维喷泉所在之地走去。水神巍然屹立于由岩洞和壁龛组成的高大假山中央，统驭着从四面八方喷射出来然后落入一个深深的石盆中去的水柱。一所低矮而古老的房子蹲伏在正对着这群巨大的喷泉之地，一盏昏暗的油灯挂在门上。他们二人一跨进门去，就到了占据着整个房子宽度的前室中，这里就是酒馆的店堂。但见已经被烟熏黑的后墙前的炉火熊熊燃着，一架木梯位于火炉的右手边，直通楼上。室内仅有桌子板凳，再无他物，形形色色、闷声不响的酒客们将全部的桌椅都占据着。一个年轻伙计为客人送上一盆盆熏鱼、色拉和通心粉，一会儿消失于一扇折门中，一会儿又从里面跑出来，手中提着重新装满的酒瓶。

当两人一跨进门后，店堂深处就爆发出热烈的欢呼声。

"Eccolo!"②一个肥胖的妇人一边挤过桌子奔到门口，一边喊叫着，同

---

① 贝尼尼（1598—1680）：意大利著名建筑家、雕塑家和风景画家。

② 意大利语：是他！

时用围裙将自己的手擦干，"Eccolo! 热烈欢迎，卡尔洛先生！"一边喊一边和他亲切地握手，"切柯，快拿半升昨天刚进的弗拉斯卡迪酒来。看看，看看，卡尔洛先生！您没想到吧，我刚才正和我的多美尼柯念叨，对他说：'多美尼库契约，你小子就是一个懒蛋加废物，为什么也不去打听一下咱们的卡尔洛先生身体如何啦！你可知道，我不过一双手，管了孩子还要侍候客人，侍候了客人还要侍候你这个蠢货。可我感觉真不知要等几百年才能再见到他——他可是个好人啊。''我的拉拉，'他回答，'我明天就去，并且你得同意让我带一点儿新进的酒，想必卡尔洛先生会接收的，例如一瓶巴利勒托什么的。''没问题，库契约①，'我说，'这可是咱俩结婚十年来你首次出了一个好主意。'不过巧的是，车夫吉罗拉莫这时凑上来讲，他在品丘冈见到了您，于是我就说：'感谢上帝！看样子等不了多长时间，我们又会见到他啦！'正说着您就将门拉开了，出现在我面前；说真的，卡尔洛先生，您看来养得相当不错，模样儿越发漂亮了；我原本以为吉罗拉莫在骗我，圣母显灵了，不枉我替您念那么长时间的《玫瑰经》啊。"

"这么说我不曾被疯狗吃掉，只是躺了一些日子，还得感谢您太太喽。多美尼柯，您的老婆真是全罗马最能干的女人，真的是一位圣女，

---

① 和前文的多美尼库契约一样，均为多美尼柯的昵称。

是一件上帝赏赐给人的至宝！这不，我又来啦！"雕刻家一边说着，一边和老板使劲儿地握手；老板是一个看上去有些呆笨的和善汉子，"还有这位先生，你们知道这是我的朋友，就是他把我从那群畜生嘴里救出来的。不过看啊！高贵的基基就坐在那边呢！看他这么又吃又喝，塞满一嘴，连向我问声好的时间都抽不出来了。基基，你真不害臊，看到老朋友死里逃生，你就如此冷冰冰地迎接他么！"

"他问起您的次数比谁都多，卡尔洛先生。"老板娘悄声说，"差不多整整一个礼拜，一谈起您他就一杯酒都喝不下。他只是不好意思，不敢来看您。"

那个贤惠妇人提到的汉子正坐在靠中间的一张桌子上，将后背死死地贴着墙，正往嘴里大块大块地塞熏鱼。他身材魁梧，一顶便帽压在秃顶上，黑色的上衣一直扣到脖子根儿，神态举止中独有一种与众不同的庄重，尽管他并非刻意突出自己。

比安基走过去，隔着桌子向他挥手致意。

"亲爱的基基老兄，"他说，"别在意！咱们互相了解。"

这时比安基才发现，这位仪态端庄的男子的双眼里竟然闪动着泪光，只能借助于一个劲儿地吃喝来将自己悲喜交加的尴尬神态掩饰起来。

"他是一位歌手，"比安基低声告诉特奥多尔，"这个人信教，因此每逢节日都要去参加唱诗班的合唱。人家想将他赶走，原因是他训练有素，特别突出，不过他却对大家不睬不理。坐在这儿的人全是些自由自在的人。走，我的朋友基基已经为咱们挪出座位来了。"

说话之间，小店伙计已经拎着一条看上去很脏的抹布走来，将桌面替他们擦干净，然后将两瓶开了盖儿的酒放在他俩面前。特奥多尔坐好，比安基则走来走去地与人握手，回答大家好奇的询问。一盏冒着油烟的铜灯挂在桌子上方，三根红色的火苗射出昏黄的光。特奥多尔过了很久才终于习惯那弥漫于室内的人的汗味儿和烟草味儿，以及掺杂其中的炸鱼的油烟。不过没一会儿他就将这一切忘记了，因为他被坐在对面桌上的奇妙的一对儿给吸引住了。

那是一个身穿阿尔巴诺①山村姑娘服装的少女，刚刚成熟的胸部被红色的背心紧紧束着，背心上面是花边绉领，一块平整的白色头巾被巨大的银针别在辫子上，不过这并不能将其头型遮掩住。在这些地区，三位司美女神②总喜欢结伴而行，所以她的脸就如同初绽的鲜花一样焕发着青春、妩媚和健康。只从那张小嘴上，就可以看出羞怯与克制，甚至也可说看到了某种听天由命的悲哀，她的一双大眼睛完全闭了起来，仅余这么窄窄的一条闪闪发光的黑色的缝，说明其主人还是醒着的。

她慢慢地、漫不经心地吃着面前盘子里的东西，间或也喝一丁点儿

---

① 离罗马不远的一个小山城。

② 指古罗马神话中司青春、美貌和娴静的三女神。

酒，其黝黑的脸庞一直燃烧着两朵红云。一个罗马本地装束的老婆子坐在姑娘身边，一双眼睛滴溜溜地东张西望，闷声不响，津津有味地享用着自己的酒和菜。这一老一少毫无相同之处，不过很明显，她们是一块儿的。

比安基终于回到座位上，不过他刚刚已经将一杯酒喝下了，笑得身子往后一仰，惊诧地叫出声来：

"圣母玛利亚啊！多么漂亮的一个美人儿！您怎么选到这样一个好邻居，基基先生！是您的侄女！或者甚至是一个被您遗弃了的亲闺女，最后终于在一个美好的日子里来到您的眼前？愿主保佑她母亲！"

"什么话！什么话！"歌唱家严肃地回答，"我倒希望您说的是事实。您自己去问问她来自何处吧。我已经问过了，不过人家那张甜蜜的小嘴根本不予回答。"

比安基将犀利的目光射到老婆子身上，憋着嗓子眼儿说：

"没错！没错！我想咱们认识，对吧！"

老婆子听见他们的对话，于是将瓶里剩下的酒斟在杯里，搭讪着说："不过是一个傻丫头，我的爷们。她是一个可怜的无父无母的傻孩子，我遇见她时，她已经落在山里的坏人手里了，小小年纪实在叫我心疼。落在坏人手里可容易被毁掉呐！所以我就将她带到罗马来，看在仁慈的主，耶稣的分上，在这儿尽我一个老婆子的能力供养着她，让她正正当当、清清白白地活着，这可怜的丫头！卡特琳娜，将头抬起来吧，老爷们想问你话哩。"

姑娘相当听话，将一对大眼睛停在比安基身上好一会儿，随后就垂下眼睑。雕刻家欠起身来，探过头去。

"你叫卡特琳娜？"他问。

"没错，先生！"她的声音虽然低沉，不过却相当柔和。

"多大啦？"

"十八岁。"

"肯定丢了个情人在阿尔巴诺，也许还不止一个哩。"

姑娘摇了摇头。

"看您说的！"老婆子赶紧插进来，"她还是一个黄花闺女呢，我告诉您，"她一边讲一边点头，以加强自己的话的分量，"可不，可不，一个闺女，贞洁得好像基督身上的鲜血。要不然我是不会收留她的。"

"好啦，好啦，老妈妈！倘若我信以为真，那也不过是相信她那张小脸儿，而非您这张老面皮的缘故。喏，她会跳舞吗？这位先生是位外国人，我想让他见识见识咱们精彩的萨塔莱洛舞①。"

特奥多尔说了几句话，以示感谢。老婆子对老板娘一招手，卡特琳

———————
① 一种意大利快速民间舞。

娜就默默地站起来。周围几张桌子立刻被挪开，一个小小的场地被腾出来了，其他酒客则一个接一个地围过来，招待客人的小伙子也摆好了跳舞的姿势。这时，比安基凑近朋友的耳朵说：

"看那身段，看那手和脚是多么细腻，看她站着的姿势！真是太完美了，完美得我从不曾见过，还有那对耳朵，真是可爱到极点，全身上下都完美，不过她自己还不清楚自己的美。可惜我只好让切柯去给她搭伴儿！原本我还是可以跳两下子的。喏，我可劝您，长得有眼睛什么的就尽量睁大点儿。奇迹马上会出现。"

特奥多尔根本无须提醒。他背靠着桌子，专注地望着卡特琳娜。一等手鼓急速敲响，姑娘就翩翩入场。拉拉站在老婆子身边，手里打着响板。原本静坐在自己桌子后边的歌手卢基①先生，等姑娘一开始跳就情不自禁地哼起一支曲子来，哼着哼着又添上了歌词，直至末了引吭高歌。特奥多尔尽管不懂歌词的意思，不过有着那两种单调的乐器的热烈伴奏，尤其是那位舞女的巨大魅力，他已经渐渐地心乱神迷、目光凝定，好像见到了一个完全陌生的世界。他原来熟悉的、感到亲切的和珍视的所有东西都变得朦胧不清、虚无缥缈，没了一切光彩。各种类型的人物、思想、愿望、渴求，全都伴随着手鼓沉重有力的节拍，如同接受

①　前文中的基基就是卢基的昵称。

检阅一般，顺次从其迷乱却清醒的心中闪过。他决心将一切抛弃，他好像听见心中有一个声音在喊：你们一文不值，行尸走肉。这才是生活！这儿才有幸福！

直等舞跳完他才如梦初醒，心神恍惚地看向四周，然后傻傻地伸手将自己的帽子取下。

"您要走？立刻？马上？"比安基惊讶坏了，问，"我能看得出来，您对于待在我这些朋友中间并不快乐。"

"您绝对将我看错了，"特奥多尔回答，目光阴郁地凝视前方，"我相当乐意留下来，相当乐意！不过我已经答应过其他人，因此一定要去赴约。明天见吧，比安基！"

"噢。遗憾，遗憾，太遗憾了！"比安基喃喃道，"好吧，祝您和您的朋友过得愉快。遗憾，遗憾，太遗憾了！"

当特奥多尔转过身往外走时，比安基尖刻地苦笑了一下，不过，他也感觉到，他还是愿意让朋友走的。

到了外面，特奥多尔站在大喷泉面前，深吸着那渗着水沫的湿润空气，静听那水花激溅出的唰唰声，为的是让自己的神志清醒一些。水神的脑袋和胸脯的一部分被日光辉映着。再往下则是一片黑暗，仅有水珠发出一点儿微光。他摸下台阶，将那石盆里的水喝一些，好像打算让这水将心灵中的迷惑洗去。然后，他就在石盆边上坐下来，沉思良久。他想起了一个传说，说倘若有人饮了这座喷泉的水，就会永远如同眷念故乡一样眷念着罗马。这下子他又百感交集，心乱如麻。直到对面小酒馆中再次响起手鼓声，他才惊慌地从喷泉下边爬上来。他勉强强迫自己再次从酒馆门前经过，转进一条横街。远远地，他听到传来沉浊的手鼓声，又停下来，作了一会儿思想斗争。最终，他下定决心，向着在下半城的玛丽的家走去。

特奥多尔跨进门的时候，室内的谈话就中断了。他的未婚妻站起身，迎上来与他亲切地握手。她随意地仰望着他，而他也得以将那张高贵的脸细细加以端详。接着，他向岳母走去，老太太也和蔼地与他招呼，并从蒙着绸子的安乐椅中欠起身来和他握手。她，还有女儿也一样，都穿着黑色的衣裙，不同之处在于老太太的头发上压着一顶蒙有黑纱的灰色软帽，姑娘却用一条窄窄的黑缎带将其褐色的鬈发束在额头上。岳父也对他的到来表示热情欢迎，向围坐在灯光明亮的圆桌旁边的几位绅士一一介绍他。其中两位英国人是兄弟俩，刚从英格兰来，是这一家人的老朋友。为了对客人表示尊敬，大家全讲英语。

岳母说："您迟到了，亲爱的特奥多尔。我们刚才给各位贵客讲了爱德华最后的情况，遗憾的是您不在。当初我这双眼睛相当没用，而他爸爸和玛丽又都病了，这您是知道的。与您相比，我们的悲痛更大，这是由于您几乎对他一无所知。因此您头脑最清醒，可以对我们所讲的内容加以补充，我们却如同做了场噩梦一样，头脑里仅存支离破碎的记忆，就算到了今天，还觉得难以置信哩。"

特奥多尔说不出话来，实际上，当他一跨进这间屋子，他就因为屋里的宁静和沉痛气氛，还有那陌生的面孔和陌生的语言而感到憋得要命。此时此地，在他刚刚正视了充满欢乐的人生本相之后，却要让他来将可怜的爱德华临终时的情形讲给一些陌生人听！他不由得一阵战栗，神志又恢复到了此前在小酒馆中的好像迷乱却清醒的状态。他的心摆脱了一切自我克制和自行束缚的坚固藩篱，好像脱缰的野马一样自由地驰骋。他的头脑好像无法被清醒的意志控制，只是在做着一个罪恶的梦。不过这梦中的形象在他清醒后还出现在他面前，将他和过去所珍视的一切隔开。那条联系着他和过去的纽带已经在梦里给扯断过，现在在他看来太脆弱了。

在座的人都认为他是由于太难过才一言不发。他坐到玛丽身边，长时间地盯着她苍白、清秀的额头。他因为这额头上的宁静而不安。玛丽用那双明澈的碧眼幸福地、严肃地直视着他，不过今天这目光已经对他失去了魅力。他清清楚楚地感觉到是因为他自己的无能为力，他今天已不能如同从前那样再为这高贵的少女欢欣喜悦，再贪婪地谛听从她那迷人的小嘴所吐出的每一个字，再敞开心胸去感受并领略她那妩媚的脸庞上的每一丝笑意。他竭力克服自己的这种冷漠，因为这种冷漠让他感到特别痛心。不过毫无办法。

姑娘觉察到了他内心的矛盾。不过碍于有其他人在旁边，她无法让自己的亲切热诚将他这颗已经离她而去的心拴住。

一位客人问起替死者立碑的事。特奥多尔强打起精神，告诉大伙儿，他今天刚遵照岳父母的愿望将任务托付给了自己的一位朋友，并且简单地讲了讲这位雕刻家的个性和遭遇。玛丽的父母对这个人比较了解。不过有位客人听了简单的介绍后好像不以为然，他说："不过希望这个人也可以在自己内心体会到一丝丝爱德华的品格，也可以对我们亲爱的死者的柔弱的形体和短暂的生命表示珍视，将其当作自己的亲人一样。不过按您所描绘的，这家伙是一个急躁、固执的人，想让他体会到我们的爱德华那种在停止呼吸前的最后一刻还为自己亲人祝福的高贵禀性，是不是有些困难？"

"是的，他粗鲁、急躁，"特奥多尔回答，"不过他却能被美所感动，他对崇高的东西可以心怀虔诚，真诚领受。我曾为他念《荷马史诗》，见过他怎样被诗中的田园牧歌部分，我想说的是富于女性的部分——深深打动。"

"或许比起那些单调乏味的战斗和冒险描写来，这些内容更与其艺术情趣相符罢了。要知道拥有一颗可以接受某些共同的、自然的、异教的情感的敏感心灵是一回事儿，拥有一个可以容纳咱们宗教的众多福佑的广阔胸怀又是另一回事。爱德华是一位基督徒，而您的朋友只不过是一个表面上的天主教徒而已。"

"我得承认，"老太太也开了口，"我曾考虑过这个问题。在把这件我们大家都很重视的工作交给陌生人之前，至少希望可以看到一张草图，为的是可以让大家讨论讨论，从而做出决定啊。"

"我了解他的脾气，亲爱的妈妈。"特奥多尔加重语气说，"倘若他的方法是有了想法就画在纸上的，那么自然可以将需要草图的问题向他提出。不过他喜欢的是马上用黏土塑出相当大的模型，而且这次还特别请求放宽时间，等他塑好了模型再谈其他的。是否用他由你们决定，这个他也清楚。"

随后就是一片静默，室内还回响着特奥多尔带着几分激动的话音。玛丽走到钢琴旁，希望借助音乐将尴尬的气氛打破。不过这显然在特奥多尔身上没有效果，玛丽弹唱的简单歌曲对他没有任何吸引力。他的耳朵里又突然出现了那手鼓急促而疯狂的节奏，那歌手的奇妙歌声，眼前现实的声音均被这些盖住了；他看见比安基盯着他的自信的目光，听见了比安基说的话："奇迹立刻会出现。"而如今将他包围着的是陌生的、冷静的、平庸的。

玛丽唱完后又回到他的身边坐下，用德语与他谈话，询问他这一天是如何过的，工作怎样，比安基好不好。他漫不经心地应对着，好像是在自言自语，他向玛丽讲述了那家小酒馆，讲述了那个姑娘所跳的舞。当他偶然抬头时，他发现玛丽的两道柳眉紧紧地蹙了起来，谈话无法进行下去了。父亲在打听一些英国家庭的情况，于是客人们就大讲特讲起来。由于他们所谈到的人都是特奥多尔不认识的，于是他又心猿意马，想起自己的经历来。他终于可以走了。客人们却在玛丽家中留宿。这样一来，在他感觉，自己是一下子被逐出了这个他曾经是其中一员的家庭，因为双重原因，一个在于他自己，一个在于他人。

心神不定、进退两难、优柔寡断——相比在别的任何地方，在罗马的诸多种情况更让人烦恼，让人焦躁不安。罗马到处都是人类纯净力量和坚定意志的伟大表现，就算你要在自己最狭小的活动圈子里健康、诚实地生活，你也唯有将内心的嫉妒和痛苦消泯掉，才会适应这样一个环境。在罗马，倘若谁无法以强力将自己心中这些暧昧的、模棱两可的情绪逐赶跑，它们就会如瘟疫一样以快得让人无法相信的速度滋长、蔓延，最终将你的整个宁静吞噬掉。无论是自我安慰、自我蒙骗，一律别想。你会因为周围事物的开阔明朗，古代世界的天才又自然的表现而时刻垂头丧气、羞愧无比。

不过过去我们只习惯于说违心话，做违背自己意愿的事，如今想抛弃自己的义务，就只好重新与自我搏斗，与自己的良心发生冲突。倘若想挽救自己，就需要具有坚定的信念。特奥多尔恰好缺少信念，他有的仅仅是怀疑、震惊。在比较冷静的时候，他曾反复对自己重复那句古老的格言：人与人天生存在差异。像比安基那样的处世之道，他一度经常认为是最合乎人性、最必须和最纯粹自然的，此时又使他认为近乎卑下了。他感到羞愧，他竟然对比安基表示羡慕。此时，他那些亲近的人的形象又被一片温柔的光辉围绕起来。他"腾"地一下子跳起来，满怀激情地奔向他们。不过等到了那儿，他发现自己要找的人们都处在一种平静、庄严的环境中，他无法将自己的心声倾吐出来，不得不强压着激动的感情，就一些与自己无关的事情进行一番不痛不痒的谈话。他甚至无法找到临别时匆匆拥抱一下爱人的机会，于是在孤寂中他重又失去自制，发疯似的对生活的索然寡味、矫揉造作和悖乎自然怨恨起来。

随后，他或者沿着台伯河河岸，在比安基的门前来回走上几小时，双眼紧盯着对面梵蒂冈巨大建筑群中巍然矗立的圣彼得大教堂；或者沿着穿过丛林的江水，眺望那远方的原野。最后，他或许会径直奔到朋友的门前，不过并不叩门，如果他果真进去了，那么那些无谓的苦恼自然就会消失。他在工作室中来回踱着，谈着艺术方面的事，那种眉飞色舞、兴高采烈的劲头儿，不能说是正常的。

比安基发现了朋友这一罕见的兴奋状态。不过他并不曾刨根问底，这与他从来不愿谈个人生活和内心感受一样。不过，也正是这种烦躁不安的表现，让他越来越不愿意离开特奥多尔。他自己呢，自从伤好之后行事和言谈反而变得温和欢快了。每次一听见特奥多尔敲门，他就用一块布将正在塑的大模型遮盖起来，然后急忙去将门打开，他还是很少对朋友表示一点儿友爱。不过他脸上会流露出对朋友的到来感到高兴的神色。对于他而言，朋友到来是最高兴的事情了。随后他就坐在敞开的窗前雕他的贝壳，接着特奥多尔就一直看着，一边与他谈话一边继续不停地工作，有时二人也共同念一本书。在特奥多尔的介绍下，他替自己的作品找到了一些买主，所得的收入是从前那些商人付给他的两倍，不过他的新居还是和从前一样简单。诚然，如今金色的阳光洒在挂着美杜莎多面像的墙壁上，透过窗户还可以观赏到迷人的远景。

　　五月的一天傍晚，当外边的台伯河畔的人们已经散去，灌木丛间的蚊虫开始恣意嬉闹的时候，比安基家的门环突然被叩动，那声音比平时更加急促和响亮。他从模型前站起来，不过不曾如从前那样将它用布盖起来，他刚才也仅仅是坐在自己的作品前边沉思。"今天就让他看吧，"他自言自语地说，"倘若这个闹翻了天的人的确是他的话。"说着他就将门打开了。

　　年轻人呼地一下冲进来，面孔激动得通红，两眼闪闪发光。

　　"比安基，"他嚷道，"比安基，我从她那儿来，我又看见她啦，还和她说了话，奇迹又渗透我的全身，一直到骨髓里！可您，亲爱的，瞧您有多坏，您不是对我说她走了，回山里去了，从老婆子手里逃跑了什么的吗？或许人家的确是这样告诉过您吧？不过她还在这里，两个月来从不曾离开罗马城。说话呀，比安基，这下您没什么可讲的了吧？赞美我的命运吧，是命运之神将她送到了我的身边，直到现在我还因此心醉神迷啊！"

他激动得在室内狂奔，好像进入了无人之境。他没发现站在门口的比安基面如死灰，用急切的目光死盯着来回移动的他。

"卡特琳娜？"一个名字从比安基的嘴里艰难地吐出来。

"卡特琳娜！"朋友嚷着，"没错，就是她，漂亮娴静，眼睛里说是天堂就是天堂，说是地狱就是地狱，就如同第一个难忘的晚上一样，只是凄苦与哀愁已经远离她的嘴唇周围，身上也是罗马打扮了。你猜究竟发生了什么事，当时我正好坐在家里读书，因为天气闷热得叫人实在不耐烦，最后我忍不住跑了出去。我走过几条街以后，碰上一群匆忙赶路的盛装的人群，我就问其中一位：'去什么地方？''去品丘冈看赛马，'人家回答。我原本是漫无目的地走走，于是就随着人群，稀里糊涂地到了冈上。我昨天还在那里看到工人搭看台，结果今天那上边就人头攒动了。我费了很大的力气才找着一个座位，而且最初的时候觉得相当不舒服，因为那个位置正对着太阳，看跑道时特别晃眼。我开始考虑是否想办法遮一遮，就在我站在那儿犹豫不决的时候，我无意中往下一看，却发现一顶绸阳伞，半个后脑勺和脖子从伞下露出来，模样十分迷人。于是我立刻坐定，同时将身子探到伞下去，问那个把脸转向一边的邻座，她是不是可以行个方便，让我也遮遮阴呢？她掉转脸来，结果我的心中闪起一道闪电，我认出是她，看来她也把我给认出来了，不过不肯答话。这时候，那个老婆子也出现在我旁边，唠唠叨叨，很是客气，还吩咐卡特琳娜和我一块儿用伞。比安基，想想她如何用小手把着伞，模样儿羞答答的，态度又那么亲切，接着就谦逊而明确地回答了我提出的无数个唐突的问题，嗓音是那么甜、那么低——我用尽所有的语言也没法儿形容啊！我神魂颠倒地坐在那儿，无法感觉周围的一切，眼里只有我和她在那顶小小的伞下。这伞在我眼里已经成为一所房子，我感到自己和她在里边过了无数个小时，无数天，无数年，人世间的其他事情于我而言全都无所谓了，好像我已经获得永生！我根本没有眼睛去看比赛！我只是留心那疯狂的奔逐对卡特琳娜的影响，我看她在一名骑手勇敢地转过险弯或一辆车遥遥领先时怎样雀跃欢呼，看她在一匹得胜的骏马喷着鼻息、得意扬扬地从看台前走过时怎样兴高采烈。'神圣的自然啊！'我从内心发出呼唤，'你在这双眼睛里笑得是那么天真，那么欢畅！倘若谁会得到这双美眸的含笑顾盼，他理应将其整个身心都交还给你了啊！'——从那之后，我心里特别激动，特别欢欣，你就不要让我再讲下去了吧。比赛结束，观众纷纷退场，我的两位邻座也站了起来。我自告奋勇地领她们穿过汹涌的人海，将她们送回家去。年轻的一位轻言细语地予以拒绝，而且态度相当坚定。老婆子则在她背后挤眉弄眼给我打暗号，不过我根本看不懂。可我还是远远地跟着她俩，看着她们下了品丘冈，走到城里去。我感觉，就在老婆子有一次对我转过身来之后，姑娘就加快了脚步。最终在玛尔古塔街，她们走进了一所房子。我没敢去敲门，不过双脚如同生了根一样在房前站了半小时，无数次地发现窗帘掀动，不过看不到人影。只有一次，那老婆子的丑脸在窗口那么一晃。她没看到我，因为我将自己藏在一片房屋的阴影下。最后我终于狠心离开了，来到了你这里。不过尽管话是这样说，我的脚底下还是火烧火燎，整个心思还被她占据着，别的人真的根本顾不到了。"

他倒在一把椅子里，不曾注意到比安基还是一动未动地站在门口，沉默不语。他两眼呆视前方，又开了口：

"今天是第一次，在几周抑郁苦闷后充分享受了生活，尽管只有一个钟头，不过我却因此成了另外一个人啦！如果有人可以永远这么张满风帆，那么不妨到大海里去遨游！不过，我们却只能驾着一艘破船，顺着海岸弯弯曲曲地行驶，直到最后撞碎在一块礁石上——这真是可悲又怯懦啊！"

说完这几句话，他将目光抬起，落在面前的浮雕上。透过窗户的夕照，浮雕泛着红光，上面轮廓分明的人物历历可见：一位少年站在河岸上，一只船靠在岸边，一个体格粗壮的老船夫站在船上，正等待开船的模样。少年的一只脚已要踏在船帮上，头和举着的胳膊却向着另一边，那儿有一位丰满的女子，手捧丰收之角^①，坐在一株果实累累的树下，低垂着头，神情哀伤。她身边倚着一个爱神，手中倒提着的火炬马上就要熄灭，双眼紧盯着打算离去的少年，想知道是不是可以将他挽留住。不过命运之神的可怕形象就在他们和少年之间，威严地表示着反对。

特奥多尔久久地凝视着浮雕上的少年的头，那上面的线条让人倾倒。特奥多尔曾经为比安基弄来一张爱德华的画像，那是玛丽在他临死前几天亲手所画。画上高贵的面容已经超凡脱俗，尤其是那双眼睛，又大又明朗，特别让人感动。加之摒弃了一切的枝节，所以看起来姊弟俩就特别相像，以致让人很替活在世上的另一位担心。特奥多尔首次感觉到了这点。他曾经看到过处于悲痛时刻或感情冲动中的玛丽，清晰地记得在她娇嫩的脸上双眼怎样闪着阴郁的光，严肃的嘴怎样微微翕动，发现和她画像上的弟弟真是一模一样。

特奥多尔再也无法坐下去了，他走到浮雕跟前。他心中不再斗争，马上就感到一切都决定了，任何和这张高贵与优雅的容貌联系在一起的危险均已被克服，并非仅是今天，而是永远永远。他就这么站着，直到晚霞消散，朦胧中看不到任何东西。随后他沉默地走到门边，匆匆地将

---

① 这整个是一幅寓意画，画中少年代表死去的爱德华，捧丰收之角者为希腊神话中的幸福女神福丢娜。

仍旧站在那儿的比安基的手拉起，就算握住这手时也不曾发现它是那么冰凉，那么缺少生气，然后就直接离开了。

等门"砰"的一声锁上时，比安基才猛地哆嗦一下。他失魂落魄地看了看四周，身子依旧倚着墙壁，一动也不动。尽管早已下定决心，不过手脚还是不听使唤。夜幕降临后，他终于将浑身的战栗克制住，用两个拳头压了压双眼，站直了身子。随后又大吼一声，以便让自己恢复神志。他步子平稳地走出家门，来到街上，不曾引起任何一个在夜色中散步纳凉的人的注意。他漫不经心地东瞅瞅、西望望，最后来到了玛尔古塔街，直接去敲一幢小屋的门。门开了，他跨进走廊，一道陡直的石阶出现在他面前，一条光带从石阶的顶上拖下来。那端着灯的女郎——卡特琳娜，正站在那里。

她倚着栏杆，将灯远远地伸到前面，努力想看清黑影中的那张熟悉的面孔，流露着喜悦的神态，样子可爱到了极点。比安基站在下边欣赏了好一会儿少女的完美形象。

"上来呀！上来呀！"她冲着还在底下磨蹭的男子呼唤着。

比安基慢慢地登上石阶。不过在灯光照到他脸上的一刹那，她唇边的微笑和欣喜马上消失了。

"卡尔洛，我的上帝，你生病啦？"她嚷起来。

他轻轻地将她推开，举起手来摇了摇，说：

"没事儿！进去吧。卡特琳娜，进去吧！"

她忧心忡忡地跟着他，进了一间低矮、却清洁雅致的小房间。花钵摆在窗台上，鸟笼挂在窗前，笼中一只小鸟被灯光给惊扰到了，正扑打着翅膀飞来飞去，一把亮锃锃的吉他躺在桌子上。老婆子坐在桌旁做针线活，此时站起来欢迎进屋的男人，态度异常卑屈粗鄙。

"晚上好，卡尔洛先生！"她高声说，"身体如何？您来得可正是时候。这可怜的傻丫头唱歌老忘词，弹琴老跑调。讨厌的鸟儿——就是您送给她的那只，叫得让她不耐烦。'孩子，'我说，'你的心肝宝贝儿他会来的，小傻瓜，你真正是一个小傻瓜！''涅娜，'她说，'我真害怕呀，我的心跳得这么厉害的原因是什么？''别吵！别吵！'我说，'你是个孩子。有这么一位先生把你捧在手心上，爱你，疼你，把你当作自己的……'"

"不过你要被他送进地狱，你这个该死的老巫婆！"比安基狂叫着，冲到老婆子跟前，"毒蛇！贱货！倘若不是看在你的白发的分上，我就要让你尝尝我的拳头。"他猛烈地摇撼着老婆子的肩膀，额头上青筋饱绽。

老婆子蜷缩着身子，眼睛瞟着他，结结巴巴地哀求：

"请不要对一个老太婆开如此厉害的玩笑吧。您会将我吓出关节炎来的。怎么了？有话请好好讲嘛，卡尔洛先生，不要说些亵渎基督的话，让人画十字和祷告都来不及哩！您这是生可怜的涅娜哪门子气啊？"

"我生哪门子气？"比安基气急败坏，猛地将老婆子一推，老婆子一个踉跄就跪在了地上，"你这个下贱坯，你还有脸问？你在骗了我之后还敢在我面前装清白？我是不是警告过你，让你照说的做，千万不要受魔鬼的诱惑，不然就要你老命？可你贪得无厌，拉皮条拉上了瘾，心里痒得熬不住，硬要把这姑娘糟蹋掉，带她到人多的地方去招摇，看看能讨一个比我比安基更有钱的大爷喜欢不。我这个雕刻匠可是靠自己的汗水活着，并且养活了你们哟！滚！马上给我滚出这所房子！别哭哭啼啼！我可知道你，我原本就应该想到，背叛和地狱里的种种阴险伎俩是你那干瘪的胸膛里唯一藏着的东西，你如何充当得了保护人呢！"

老婆子从地上爬起来，站到窗前，远远地窥视着他，同时装出一副卑怯的神气。

"您骂得没错，卡尔洛先生，"她说，"我不应该那样做。不过我只是可怜这丫头，看她一个人怪没意思的，不管是礼拜天或是其他日子，她只能看到一片房顶，要不就只能等您在夜里领她出去逛逛，而那时看到的只不过是几条黑漆漆的街道和一片星空罢了。'孩子，'我说，'他是一个好人，不会生气的，前提是你将今天晚上的事情告诉他，你告诉他你去看了赛马来着。'可怜的丫头，她还不答应，不过我看得出来，她心里是特别想去的，于是我又劝她。喏，如今又怎么样？倘若您不大动肝火，她的确是过得挺快活哩。她眼下站在那儿还不是老样子，没少一根汗毛嘛！不过您刚才骂的那些话，卡尔洛先生，您理应为此感到害臊。要知道，我这个可怜的老婆子对您可是忠心耿耿，为了替您效劳，讨卡特琳娜欢心啊。"

"你走开，"比安基冷静下来，板着面孔说，"别再跟我唠叨！"

比安基站在桌旁，低着头，拳头撑在桌面上，似乎是想起了别的什么。老婆子紧紧地盯着他，轻手轻脚地来到姑娘跟前。姑娘坐在屋角里的一只矮凳上，低眉顺眼，一动不动。

"孩子，"老婆子低声对她说，"去求求他！"

卡特琳娜看了比安基的脸一眼，摇摇头说：

"不，没用！"

老婆子不得不凑到比安基跟前，哀求道：

"求您至少让我在这儿过一夜吧。不然我上什么地方过夜啊？我还没来得及收拾那一点点家什呢，看在最最慈悲的圣母玛利亚分上，卡尔洛先生，别把我像……"

"你给我走。"比安基重复说，"家什？除了我给的，你还有什么家什！你走，否则……"

他将拳头举起，老婆子吓得连连后退，嘴里嘀嘀咕咕，又是请求，又是咒骂，又是威吓，最终低声下气地出了房间。

"卡特琳娜，"留在房里的汉子低着头，语气缓和地说，"从今天开始，你再也见不到我了。不要问原因，也不要担心我生了你的气。我只是对刚才出去的那个老妖婆生气。你特别善良，所以也理应获得幸福，就算再也见不到我。另外一个男人也会来敲你的门，就是今天看赛马时坐在你旁边的那一个。给他开门吧，并且，如同对待我一样对待他吧，要爱他，要——要对他忠诚。你不要将你认识我的事告诉他，也不准你对他提我的名字。不过你得和从前一样待在家里，就算他让你出门，你也千万不要去台伯河畔的下半城。全都答应我吧，卡特琳娜！"

他等待着对方的回答。不过却从屋角里传来一阵抽泣，这让这汉子心疼得像刀割一样。

"别哭啊。"他语气尽可能平静地说，"我已经说了，我不是因为生气才离开你的，而你将会得到幸福，得到比从前更好的，比我还爱你的那个人。"

"不！"可怜的姑娘发出一声惨叫。她还是哭得一句话也无法说出来，不过那一声长长的叫喊已将无限的眷恋彻底表露出来。比安基阴沉的脸马上豁亮了，他高兴地将头抬起，转身向姑娘奔去。姑娘也忘情地扑向他，他将她搂在怀里，姑娘贴在他胸前，如同失去了知觉一般。他吻了吻她的额头，说：

"静一静！你和我，咱们必须都得冷静下来。这样也好，或者说更好。谁知道，不这样的话我不知道自己能否活下去？不过，按老样子肯定不行了，不行啊，不然我就会完蛋。来，"他接着说，"把你最好和最喜欢的东西收拾成一个小包，还有出门所需要的一切。快一点，卡特琳娜。我想，咱们会再见的，不过不是在这儿，拿出点耐心吧！"

姑娘瞪大眼睛看着比安基，感到莫名其妙，根本不知道发生了什么事。她只是机械地照他吩咐的做。等一切都收拾妥当了，她才怯生生地问道：

"咱们上什么地方啊？"

"走吧！"他说，马上将灯吹熄。笼子里的鸟儿撞在木条上噼噼啪啪直响，桌上的吉他让他在黑暗中碰了一下，发出嗡嗡的响声。二人的心都怦怦跳着，摸黑出了房间。

特奥多尔在一种极为奇特的心境中离开了比安基的住处。他到了外边，才发觉周围的气氛是那样宁静，刚才在浮雕前所感到的沉重的压抑转眼就烟消云散了。就如同一个高烧退后的病人，他心中已不再存有痛苦，而只是感觉着一种异样的虚弱，以及思想深处的隐隐悔恨，也因此加深了他的个人省悟，就像有了阴影，光明才更加耀眼一样。他告诉自己，他的轻率不曾让他损失什么，他在受到蛊惑时从身边推开的一切，现在还可以原封不动地属于他，倘若他将手伸出去，他就可以享有它们。倘若说这段时间以来，他曾为此想入非非，自寻烦恼，将手中最大的快乐丢弃了，只是为了去追寻一个迷人的幻象的话，那么，他如今已经自己惩罚自己啦。

他的眼前先后出现两个姑娘的倩影，他的心不再惶惑。他对那位异国女郎并无偏见，在回忆起其娇艳的脸庞上的种种表情时，他的心还是禁不住感到惊异。不过，一想起玛丽来，他的心就更加激动，就如同他刚认识她、得到她、对她的爱慕与日俱增那个时期一样。从那以后到底发生了什么事呢？她还是否依旧呢？不错，她依旧是那么羞涩、那么安静、那么矜持。不过，每当他在时，她的目光从来就在他的身上，每当他告别时，她的手一直拉着他的不放，这就已经等于再热烈真诚不过地向他表白，她是将整个身心毫无保留地都给予了他啊。特奥多尔质问自己："难道我还可以责怪她受着清教徒母亲的影响，不曾一爱上我就扯断这条敬畏的羁绊吗？难道我可以希望她如同特拉斯特维尔①的放荡女子，感情一冲动就扑到我怀里来，对谁也不问一声吗？"

他急切地向玛丽的家奔去，好像为了数周以来他给他们的生活造成的一切不快，请求她宽恕似的。他知道，让他扫兴的英国客人昨天已经离开罗马。他感觉，如今一切都好像应该重新开始。就这样，特奥多尔带着一种幸福、兴奋的情绪，跑上了玛丽家的台阶。

没人知道，在这几秒钟之前，蓓姬小姐也在玛丽的房里，正从座位

---

① 罗马的一个区。

上站起来打算往外走。就在这时，玛丽还坐在钢琴前，被阴影遮着的双手紧紧地抓住圈椅的扶手，好像如果不这样她就会摔倒一样。

"听我的劝吧，孩子，"小个子女人暂停了差不多只是她一个人在讲个不停地长时间谈话，最后说，"等他一来就直接问清楚，以免他有时间去编造假话。玛丽，必须这样，我告诉您：倘若一开始就抓紧，他这个年纪还有机会改邪归正。丢人，真是太丢人了，所以——我的宝贝儿——虽然我相当乐意，我还是一点儿不能将一开始在气头上骂他的那些话收回。好在，上帝已经让另外一些罪人幡然悔悟。不过遗憾的是他的信仰太淡薄啦！您一定得承认，我经常这么说他，如今看来，我太对了。他太可耻，竟一点儿都不尊重您，太可耻了！我向四周一看，幸好没有你们认识的人。你要知道，倘若不是存心去观察下层，正派人是不会到那地方去的，而是坐在单独的包厢里。不过我绝对不会忘记，他将我看赛马的兴致完全给败坏了。我的天啊，倘若您不是和我在一起，您肯定会当场厥倒。您以为，他不是死瞅着她吗？而且看起来，他们早就认识，应该是在重温旧情啊。就算这还情有可原，在他认识您之前已经迷上过太多的姑娘吧。不过也得知道检点，何况在大庭广众之下，怎么可以如此忘乎所以呢。喏，喏，孩子，你要和他谈，而且要严肃点，好歹要谈一次，这样他才会往心里去。倘若您不这么做，虽然我相当不愿意，也还是得照我的原则办，将事情报告给您父母亲，让他们去教训他吧。如此高贵的家庭，倘若将一个轻浮之徒招纳进来，它所蒙受的耻辱和遭到的不幸就太大啦！难道您从不曾听他提起过，为了您而抛弃了罗马的某个旧相好吗？"

"没有。"玛丽低声回答。是啊，她这位热心的伴娘那一番绘声绘色的话，又让她心中的一个形象变得鲜明了。由于这个形象，她已经苦思苦想过整整一天。不过，她又怎么讲得出口呢！那还是特奥多尔告诉她在小酒馆看过跳舞的第二天。当时，她正挽着他的胳膊在城里走，忽然发现一张漂亮的面孔正从一扇低矮的窗户里往外张望，于是就提醒特奥多尔注意看。谁知他竟一下子激动得无法自已，而且那姑娘也好像认识他。"她就是昨天晚上那个阿尔巴诺少女。"他说，接着就把话题扯到别的事情上去了。然而她却将那张面孔一点一点全记在了脑子里。

"现在就随它吧，"蓓姬小姐安慰着她，用手抚摩一下她的头，"别生气，亲爱的！人，尤其是男人，都不是天使。我的上帝，此类事情没经历过哟！你和他谈一谈，这样一切还会好起来的。晚安，孩子！我明天再来看您。上帝与您同在！"

她随后就走了出来，在门外和特奥多尔碰到一起，差点儿没让他给撞倒。

"请原谅！"特奥多尔说，"一个去见自己未婚妻的未婚夫，是无法慢吞吞的啊。您说对吗，亲爱的蓓姬小姐？"

蓓姬小姐冷冰冰地回答："玛丽在房里，不过的确没想到您会来找她。"

特奥多尔不曾注意到她的脸色，很快和她道过再见，冲进房间去了。

这还是第一次特奥多尔单独碰见玛丽一个人，只见她披着满头鬈发，凭窗站在朦胧的夜色中。特奥多尔暗暗感到庆幸，似乎命运已经做出安排，要让一切重新好起来似的。他轻手轻脚走上前去，玛丽还是一动未动。他将她的腰搂住，呼唤着她的名字，玛丽不由得一惊，转过身来，他发现她眼里噙着泪水。

"你哭了，玛丽，亲爱的宝贝儿，你哭了吗？"他失声叫道，打算将她搂得更紧。玛丽拒绝着，沉默不语。她将双眼闭上，将泪珠挤碎，摇了摇头。

"没，"她终于说，"我没哭，别管它！会过去的，会好的！"

他在房里来来回回走了几步，自己也不知道发生了什么事儿，总之愉快的心情一下子全完啦。

"你有什么事无法告诉我吗？"他停了一会儿问，"你不知道我在跨进门来时有多么高兴，终于发现你一个人在时心里有多幸福啊！没想到您却是一脸陌生的模样，比有生人在场更加愁眉苦脸——你不知道，你坏了咱们多少事啊！"

玛丽还是一言不发，同时将双眼闭上。在她的脑子里，她将特奥多尔说的话与刚才让她痛心的那些话进行对比，将其目光和老伴娘所描绘的看着另一个女人的目光进行对比。尽管很希望为他辩护，不过内心却有更多的声音在表示反对。不过她并非认为他不真诚，并非认为他不高尚，或者在心里对他有所怨恨。不，在她听来，她的老伴娘所讲的那些事好像不但与她无关，也与他无关，就如同一件海外奇谈，压根儿不值得留意。几周以来，一块沉重的石头就压在她心头，老伴娘的一席话仅仅是在石头上再添上最后的一点分量罢了。倘若特奥多尔认为，他狂躁烦闷的情绪只是让自己受苦，那就是自欺欺人。

他变了，初恋的热情已经减退，自己也不知自己的心，这些情况是无法瞒过玛丽的。他在跟前，她就因为他而竭力克制自己，不管怎样也不会向他承认，她已经开始质疑他的爱情了。而等到她独自一人时，她又责骂自己，对自己说，她看错了事情，将事情看得太严重了，一个男人总有一些分心的事情，就是在自己的爱人身旁也会心不在焉的。再说她还知道，他已经因为母亲的管束越来越无法忍受啦。不过，虽然这样说，她也有苦闷到极点的时刻，就比如眼前吧，她的心和嘴都因为痛苦而封闭了，在最需要将真情吐露出来的时候，竟然一句话也讲不出来。她不希望问任何事情，也不想作任何指责。她的心已经麻木到无法感知疼痛的程度，不再感觉到他在她身边。可是，倘若他就这样将她丢下离开，她还是会受到致命打击的。

　　这两个人就这么心烦意乱地相对而立。特奥多尔已经伸手去取帽子，打算将这难堪的局面结束，这时母亲进来了，他只好留下。用人过来把灯点上，母女二人坐下来，他却还是默默地站着，心中暗暗诅咒着自己和自己倒霉的命运。就像在这种时候扫兴的事接二连三发生一样，母亲又问起爱德华的纪念碑的情况。特奥多尔于是只好告诉她，今天他首次看到了模型，并且只好将其内容和表现手法描述一番。讲着讲着，他的情绪又好了一些。

　　"真是前所未见，"他说，"我无法用言语来表达，我被那画面感动了。绝对是爱德华，不但逼真，而且灵气，简直太好啦！他那动作，他那习惯于略微前倾的脑袋，虽然我从不曾对我朋友谈起过，不过如同得到神启一样，他将他活灵活现地刻画出来了。"

　　"您所讲的一切看来都很好，亲爱的特奥多尔。"母亲沉吟片刻后说，"不过嘛，我也不想隐瞒，我特别反感您所描绘的画面上的其他一些人物，有这样一块石碑立在面前，我是无法下决心到我儿子墓上去祈祷的。碑上那些异教传说中的形象，只会让我心生恐惧，而非让我心情变得崇高。"

　　"他们仅仅是一些象征，妈妈，象征着某种最亲切的含义，一旦您领会了这意义，就不会将他们视为异己了。难道如果一位意大利诗人用自己的语言替爱德华唱一首颂歌，您也会只是由于他不曾用您的祖国语言而无动于衷吗？"

"这话也对，不过，那让我感到陌生的的确仅仅是形式罢了。在这里却贯串着意义，贯串着与我的神圣感情水火不相容的思想，让我不得不马上离开，绝对不愿意与之发生关系。"

"您说得太过火了。"

"我感到惊讶，亲爱的特奥多尔，你竟然认为一个女人和一个女基督徒最自然的感情，是过火的。"

"可是您是生活在罗马，每天看着过去的一代代人将奇迹创造出来，享受着无数形形色色与您不同的人们的劳动。在这里，一位高尚的人替您付出心血，献上他所拥有的一切，您也能冷漠而不屑一顾吗？"

"我并非怀疑他的好意。不过由于我在最初的时候就对此深信不疑，因此现在知道了结果就特别失望。你要知道，他根本不考虑我们的意见，那样即使愿望再好也会对我们的感情造成伤害啊。"

玛丽静静地坐在一张绣花架前，低垂着头。特奥多尔走到她身旁，问道：

"您的感情也因为比安基的作品受到了伤害吗，玛丽？"

"没有。"她低声回答，"不过我想妈妈说得没错，人无法爱自己认为陌生的东西。我不行，一个男人或许可以。"

特奥多尔对于玛丽的这些话不太明白，不过他知道，她已经疏远了自己。他的心被一阵难言的隐痛攫住了。既不是因为斗气，也不是因为羞恼，他默默地鞠了一躬，转身走了。他感到，他一定要镇定一下，让自己迷乱的知觉恢复正常。倘若待着不离开，他没准会胡说八道。

"这样不行啊，"他来到街上后自言自语地说，"她没错，我们二人在一起将永远互相陌生。我无数次地想靠近她一些，将自己毫无结果的努力当作命运的安排。也难怪呀，她终于对我感到厌倦了。不过这事恰好发生在今天，在我满怀着这样美好的幻想时，在我被这样幸福的梦迷惑时，在我的心中比任何时候都充满希望的一天，这不是格外残忍吗？——残忍且仁慈！现在我终于清醒了，永远永远不会再这么盲目地自欺欺人了。"

随后他想到比安基，说："可惜！我不应该连累他。这下他又该不得不向台伯河里扔些什么了。不，不能让他扔，我要将墓碑买过来，以告诫自己不要轻信他人。"

他回到家里，将灯点上，坐在桌前给玛丽写信。最初，他心平气和，不过没写上几行就发现自己言不由衷，于是心中又气又恼，惘然若失，最后他一下子在桌上将笔尖戳断了，"腾"地一下跳起来。他不知道自己要到什么地方去，不过最终还是来到街上，向着比安基的住处走去。把一切都告诉比安基吗？或者什么也不对比安基说，只是为了有朋友在身边好让自己冷静下来，进而作出判断吗？他自己也不清楚。不过，他实在无法忍受一个人待着。

一弯新月悬挂在城市上空。不管是房里还是房外均亮堂堂的，阳台上和窗口更是人影晃动。乘凉的人群遍布于林荫大道上，人们无忧无虑，语笑声喧，一张张少女的脸庞闪动其间，有其他民族的，有罗马本地的，不过她们都穿得相当单薄，好像是从卧室里溜出来的。整条大街就像一座舞厅外的长长的走廊，在厅中狂欢的人们趁着舞与舞之间的间隙，到走廊上来透透气。从沿街的住宅中到处飘出音乐声，一只关在笼子里的夜莺也在婉转歌唱。

特奥多尔穿过湍急的人流，感觉自己如同一个即将告别人间的遁世者，对生活已一无所求，唯一的要事就是向朋友交代一件尚待完成的任务，然后便就永远休息。他走进一条条通向台伯河的行人稀少的小街，脑子一片空白，已经无法思考。最终，他放弃了徒劳的努力，任凭自己的灵魂在痛苦的荒漠上游荡，就如同一叶在无风的无边大海上漂流的孤帆。

就这么，他在不知不觉中走到了台伯河河岸上，那个地方叫里帕·格朗德。开往奥斯吉亚码头的渡船、邮轮和其他船只都停在那里。从此地去利别塔街的比安基家只不过几百步，但是顺着河岸直接走是无法走到的。他正打算转进右边一条宽一些的街道，却听到从通下河去的石阶的最高几级传来一阵激烈的争吵。其中一个嗓音令他一听就不由自主地停住。他凑过去，于黯淡的街灯下慢慢看清了拥挤在那儿的一大群人。争吵的原因似乎是因为一个女人，一名船夫正拽着她的胳臂，想将她拉下船。另外一个男人则试图将他们分开。

"将她放开，彼得罗！"他大声说，"放她走吧！您从什么时候开始干起贩运妇女的勾当来啦，你这个将灵魂出卖给魔鬼的家伙？你看她在哭哩，可怜的小东西！她不愿意回你的鬼舱里去，自有她的理由嘛！"

"鬼知道！"船夫大喝一声，将姑娘转了一圈，"她的理可多了。不过那个将她带来的先生花了钱，他说：'将她送到奥斯吉亚码头去，托可靠的人照顾一下，千万不要让她往回跑。'他也有他自己的道理的，他还用卡特里诺①将他的这些道理加以证明。不过这小娘儿们！她必定是做了某种坏事，如今倒装起清白可怜的样子来啦。她在那个男人将她送到我这儿时，为什么不吵不闹呢？请问你有何想法？她那会儿静悄悄的，就是抽抽泣泣，还亲了亲那男人，让他于心不忍，答应一定去奥斯吉亚看她。不过如今怎么样，为什么那男人一离开，她就转起逃跑的鬼念头来，并且大哭大闹，让满街的人跟我作对。我不过是在尽自己的职责，想将她送到安全的地方罢了！谁有任何要说的就请快说！没有？那就让这妖精给我滚回去，将嘴巴闭住，谁再来拦我，我就诅咒谁！"

---

① 意大利古币名。

"我不能回去！我不想回去！"姑娘的声音又喊叫起来，"这人在撒谎。他对我起了歹心，他违背了雇他时的协议。请救救我吧！"

"谁肯相信这个可恶的女骗子，这个破烂货，她一心只想脱身，竟敢血口喷人！把我放开，我说，让这个臭娘儿们下去！"

"等一等！"突然，打雷似的一声断喝从人群后面传出，将争吵的双方全都震住了。他们一起回头看，只见特奥多尔将人群分开，伸手将姑娘的胳臂拉住，大声说："她是我女人，要跟我走！"

这下没人说话了，卡特琳娜抬起双眼，认出了年轻的德国人。她又是欢喜，又是怀疑，犹豫不决地站着，重新低下头，垂下眼睑。

"您把我当孩子吗，先生？"那船夫冲着他嚷道，"我才不会随便让一个花花公子一吓唬，就被吓唬住了哩。您想要个姑娘，随便上街上找去，有的是。不管是花钱也好，说好话也罢，反正都弄得着。您打算在这儿凶几句就骗一个吗？没门儿！鬼知道您受谁所托来此多嘴饶舌，还摆出一副最有权利带她走的架势？"

"我就拥有这个权利，"特奥多尔大声而坚决地回答，"她是我的老婆。"

"您老婆！这可需要证明，没准儿也可能——等一等！"船夫将自己打断，说，"您喊一下她的名字吧，先生，喊一下她的名字，丈夫总该知道自己老婆的名字吧，就算他不晓得她深更半夜到街上去做什么去了。"

"卡特琳娜，"特奥多尔说，"你认出我了吗？"

"嗯！"姑娘回答道。

"没错，卡特琳娜，"船员喃喃地说，"另外那个男人也是这么叫的。"

"卡特琳娜，你跟我走吧，"特奥多尔说，"你把那家伙的名字告诉我，为了他，你离开了我，害得我跑遍了罗马的大街小巷去找你，又担心又生气。是吗？你想去奥斯吉亚？然后他上那儿去与你相会？够啦，走吧！"

他是如此严肃地说出这几句话，脸上带着显而易见的痛苦和决心，让人没法相信他是在撒谎。

"他是她男人！"观众又低声议论起来，"她勾搭上另一个人，将他撇下跑啦。上帝保佑那小子，别让他跟她一样落在这位手里！"

卡特琳娜不曾改变自己的这一信念。她任由特奥多尔牵着，听话地登上最后几级台阶；为了逃避他，她落入了危险境地，结果又好巧不巧地被她想逃避的人所拯救；她那出乎意料和心慌意乱的表现，倒十足像一个打算私奔却被抓住了的垂头丧气的妻子。唯有船夫一人看上去不完全相信。他看着特奥多尔塞给他的钱，嘟囔道：

"倘若一切没问题，他的先生就不会掏腰包。喏，与我何干，反正咱得了双份钱！"

特奥多尔领着她走过了好几条街，手却一直牵着她的。两人互不相信，也没人说一句话，直到最后他突然将她的手丢开，问：

"我该领你上什么地方呢，卡特琳娜？"

"我不知道。"她回答。

"去玛尔古塔街吗？"

"不！"她大为惊恐，"老婆子，还有他都会在那儿找着我的。"

"谁？"

"我不能将他的名字说出来，尤其不能告诉您，他不许我说。"

"那就是比安基。"特奥多尔嗓音低沉地说。她没敢否认。

他俩继续向前走，他心中产生的猜疑就此更加肯定了。当他为比安基讲看赛马和与姑娘邂逅的经过时，艺术家奇怪地沉默了，如今他总算明白了背后的含义。"咱们干吗要互相隐瞒，不肯将自己心中所爱说出呢！"他抱怨自己和自己的朋友。不过，还有他不知道的事情哩。

到了他住的房子前，特奥多尔将钥匙掏出，将房门打开。卡特琳娜却倒退一步，说：

"我不跟您进去，不！我宁愿睡在圣玛利亚·玛卓莱大教堂的台阶上，也不和您走进这里边去！"

"姑娘，"特奥多尔沉痛地说，"现在，我已不是几小时前或许你认为的那个人了。在我这儿，你会如同在兄长家里一样平安的。"

　　卡特琳娜站在黑暗中，将双眼睁大，紧盯着他，随后好像恍然大悟一般，不过她还是站在离房门几步远的地方，说：

　　"我知道，他和您商量好了。无怪乎他对我好言好语相劝，原来是他要将我卖给您或者送给您啦。他让我如同爱他一样爱您。可是，'我不能啊。'我暗暗发誓说。他或许看出我是当真的，因此就想法儿骗我，将我送到船上，然后又跑来对您说我在什么地方，好让您可以将我领回去。不过我是绝对不会答应的，就算您是他最最要好的朋友，就算他因为我不按他的想法去做就把我千刀万剐。您走吧！我自己可以找得着回山里去的路。对他，您想怎么说就怎么说好啦。再见！"

　　特奥多尔还不曾从惊讶中回过神来，她就已经转身跑了，他险些没追上她。"卡特林娜，"他将她的手抓住，说，"我向你起誓，我将让你如同我的妹妹一样住进我家里，然后将你送还给你的卡尔洛，就如同你离开他时一个样——你可不要拒绝跟我进去啊！"

　　"您果真这样想的？真的能这样做？"她一动不动地站着，将自己的怀疑表达出来，"这不可能，你不了解他，没人可以改变他的主意。"

　　"相信我吧！"特奥多尔说。

　　对于卡特琳娜来说，眼前的希望实在过于诱人了，正是她心存的这一希望让特奥多尔取得了成功。她慢慢地挪动脚步，和特奥多尔并肩走进楼里。不过一到他楼上的房间里，她就紧靠在房门的黑暗中的一把椅子上，怀里紧抱着那个一直不肯离手的小衣包。他将灯点上，没说一句话，而是在自己的书信堆中茫然地翻寻着。他一想到比安基的行动，心就满是火热，他从眼前的情况意识到，他还会拥有这样的一个朋友，于是不由得精神振作起来。不过，他想到自己已经失去了玛丽，心中又难过得要命。

他就这样展望着未来，作好承受自己命运的精神准备，努力地想着，突然，门边传来呼吸声。他抬头一看，发现卡特琳娜哭累了，已经睡着。他悄悄地走到她跟前。卡特琳娜脑袋耷拉在肩膀上，垂着两臂，胸部因做噩梦而剧烈起伏着。他用自己有力的胳臂将她稳稳地、小心地抱起，放到靠墙的一张沙发上。在将她放下的一刹那，他的头触碰到她的脸颊，感觉到了从她口里呼出的健康的气息，呼吸到了由她头发中散发出来的扑鼻的芳香。在他眼前，她青春的丰腴的躯体静静地躺着。不过，此时此刻，他的心中竟然不存在任何欲念。他将身子站直，在熟睡的姑娘身上盖上自己的大衣，然后就安静地离开了。直到天空中残留的微弱的星光已经消散，他才迷糊了一会儿，不过不再因为想到卡特琳娜而心慌意乱。

次日上午，特奥多尔走进其朋友的工作室。正在工作的比安基将头抬起来，呆呆地望着他，因为失眠的原因，他的面容是那么憔悴，他看到后，不由得大吃一惊。比安基好像头发也变白了一些，目光更加阴郁。不过一见特奥多尔，他那闭得紧紧的嘴唇反而放松了。

"您是不是一夜没睡？"特奥多尔说，"全是我的错。"

"我失眠了，"比安基平静地回答，"不过对于那些搅得我睡不着的种种怪念头，您根本没法负责任。咱们来谈点愉快的事吧。讲个笑话，念一首诗，倘若您愿意的话，最重要的是留下别走。坦白说，今天可以听见您的声音，我真是快活极了。"

"亲爱的！别再拿这些话来打马虎眼啦，没用，您心中的秘密已经全显露出来了。我全都知道了！"

"您知道了？——您知道也千万别说出来！"比安基激动地说，"也别告诉我从什么人那儿知道的，永远别对我提一个字！一切都过去了，对我来说一切都过去了，不是吗！"他一口气继续往下讲，"你喜欢怎么想都行，不过让一切就这样吧。答应我！"

特奥多尔痛苦极了。他想到，自己过几天就要远离此地，那时再来回顾这一切，于他而言，这的确将成为遥远的过去。不过，他无法对朋友讲，不然就会把眼下要做的事弄糟。

"可我还是不得不说，"他终于开了口，"倘若我昨天保持沉默，不曾用那些轻率的话来将您的安宁破坏，那么您就少了许多烦恼。您就不会将自己掌中的明珠扔掉。有那么一会儿，我这个傻瓜一度狂妄地、忘乎所以地将自己的手伸向它。"

比安基沉默了，热血涌上他的脑袋，想说什么却一言没发。

"现在倘若我将它给您送回来，对您说：请重新收下吧。我不嫉妒您，那是由于我的心眷恋着另一件珍宝，不必做出任何牺牲便可以将我们二人的友谊保持住——您会相信我吗，卡尔洛？"

特奥多尔看见他的朋友的脸上百感交集，手正努力撑着桌子，以支持身体，将头耷拉下来，呼吸急促，嘴唇翕动着，不过没发出一点声音。于是他走到门口，唤了一声：

"卡特琳娜！"

卡特琳娜始终站在门外，等待着自己的命运。当她两腿哆嗦着，静悄悄地跨进门来时，一看到比安基站在桌子旁边，张开着双臂，不过脚已经不听使唤。她就突然大叫一声，扑到爱人的怀里。

门依旧敞开着。特奥多尔将身体转了过去，专注地观看着挂在旁边架子上面不曾遮掩的爱德华的浮雕。就在这时，一阵脚步声从门外传来，他回过头来，而卡特琳娜这时也挣出比安基的怀抱，样子极为惊恐。他们看见门口站着三个陌生人，他们极其尴尬地站在那里。他们是老两口儿和一位漂亮少女。特奥多尔将他们认了出来。

"对不起，打搅你们了。"老先生说，"不过门原本就是大开着的。倘若您现在不方便，那么咱们改日再来吧，比安基先生。"

"请进来，"比安基说，"没有关系。这是我的朋友及我的妻子比安基太太。"他特别加重了最后两个字的语气，同时看向仰望着他的洋溢着幸福之情的卡特琳娜的脸。在此期间，特奥多尔已从浮雕前走过来。老先生还是与之亲亲热热地打招呼，接着就转身去看浮雕。特奥多尔没能和母女俩寒暄。因为好动的老太太一听完比安基说的几句话，就直奔浮雕而去，站在那里一声不响。玛丽的目光仅在其弟弟的像上略停一下，然后就飞快地看向卡特琳娜。她显然将她认出来了。

当比安基的作品将老两口深深地感动，相互偎依在一起离不开了的时候，玛丽也来到特奥多尔身边，将他的手抓住，嘴里不停地说着温柔的话语，热泪从她的眼中涌出，他们二人互诉衷肠，怨恨自己，并向对方立下山盟海誓，你对我无比忠诚，我对你此心不渝。没人偷听他们的情话。要知道此时比安基正同样盯着自己妻子的眼睛看个没完，虽然他一句话也没说，却早已经浑然忘我。

终于，玛丽的父亲走向雕刻家，将他的手紧紧地握住了。老先生的眼里闪着泪光，老太太则用手帕捂着脸低声哭泣起来。

"你已经都看见了，"老太太说，"我们无须再说什么。仅有一点：什么时候正式动手雕？我决定将计划改变。我希望在儿子墓前只立一块刻有简单铭文的石碑。我认为最好将这件浮雕安放在他的卧室里，就放在从前摆他床的地方。我们无法在那里留下更好的纪念了。可我迫不及待地希望马上在家里看见它。至于大理石，请您最好亲自去挑选。一天也别耽搁啊！"

说话间老太太已经冷静下来。她转过身，将特奥多尔的手抓住，将其拉到自己眼前，亲亲热热地吻了他——她只这么亲吻过特奥多尔一次，即在她将自己的女儿许配给他的那天。随后，他们就一起离开了工作室。

台伯河畔空气清新，阳光灿烂。

安德雷亚·德尔萘

斯文里是威尼斯的一条名字特别动听的小胡同。19世纪中叶，此地坐落着一幢极其普通的市民住宅，是一楼一底的。两根木柱和装饰着巴洛克式凸檐的门楣框的大门，极其低矮。一尊圣母像被供在门上方的壁龛里，一盏长明灯放在像前，黯淡的灯光透过红色的玻璃罩发散出来。走进大门，就能看到一架宽大、陡峻的楼梯角，直通楼上的房间。一条亮锃锃的链子悬着一盏油灯，高挂在天花板上，日夜不停地点着，倘若不如此，仅能借助于敞开的大门，房内才能获得日光的照射。不过，上面楼梯口的光线虽然始终那么朦胧昏暗，不过它却是房东乔万娜·达尼埃里太太最喜欢待的地方。

　　自从丈夫去世后，她就和独生女儿玛丽埃塔住在这幢以遗产的方式继承下来的小宅子里，同时将一些多余的房间租给那些喜欢安静的人。她对别人说，自己因为替心爱的丈夫流了太多的泪，因此哭坏了眼睛，不敢再见阳光。不过，邻居们却在她背后说，她每天从早到晚地守在楼梯口，绝对是想和每一个出来进去的人搭话，倘若无人和她拉扯几句，让其好奇心得以满足，谁就无法获准进入房间。不过此刻，当我们认识她的时候，即便是此类动机也无法让其舍弃舒适的安乐椅而执着地坐在硬邦邦的楼梯上了。

时间是1792年8月。她的那些空房间已经差不多半年没人租了，加之她极少与四邻们来往。更何况又要到深夜，倘若此刻还有谁来，那么简直是太稀奇了。不过虽然是这样，这位矮小的妇人还是坚持守在自己的岗位上，双眼紧盯着楼下空荡荡的过道，好像在思考着什么。她刚打发女儿上床睡觉，然后将几个南瓜放在她的座位边，打算在临睡之前将南瓜子掏出来。没想到掏着瓜子就胡思乱想起来，最终将双手垂在怀中，头倚在栏杆上沉思着。过去，她用这样的姿势睡着过无数次。

今天眼看她要睡着了，突然之间三下缓慢却有力的敲门声从大门传来，将她一下子惊醒了。

"仁慈的圣母啊！"达尼埃里太太一边惊呼着，一边站起身，当然她仍旧立在原地纹丝不动，"发生什么事啦？是不是我还在做梦？真的或许是他吗？"

她侧耳倾听。这回门环的叩击声又一次响起。

"不，"她说，"不是奥尔索，敲门声不一样。不过也不可能是警察。我还是去看看吧，看看老天爷到底差来了一个怎样的人。"她一边嘀咕着，一边吃力地走下楼去，然后隔着门板问对方是谁。

门外的声音给出的回答是，异乡人想在这里寻找住宿。在他看来，这所房子比较合适，因此希望可以长住，而且多半可以让房东太太满意。对方的话讲得相当有礼，而且说的是一口标准的威尼斯方言，所以虽然已经是半夜三更，达尼埃里太太还是放心地将门打开。结果没让她失望，至于从外表上看是如此。

在朦胧的夜色中，她模糊看到这个男人身着下层市民的中规中矩的黑色外衣，一个牛皮行囊夹在腋下，手里谦恭地拿着帽子。不过，妇人对其面貌感到有些异样，因为这是一副谈不上年轻，也谈不上苍老的面容，脸上的胡子呈深褐色，额头上一点儿皱纹也没有，两眼炯炯发光，仅仅于嘴角的表情和讲话的神态中看出倦怠，好像曾经历尽沧桑，特别是他的一头短发，和还洋溢着青春气息的面孔形成奇异的对比——已经彻底白了。

他说："好太太，很抱歉打扰了您的睡眠，或许还一点不会为您带来好处。这是由于，我想提前和您说清楚，倘若您并非拥有一间面对着运河的房间要出租，那么我就无法成为您的房客。我来自布拉契亚，大夫建议我到运河旁呼吸一下湿润的空气，因为这样对我衰弱的肺部有好处。我必须要住在临水的房间里。"

"喏，感谢上帝！"寡妇大声嚷着，"可算是来了一位对我们的运河心存敬意的人。我曾在去年夏天招过一位西班牙房客，这个人后来走了，声称运河里的水散发着臭气，如同河里煮的是死老鼠和西瓜皮似的！果真有人劝您来运河边疗养？不过的确在咱们威尼斯有一句口头禅，叫：

> 运河水浑浊，
>
> 治病包断根。

"不过，先生，这句话有其特殊的含义，可怕的含义。倘若您想一想，依据上头那些官老爷的命令，一艘小艇载着三个人划到外面的海湾中，结果回来时只剩了两个人，事情就相当清楚啦。希望上帝保佑我们大家，先生，千万不要再谈这事！不过您的身份证理应没问题吧？不然我是不会让您住的。"

"我已经请人家检验三次了，好太太，分别在麦斯特雷、海湾里的巡逻艇边和渡口。我叫安德雷亚·德尔菜，在公证人事务所当书记员，从前在布拉契亚从事的是相同的职业。我这个人做事中规中矩，从不喜欢与警察打交道。"

"那就更好了，"寡妇一边说着，一边抢在客人前头再度爬上了楼梯，"不过，与其将来抱怨，不如提前防范，用一只眼睛瞅着猫儿，用另一只眼睛照看着锅子，总归小心驶得万年船。我们生活的是怎样的世道啊，安德雷亚先生！真的不敢想象，一想就会短命。不过，人心会因为苦闷而开窍。您请看,"她将一间大房打开,"这儿是不是挺美,挺舒适的?床铺就在那儿,这些被子褥子还是我年轻的时候亲手缝制的,这年头可真是今日不管明日事哟。这儿就是向着运河的窗户,就像您看见的,不那么宽,不过却足够低。此外,那边那扇窗户正好冲着小胡同,您可千万要将它关严实,否则大胆的蝙蝠会来拜访您的。您再请看看窗外的运河吧,差不多伸手可触,再看对面,那就是阿米黛伯爵夫人的公馆。她可是一个满头金发的美人儿啊,她也如同金子一样,许多人为了她争来夺去。看我就知道站在这里瞎叨叨,您还没有灯和水哩。说不定您也肚子饿了。"

陌生人刚一进门就快速地将房间扫视了一遍,然后由一扇窗户前踱到另一扇窗户前,最后将牛皮行囊扔在一把圈椅上。

他说:"所有的都好极了,咱们一定会谈妥房租的。现在请您给我弄几片面包,倘若方便的话,再给我来点酒。我吃完就想睡觉了。"

一股异常的威严由其态度中流露出来,当然,语气听上去还是相当柔和的。房东马上遵命去办理,而只余他一个人在房间里。就在这时,他动作敏捷地奔到窗口,将身子探出去,俯瞰着那异常狭窄的运河。黑色的水流平稳得纹丝不动,让人想不到如此小的河道竟然与大海息息相通,它竟然与古老而浩瀚汹涌的亚德里亚海是一体的。在他眼前矗立着运河对面的公馆,看上去是黑乎乎的一大片,原因是向着运河的并非正面，同时每扇窗户里均关着灯。仅在离水面不远的底下开着一扇小门，一艘小艇被链子拴着系在门前。

看上去，这一切都挺符合新房客的要求，还包括那扇面对着死胡同的让人不能向其房间里窥视的小窗。原因是对面是一道不曾开任何窗孔的墙壁，除去几处凸棱、几条裂缝和一些地窖出气孔以外，墙上没有任何东西。就这样一个阴暗的角落，除了野猫、鼬鼠和夜鸟，人类根本不会感到舒服，根本无法待下去。

一线灯光从过道射进房里，门开了，身材矮小的房东太太手持烛台跨进屋来，她的女儿玛丽埃塔跟在身后。为了帮着招待客人，房东太太急急忙忙地将玛丽埃塔从床上叫起。这个姑娘比其母亲还要瘦，不过因为刚开始发育成熟，其身材特别纤细苗条，模样也相当娇媚，看上去似乎比母亲更高，就像踮着脚在飘来飘去；虽然这样，你还是可以一眼就从她脸上发现和她的母亲相同的特征，以及因为年龄造成的母女二人之间的区别。

只不过，母女二人的两张脸上的表情却好像永远不会一样。乔万娜太太那浓重的眉宇间总是带着一丝苦闷和紧张的期待神气，这种神气伴随着年事而增长；当然，这种神气在玛丽埃塔舒展明亮的额头上并不存在。她那双眼睛永远含着笑意，她那张小嘴总是微微张开，于是欢乐的声音就随时可以从中流泻出来。此刻，看着这张小脸上，睡意、惊愕、好奇和兴奋在打架，的确让人忍不住发笑。她在跨进门时先将头歪了歪，为的是将这位新来的房客看清楚。一条窄窄的头巾将其松散的发辫扎着。当然，她的兴致并不曾因为客人神气严肃、满头白发而丝毫减少。

"妈妈，"她一边将一个装着火腿、面包、新鲜无花果和半瓶葡萄酒的托盘放到桌子上，一边对着乔万娜太太的耳朵窃窃私语，"你瞧他的脸真的很奇怪，就像冬天里建起来的一幢新房子，不同的是房顶上积着雪。"

"闭嘴，鬼丫头！"做母亲的连忙说，"白头发并不都说明老。他身体不健康，这你得清楚，所以你要离他远点。要知道病来如山倒，病去如抽丝。希望上帝保佑你我，你要知道，尽管病人吃不了多少东西，但疾病却可以吃掉一切。去，将咱们剩下的水再盛一点来。明天咱们得早些起床好买水。你看，他坐在那儿就如同睡着了一样。他赶路赶得太累了，你却像没事人一样坐累了。人和人就是不一样呀。"

就在母女二人低声嘀咕着的时候，客人已经用双手托着脑袋在窗前坐下来。这时，他抬起头来，玛丽埃塔马上抓紧机会对其行个礼，不过他对这个娇小的姑娘的态度好像她压根儿不存在一样。

"安德雷亚先生，快来吃一点吧。"寡妇说，"人人晚上都得吃东西，不然梦里会挨饿的。你看，多新鲜的无花果，多嫩的火腿。这可是塞浦路斯葡萄酒，不比共和国元首喝的酒差。他的酒窖总监是我已故丈夫的老相识，这还是他亲自分给咱们的。对了，先生，您来自远方，您在路上可曾碰见过我的奥尔索，奥尔索·达尼埃里？"

"好太太，"客人一边将酒向杯里倒，将一只无花果掰开，一边回答，"我从不曾出过布拉契亚城，根本不认识任何一个叫这个名字的人。"

玛丽埃塔离开了房间，脚步轻捷地向楼下奔去，同时自由地唱着一支小曲，那嗓音听上去相当清脆。

"您听见啦？"乔万娜太太问，"别人几乎不相信这孩子是我的亲生闺女，虽然说黑母鸡也会下白蛋。她每天就是唱啊跳啊的，似乎咱们这里并非威尼斯一样。在威尼斯所幸连鱼都是哑巴，否则它们也会说出令人毛骨悚然的事情来。不过她和她的父亲奥尔索·达尼埃里一个样。在世界上从没哪个地方可以像在穆拉诺工场里一样可以制造彩色玻璃，而我的奥尔索则是全工场最棒的匠人。俗话说，'心情畅快，脸色才红润。'

"于是有一天，他对我说，'乔万娜，我再也受不了啦，我都快让这儿的空气憋死了。昨天这里又一个人被绞死了，双脚朝天地被倒吊在绞架上，原因就是发表了对秘密法庭和十人委员会的反对言论。咱们人人都清楚自己生在什么地方，却不清楚自己最终将死于何处。某些人自以为骑在马上，可事实上却坐在硬邦邦的土地上。我说，乔万娜，'他接着说，'我想去法兰西，我相信有手艺就饿不死，铜板自然会引来银圆。我知道如何将自己的事情做好，倘若我在外面混好了，我就让你领着咱们的孩子来。'那时候，我的女儿才八岁，安德雷亚先生。当她的父亲最后一次吻她时，她笑了，而他也跟着笑。不过我却哭了起来，结果他又只好跟着哭，当然后来在划着小船上路时他还是兴高采烈的，就算是已经转过墙角了，我还听见他还在吹口哨。就这样过了一年，您猜发生了什么事？当局派人来查问他，声称任何人都不能将穆拉诺工场的技术带到国外去，不然技术就会被人家偷偷学到手，并且让我写信将他叫回来，如果敢违抗命令，就要将他处死。他接到我的信就哈哈大笑，没想到，秘密法庭的老爷们果真不是开玩笑的。一天清晨，我们母女二人还没起床，他们就来抓走了我和我的女儿，把我们母女二人一起拖到了铅屋顶下，然后威逼我再次给他写信，告诉他我如今在什么地方，我和我们的孩子如今在什么地方，并且要始终待在里边，直至他回到威尼斯来赎我们。很快我就接到了他的回信，在信中，他说这次再也笑不出来了，并且答应我立刻回国。于是我就天天盼望他真能回来。没想到过了一个星期又一个星期，过了一个月又一个月，始终不见他的人影，我真是越来越痛苦，头脑也越来越不灵，要知道，那铅屋顶下真的和地狱差不多啊！安德雷亚先生。所幸我的女儿就在我身边，她除了认为伙食太差和白天太热以外，还不清楚何为苦，为了逗我开心，还唱歌给我听，我心酸极了，好不容易才忍住眼泪。直到两个月后，我们才被放出来。人家通知我，玻璃匠奥尔索·达尼埃里已经在米兰得热病死了，如今，我们可以回家去了。后来，我又从另一些人那里得到相同的说法。——不过，倘若谁要真的相信了，谁就是真的不了解我们的政府。死了？当一个人的老婆孩子还蹲在铅屋顶底下等着他去营救时，他真的能死去吗？”

“那您认为您的丈夫怎么了？”新房客问。

房东太太瞪着他的脸，那目光提醒他，面前这个可怜的女人是一度于铅屋顶下熬过好多个星期的啊。

“总之就是不对头。”她回答，“有的人活着却无法回来，有的人死了却回来啦。不过咱们还是别谈这事儿了。没错，我要告诉了您，谁又能担保您会不会去秘密法庭那告密呢？从外表上看，您的确像是一个正人君子，不过这年头又有什么人是诚实的啊？您别见怪，安德雷亚先生，您要知道威尼斯人都说：‘狡猾刁钻可保平安；刁钻狡猾可发家。’”

沉默片刻后，客人早已将餐盘推到一边，紧张地听着寡妇讲话。

“您不愿意将自己的秘密告诉我，我并不奇怪。”他说，“这和我没关系，何况我也不清楚应该如何帮助您。不过，乔万娜太太，我不清楚，既然你们因为这个秘密法庭吃了那么多苦头，你们，您和威尼斯的全体民众，为什么又心甘情愿地由着它作威作福呢？虽然我对这里的情况知道得不多——我这个人一向不关心政治问题，不过我还是听人说，这儿在去年爆发过要求废除秘密裁判所的骚动，曾经有一位贵族挺身而出。十人委员会为此专门选出了一个代表小组来专门处理这件事，因为这件事，举国上下激动万分，或者赞成，或者反对。我甚至就在布拉契亚的写字间里工作也听说了这件事。不过，当一切最终恢复原状后，秘密裁判所的权力甚至相比从前的任何时候都更加强大，民众何以竟会在广场上点燃篝火，表示幸灾乐祸，甚至嘲讽那些反抗过宗教裁判所因而担心会遭到报复的贵族呢？何以竟然无人站出来，反对秘密法庭的审判官们将其勇敢的敌人放逐到维洛那呢？而且没人知道，他们究竟是想让他在那儿活着还是打算在那里将他杀死啊！我——就像刚才说过——仅仅知道相当少的一点情况，也与那个人素不相识。再说这里发生的一切，对于我而言相当无所谓，我身患重病，在这个纷纷扰扰的世界上反正也混不了多长时间啦。不过，我因为民众如此朝三暮四而吃惊。今天他们称这三个人是自己的暴君，明天他同样会在那些力图推翻暴政的人倒霉时表示高兴。"

"看您说的，先生！"寡妇摇着脑袋，接话说，"您从不曾见过那位昂杰洛·奎里尼老爷，是不是？他之所以遭到放逐，是因为他公开表示反对秘密裁判。不过我，先生，却亲眼看过这个人，当然其他穷人也见过他。大家都称他是一位君子，相当有学问，曾经没日没夜地研究威尼斯的历史，而且对法律的熟悉程度就如同狐狸熟悉鸽子笼一样。不过，倘若有人看到他出现在街上，或者和他的朋友站在布洛格里奥广场，看到他眯缝着两眼倚在圆柱上，那么这个人就会明白，不管是从他的帽子上的羽毛，还是到他的鞋子上的银扣，那绝对是一位纯粹的贵族。他之所以反对秘密裁判官所说的和所做的一切，是为了少数贵族先生，而非完全为了老百姓。而且于绵羊们而言，左右都是一个样，不是被人宰掉，就是被狼吃掉，德尔葇先生，何况——

> 老雕秃鹰为之拼命，
>
> 鸡娃鸡崽依旧快活。

"就是这样，亲爱的，当秘密裁判官们的一切权力获得认可，照旧想作恶，他们除了在末日审判时向上帝交代，除了每天受良心的责备，无须对任何人负责，所以老百姓幸灾乐祸的情绪才相当强烈。更何况，在奥法诺运河里作最后一次祷告的那些倒霉鬼，小老百姓充其量只占了百分之十，而其余百分之九十就是大人先生们了。不过倘若十人委员会可以对贵族和有钱人所犯的罪进行公开审判和处决呢——上帝保佑！那么我们面前的刽子手就是八百，而非区区三个，结果就是小偷会被强盗吊死。"

看样子，安德雷亚·德尔葇似乎打算反驳她的观点，不过最终仅仅付之一笑，这让房东太太误以为他对自己的观点持赞成态度。就在这时，玛丽埃塔提着一桶水走了回来。从她手里端着的一个小盘子散发出浓烟，原来里面点着一束气味极其浓郁的药草。她被浓烟熏得不停地咳嗽着，结果就是一边揉眼，一边咒骂着，那模样简直滑稽透了。她将身体紧贴着那爬满苍蝇和蚊子的墙壁快步地走着，手中端着熏蚊草在屋子里到处转着驱蚊子。

她低声诅咒着："快滚开，你们这些坏东西！你们这些比律师和博士还要可恶的吸血鬼！你们是不是也打算吃无花果、喝葡萄酒？倘若随着你们，你们差不多就会高兴死啦，否则就会在这位先生睡着的时候去叮他的脸，以此作为对他的回报，你们这些阴险的刺客！瞧着吧，我会让你们好好受用的，保证让你们吃下这些夜宵后睡得香甜着呢。"

"鬼丫头，快将你那张嘴闭上吧。"乔万娜太太双眼发亮，看着爱女的一举一动，最终忍不住说，"你一定清楚：空罐子才响叮当；心眼少的人废话多。"

姑娘笑着回答："妈妈，我在给蚊子唱催眠曲嘛。你看，起作用了吧！它们开始从墙上往下掉了。晚安，你们这些贼，你们这些无赖汉，你们一分钱的房租不交，却向每个缸钵里头瞧。倘若你们觉得今天不够劲儿，那么咱们明天再说。"

她举起就要熄灭的药草，如同念咒一样又将其在头顶上绕了一圈，随后就将草灰倒进河道里，最后向新房客飞快地鞠了一躬，就如风一样跑出了房间。

安德雷亚·德尔菜

"您看她就是一个小讨厌鬼，一个又丑又没教养的坏丫头。"乔万娜太太也站起身来，摆出一副要离开的样子，同时说，"不过老话说得好，哪只母猴不爱自己的小猴。更何况，这孩子虽然个头不大，但做事相当机灵。常言说得好：

> 老的还在低头做事，
> 小的已将事情做完。

"用这话来形容她最合适。倘若我身边没这个丫头就麻烦了，安德雷亚先生！不过您是打算睡觉了吧，而我仍旧在这里唠叨个不停，就如同火炉上开着的粥一样越来越热烈。那么晚安，欢迎您来到我们威尼斯。"

安德雷亚·德尔菜毫无感情地给予一声回应，如同根本不曾注意到房东太太明显期待他对自己的女儿夸奖几句的想法。当最终房间里仅余他一个人的时候，他在桌子旁边又坐了好一会儿，在此过程中，他的脸色愈加阴沉，表情也愈加沉痛。这时，蜡烛已经结上了灯花。那群从玛丽埃塔施的巫术下得以逃出生天的苍蝇又嗡嗡叫着群集于那烂熟的无花果上，黑压压的一大片。成群的蝙蝠在房间外面的死胡同中飞着，向着发出灯光的窗口飞去，它们撞在窗棂上，发出噗噗的声音——这位孤独的异乡人好像对周围的这一切失去了知觉，仅能从他那双眼睛里还可以看出一些生气。

　　直到附近一座教堂的钟楼传来十一声钟响，十一点了，他才机械地站起来，环视四周。他看到，熏蚊草的一条条灰色的浓烟浮动在自己的房内低低的天花板下，蜡烛冒出一股股油雾，二者将房间弄得乌烟瘴气。安德雷亚将面向运河的窗户推开，试图让空气变得洁净一些。就在这时，他发现对面的一个窗口亮起了灯光。只有一条白色的帘子半掩着窗口，透过窗帘的空隙可以看到一个姑娘正坐在桌面前吃一块剩下的大肉饼，她看上去吃得狼吞虎咽，最后甚至直接用手抓起肉饼往嘴里送，间或从一个小水晶瓶里喝点儿什么。其表情轻佻，不过还谈不上有挑逗的意思，看样子，她已经岁数不小了。她穿着随便，头发似散非散，明显是精心考虑后的刻意为之，不过也不会让人讨厌。或许，她早就发现，对面的房间住进了一位新客人。

　　此刻，虽然她在窗口发现了这位客人，不过依旧泰然自若地吃着嚼着，仅仅是在喝酒时必定先将小瓶儿举起来在面前扬一扬，似乎在和某个人对饮一样。吃喝完毕，她将空盘推开，蹲下来，将放着灯台的桌子向墙边移去，从而让灯光得以集中射于靠里的一面大镜子上。随后，她又将搭在扶手椅上的一大堆花花绿绿的假面舞会服装拿起来，一件接一件地在镜子面前试穿。此时她背对着对面的新房客，将自己的身材看得更加清楚。很明显，她非常欣赏自己穿上舞会服装后的样子。她冲着镜子里的自己亲切地点头、微笑，时不时地张开嘴，露出白花花的牙齿。

过了一会儿，她又皱起眉头，摆出一副忧伤哀戚抑或心灰意懒的样子，同时却偷偷地斜眼注视着身后那位同样被照在了镜子中的观察者。当背后的黑色身影仍旧保持肃立不动，不曾做出任何赞赏的表示时，她失望了，于是急切之下使出最有效的一招——她将一条宽大的红色土耳其头巾缠在头上，将一根长长的苍鹭毛插在头巾的饰扣里。红色的头巾与其脸上的黄色的皮肤极其协调地搭配在一起，她不由得佩服起自己来了，于是给了自己一躬，表示赞许。没想到的是，对面那个人没任何反应，她便再也无法忍耐下去了，于是直接奔到窗前，将窗帘彻底拉开，甚至没来得及将脑袋上的大头巾摘下来。

"您好，先生。"她极其热情地与对方打招呼，"我看得出来，咱们已经做了邻居。不过，希望您别和从前那位一样也吹笛子，吵得人家半夜也无法入睡。"

"我漂亮的邻居，"新房客回答，"我一定不会用任何乐器打扰您的休息。我是一个有病的人，倘若没人搅扰我的睡眠，我就已经谢天谢地了。"

"这——样！"姑娘拖长了声音回应道，"您有病？不过您也相当富有吧？"

"不！为什么这样问？"

"因为有病如果再没有钱，那就太可怕啦。那么您究竟是什么人呢？"

"我名叫安德雷亚·德尔棻，从前在布拉契亚做法院的书记，现在来威尼斯想找一份公证人事务所的安静差事。"

姑娘的兴趣因为他的回答似乎全没了。她一边沉思着，一边摆弄起戴在脖子上的一条金项链来。

"您能告诉我您是什么人吗，漂亮的女邻居？"安德雷亚问，其温柔的声音和脸上严肃的表情相当不协调，"对于病中的我而言，能够和您成为近邻，得以不时地看到您的芳容，真的是极大的安慰。"

最终，他用她希望听到的理由说话，于是她获得了极大的满足。

"于您而言，"她回答，"我就是斯美拉狄娜公主，她的恩典可望而不可即。不过，倘若您看见我戴上这条土耳其头巾，那么你就获得了一个暗号，代表着我愿意和您交谈了。凭我如此年轻，如此美貌，倘若当真无聊起来，会难受死的。您会听明白的，"她突然将自己扮演的角色忘记了，继续说，"我的东家——伯爵夫人绝不允许我出现任何一点点风流韵事，虽然她自己换情夫比换衬衣还要勤。她声称，自己的亲信和贴身使女中任何人也不要妄想同时侍候两个主子，也就是说，如果既侍候她又侍候那长着翅膀的小爱神，就会马上丢掉饭碗。不过眼下，我就只好忍受她的这条清规戒律。倘若我在此地无法在其他时候获得补偿，倘若不是对面您的房里偶尔也会住上个不错的异乡人，并且对我有了意思，那我简直就……"

"如今哪位恰好是您夫人的情夫呢？"安德雷亚语气生硬地将她的话语打断，"她是否接待威尼斯的显贵？她的府中是否出入外国使节？"

"他们来的时候大多半戴着面具，"斯美拉狄娜回答，"不过我却很清楚，她的最爱是年轻的格里迪，在我侍候她的整个期间不曾有第二个人，没错，就连奥地利公使不断地对夫人献殷勤，让人感到特别好笑，也无法与之相比。您也认识伯爵夫人吧？她可真的漂亮呐。"

"我是一个异乡人，姑娘。我与她素不相识。"

"告诉您，"使女一脸狡黠的神气，说，"尽管还不到三十岁，她却抹着厚厚的妆粉。倘若你想看看她，那真是太简单了。由您的窗口到我的窗口搭一块板子，您就可以从上面爬过来，然后我领您去一个地方，您可以在那里神不知鬼不觉地将她看个仔细。我愿意替自己的好邻居效劳！——不过现在咱们得再见，我听到夫人在唤我。"

"明天见，斯美拉狄娜！"

她将窗户关上，将窗帘拉严，自言自语道：

"不但穷——而且生病。无所谓了，总之可以解解闷儿也是相当不错的。"

安德雷亚也将窗户关上，慢慢地在房里踱起步来。

"真是太好了，我真是求之不得，"他说，"不管怎样我也会从中得到些好处。"

不过由他的表情看去，他心里想的肯定不是什么风流韵事。

这时，他将行囊解开，可以看到里边仅仅是一些内衣和几本祈祷书罢了。他将它们全都放进靠墙的一口橱柜中。其中一本祈祷书不慎掉到地上，石板因此发出了空洞的响声。他马上将蜡烛吹灭，将房门插紧，借着远处斯美拉狄娜的小灯射来的亮光，于朦胧晦暝中相当仔细地察看地板。经过长时间的努力，他终于将一块没敷胶泥、极其干净地嵌在地上的石板揭起，发现下边是一个一拳高、一脚宽的四方形大空洞。他动作敏捷地将上衣脱去，将缠在身上的一条看上去好像一个相当沉重的袋子的腰带解下来。原本他已经将腰带放进洞里，突然之间他又停住了。

"不行，"他说，"搞不好这是一个圈套。警察在供出租的房间里设置此类藏匿之所并非在没有先例，为的是在将来搜查时做到了如指掌，手到擒来。如此好的一个洞的确极具诱惑力，实在让人难以置信。"

他将石板盖上，打算替自己的秘密寻找一个更安全的藏匿之地。面向死胡同的那扇窗户上装着铁栏，铁条之间的宽度可以容胳臂伸出去。他将窗户拉开，将手伸出去在外墙上到处摸索。他发现在窗台底下一点点的地方的墙上有一个小洞，似乎是蝙蝠一度栖息的巢穴。这个洞从下面的胡同里是无法看到的，因为上边有凸出的窗台遮挡着。他将一把匕首掏出来，将洞中的胶泥和砖块挖出来，悄悄地将其扩大着，并且很快就将其扩大到足以轻松地容纳那条宽腰带了。

等到大功告成的时候，他的额上已经满是冷汗。他再次伸出手检查了一次，确认没有布条或扣子之类的凸显在外面，然后就将窗户关上。一个钟头后，他已经和衣躺在床上睡着了。他的额头上盘旋着成群的蚊子，它们嗡嗡乱叫，外面的夜鸟们满怀好奇地围着他那藏着宝贝的洞前飞来飞去。他睡着后还将嘴唇紧紧地闭着，就算是在梦中，也不会将秘密吐露一个字。

当天深夜，一个男子坐在维洛那的一盏孤灯下，就在刚才，他将百叶窗和房门小心翼翼地关好，如今就将黄昏时分于露天剧场散步时由一个行乞的卡普栖修士偷偷塞来的信拆开。信上没有地址。不过当他问送信人，他凭什么知道真正的收信人时，修士回答："在维洛那就算是一个娃娃也如同认识自己的父亲一样认识高贵的昂杰洛·奎里尼。"说完，修士就直接离开了。就这样，因为受到民众的爱戴，这位处于不幸中的放逐者也获得了相当多的行动自由。虽然有密探们严密的监视，不过他还是悄悄地将信带回了家中。于此寂静的深夜里，屋外回响着巡逻队咚咚的脚步声，他却开始读信——

昂杰洛·奎里尼阁下：

我对于阁下您还可以想起我与您本人的一次匆匆会见，并不存任何希望。因为那已经是很多年前的事了。我与我的弟弟妹妹均在弗里奥乡下的宁静庄园里长大成人，直至失去双亲，我才不得不与自己的妹妹和弟弟分离。很快，威尼斯那具有诱惑力的生活旋涡就将我卷入其中。

一天，我被人带到莫洛希尼宫的您的面前。现在我还好像感觉到您当时逐一打量我们年轻人的目光。您的眼睛似乎在说：难道这就是将要肩负威尼斯未来的年轻一代吗？——您从别人那里获悉了我的名字。您下意识地就将和我的谈话引向威尼斯伟大的过去。当年，我的祖先们也一度效力于这个共和国。不过，您却避而不谈与它的现在相关的内容，以及我对它应尽的职责。

从这次谈话之后，我就从此不分昼夜地苦读一本过去从来不屑一顾的书，那就是我的祖国的历史。结果，在恐惧和厌恶之心的驱赶下，我永远地离开了这座城市。试想当初，它曾于广阔的陆地和海洋上行使着控制权，可是现在，它却不得不屈服于一个可耻的暴政统治，对外软弱无力，对内实行独裁专制。

我回到弟弟妹妹管理的庄园中，成功地开导了弟弟，将远看那么光彩夺目的生活的腐朽揭示给他看。不过我根本不曾想到的是，我为拯救他和我们自己所做的这一切，却彻底地将我们都毁了。

威尼斯的掌权者们一直以来对于咱们内地的贵族都心怀嫉恨，这您清楚。早在将替共和国服务当作一种荣耀的年代，人们就一直担心内地会脱离威尼斯。可是现在，诸多人为的和无可避免的流弊已经将威尼斯的世界霸权地位改变，过去的担心就此成为无数闻所未闻的阴谋诡计和罪恶行径的根源。

关于我在邻近一些省份的所见所闻，关于他们如何挖空心思地想出来对弗里奥贵族的独立自主地位进行破坏的种种伎俩，关于他们用以对付不驯者、并颁布无数特赦令从而让其免除自身良心谴责的野蛮军队，我暂且不去谈它了吧。我相信，关于他们制造家庭不和，毒化朋友情谊，甚至在最密切的盟友里也竭力收买叛徒、玩弄奸计的行为，您比我更早就清楚。

在威尼斯期间，我曾将一个生活放浪不羁的印象留在人们的心目中，不过这并没有长期保护我，从而让我有朝一日不至于被当作一个危险人物加以怀疑。所以，当我后来请求当局准许我妹妹和一位德意志贵族联姻时，遭到了断然拒绝。人家甚至进一步怀疑我与胞弟和德国皇室互相勾结，决定让咱们吃吃苦头。

因为我与弟弟在省里的一份弹劾总督的请愿书上均签了名，于是秘密裁判所以此为把柄和理由，对我们布下了罗网。

弟弟被传讯到威尼斯。他一到就被关进铅屋顶下，一连数周遭到威吓和利诱，一定要让他供认出什么来。他对于在请愿书上签名的举动坦然承认，因为那是合法的。除此而外他不曾供认什么事情，原因是我们不曾做过任何于国家不利的事情。最终，人家只好将他释放了，不过并非真正的释放。

我也亲自写信给他，让他就在威尼斯，不要离开，以免引起新的嫌疑。我们宁愿在几个月之内见不到他。然而，就在他终于回家时，没过几天我们就与他天人永隔了——他被一种慢性毒药夺走了性命。就在他访问威尼斯的某个显赫家庭时，别人在他所吃的菜里下了毒。

还没等弟弟的坟头上竖起墓碑，我的妹妹就收到了省里的总督的求婚。愤怒的妹妹断然加以拒绝。她于悲痛中的愤激言辞，没过多久就回响在秘密裁判所的大厅里。

此时，弗里奥省的贵族们又在开会筹划新的办法，努力想改善地方上的局面。我坚信他们无法取得成果，因此和他们的秘密活动保持相当远的距离。不过由于共和国的老爷们心怀鬼胎，始终不曾将我这个在他们看来有杀弟之仇的人忘却。一天夜里，我们在位于山里的孤零零的村庄里遭到了一伙雇用的匪徒的袭击。我不得不带着一些仆役与之进行抵抗。结果匪徒们发现我们拥有精良的武装，决心战斗到底，不会轻易投降，于是就从四周放火烧房子。我不得不率领家人，与同样手持火铳的妹妹夹在队伍中间，孤注一掷，冒死突围。突然之间，我的额头遭到重击，晕倒在地不省人事。

次日早晨我才苏醒。结果发现四周杳无人迹，仅余一片瓦砾。我的妹妹已经葬身火海，一些勇敢的仆人被打死，另外一些则被赶回了熊熊燃烧的房屋中。

我躺在冒着余烟的瓦砾旁数小时一动不动，双眼凝视着预示我的未来的一片虚无。直到发现下面山谷里有农民爬上来了，我才挣扎着爬起来。我相当清楚一点：倘若人家发现我还活着，那么我就会成为他们的死敌，无论我身在何处，均会避无可避。而这片燃烧的坟场是那么宽广，倘若我销声匿迹，那么就无人怀疑我已经和亲人们在一处安息。我在山顶上乱走一气，无意中捡到一个仆人的皮夹，此人出生于布拉契亚，到过世界上很多地方。他的身份证就收在皮夹里，我就将皮夹揣在身上，以备万一之用。随后，我就穿过深山密林，一路上甚至连鬼也未碰见一个，更无须担心会被出卖。当我于森林中发现一片湖泊，饥渴难忍地趴下身去打算喝那浑浊的湖水时，才发现自己的外表同样不会让人认出来。因为我已经一夜白头了，模样也老了许多。

到达布拉契亚后，我极其轻松地就让他人相信我就是自己的仆人，这是由于他少小离家，在城里已经没有任何亲戚了。五年的时间很长，我生活得就如同一个不敢见阳光的逃犯一样，尽量减少与他人打交道的机会。我也因此变得极其沮丧，好像那将我打倒在地的一击，已将我的毅力摧毁了。

不过当阁下挺身而出，反对秘密裁判的消息传来，我就马上感觉到，我的意志力并不曾被摧毁，仅仅是一度将自己麻木了罢了。我满怀急切难耐的紧张心情，密切关注着威尼斯的动静，人之所以会返老还童，是由于他（她）重新意识到了自己所拥有的生命力。后来获悉您的壮举终究失败，我于一瞬间重又坠入了此前的麻木状态。紧接着，我就好像五内俱焚，马上决心向您借助合法的公开的途径不曾完成的事业，用暴力和自卫的恐怖手段，借助不可见的审判官和复仇者之手来完成，从而将我的亲爱的祖国拯救。

在之后的日子里，我数次审查自己的决定，确定自己的决心无可非议。我扪心自问，我拿起武器反对暴君的原因，不是出于对这些家伙本身的痛恨，不是为了替自己的亲人复仇，甚至也并非愤于他们所蒙受的苦难。我之所以挺身而出，想做一个被奴役的民族的拯救者，代行其他时代由一个自由民族的全民意志来行使的职权，对那些法律的力量对其无奈的不义暴君执行正义的判决，最终的目的仅有一个——它并非自私自利之心，也并非沽名钓誉之念，而只是一个无所作为的青年对时代的负疚感。当年您于莫洛希尼宫注视我的目光，时时鞭策着我，让我去履行自己的职责。

我希望自己的事业可以获得上帝的保佑，希望他可以以此作为对从我生命中夺走一切的唯一的补偿，让我得以在解放了的威尼斯再次与您握手。您是不会将这只让鲜血玷污了的手推开的，尽管那时已经不会有任何一只朋友的手愿意来握它了。这是由于，一个人一旦从事刽子手的工作，他就一定要自甘寂寞，离群索居。不过，如果我为事业牺牲了，那么至少也希望我所敬重的人可以知道，在年轻的一代里也并不全是不懂得为威尼斯献身的男子。

我将此信委托一位可靠的人交给您，他用修士袍取代了曾经穿过的秘密裁判所秘书的制服，为的是用斋戒和祈祷来赎共和国的罪孽。他自己的那支笔就曾经无奈地听命于这些罪孽。

信阅毕请将其烧掉。望多保重！

冈迪亚诺

放逐者读完此信，陷入了痛苦的沉思。他静静地坐在那里差不多一个钟头，然后才将那几页可以带来厄运的信纸放到火上点着，再将烧剩的余烬扔进壁炉中，随后又在房里不安地来回徘徊，直至天明。与此同时，那个刚才让他倾听了自己忏悔之音的不幸者，却如同一位问心无愧、万事由天的人一样早已进入梦乡。

第二天，斯文里这位晚来的房客很早就出了门。原本，倘若只是玛丽埃塔在过道里快乐地唱歌，他或许还能多睡一会儿。不过她母亲对其厉声呵斥，声称她不应该大吵大嚷，最终会连死人也会被吵醒，再多的房客也会因为她的吵闹跑掉；安德雷亚却因此彻底清醒过来。他来到楼梯口，向早已就位的房东太太打听清楚在布拉契亚为其写下名字的几位公证人和律师的住址，随后就下楼出去了。无论是寡妇对其健康的殷切关怀，还是玛丽埃塔缀在发间的红蝴蝶结儿，都不曾将其打动，使之多停留一会儿。

从前，好心的乔万娜一直尽可能阻止房客们与自己女儿来往，如今这位新房客竟然不曾正眼瞧她的心肝宝贝儿一眼，瞧一瞧这个可爱的姑娘，她反而因此内心不安。在她看来，他那一头白发还不足以对其如此少见的态度加以解释。他的内心一定隐藏着苦闷，或是感到自己已经病入膏肓，目睹着他人青春焕发会心里难受。不过呢，他走起路来却又快又带劲儿，胸部也宽宽的，挺直的，倘若说他有病，那就一定是深藏于其身体内部啦。再说，他的脸色也很反常。当他走过威尼斯的大街小巷，就赢得不少女人的青睐，怪不得玛丽埃塔要从楼上的窗口目送着其远行的背影。

可他呢，却专心地想着自己的事情，目不斜视地走着自己的路。虽然已经向乔万娜太太详细地打听过该如何走，乔万娜太太最后还安慰他，说什么"只要愿意问，就是罗马也可以走到"，这让他放了心。此时，他在威尼斯如网的街巷和水道中间仍旧似乎茫然无措、瞎摸乱撞。为拜访一些律师，他已经花去好几个小时。这些先生将来自布拉契亚一位同行的推荐全然不放眼里，在他们看来，来人举止无论如何谦虚，还是很可疑。要知道在其额头上的皱纹中，无论如何也会流露出某种高傲，但凡懂得世故的人就可以轻松地看出来，此人原本属于不屑于干这份差事的，不过如今他却在试图谋取这样的差事。

最后，一个住在梅尔泽里亚大街旁一条小巷子里的公证人被他找到，看样子这个人兼职干着多种类型的投机营生。在那儿，他得到一个薪水微薄的书记职位，打算暂时试试看。公证人对他这种饥不择食的样子产生了怀疑，认为他仅仅是个落魄贵族。此类人倘若可以糊口，经常是给怎样的活儿都乐意干，而且还不会讨价还价。

安德雷亚呢，看样子却对自己努力的成绩相当满意。加上时间已是中午，他就走进附近一家小酒馆吃饭。酒馆里边，一张张光木板条桌旁围坐着一些下层食客。他们一边吃着特别简单的菜肴，一边将玻璃杯端起来，喝一种看上去比较浊的葡萄酒。安德雷亚也于靠门的墙角坐下来，平静地吃着已经有些发臭的熏血，不过，他在品尝了一口酒后就自然不再碰它了。

安德雷亚正打算让侍者结账，却听见旁边有人在极其客气地招呼自己。他刚才一点也不曾留心其邻座，这个人坐在旁边已有很长一段时间了，面对着摆在面前的半瓶酒，没吃任何东西，只偶尔端起酒来呷上一口，而且每次都要咧一咧嘴。从表面上看，他似乎相当疲乏，以至于眯缝起了眼睛，事实上他却用锐利的目光在光线昏暗的店堂内四处逡巡，而我们的布拉契亚人就格外引起他的关注。反之，这一位对他却毫不在意。但见此人年龄在三十开外，留着一头金黄色鬈发，身着黑色的威尼斯款式的衣服，让人一眼发现不了他是个犹太人。两个沉甸甸的金耳环垂在他的耳朵上，他的鞋扣也是黄水晶的，不过衣领却又皱又脏，身上的细羊毛外套至少也有数周不曾刷了。

"这酒不合先生的口味儿吧？"他圆滑地凑向安德雷亚，细声细气地与之搭讪道，"看样子先生想必是走错了地方，这种小馆子从不曾招待过上等人哪。"

"对不起，先生，"安德雷亚不动声色地应对着，尽管他是在勉强自己回答，"您又如何能知道我属于哪个等级呢？"

"从您吃东西的样子就知道了，"犹太人说，"我一看您吃东西的样子就知道先生习惯生活在哪些人中间，而非在这里。"

安德雷亚听完他的话，不由得注视起他来，而这个家伙却连忙垂下贼溜溜的眼睛。突然，安德雷亚似乎灵光一闪，开始态度亲切地对这个死皮赖脸的家伙，迎合着他的话题说道：

"嘿，您真有副好眼力，连我曾经过过几天好日子、喝过几瓶高级葡萄酒您也注意到了。是的，事实上我的确曾与上等人打过交道，虽然我只是一个小市民的儿子，勉强在大学里读完了法律，不过却不曾获得任何头衔。好日子很短暂。我父亲破产后，我就不名一文了，而作为一个法院的穷书记和律师的穷助手，又怎么可能要求比这种酒馆里更好的饮食啊。"

"一位上过大学的先生理应永远获得他人的敬重。"犹太人极其有礼貌地笑了笑，说，"倘若可以为阁下效一点儿劳，敝人将感到极其荣幸。您要知道，敝人一向渴望与学识渊博的人交往，而且就算处理自己繁忙的业务时，也的确有相当多的机会和他们接触。倘若阁下允许我建议您与我一起去喝一杯更好的酒，那敝人……"

"不过，我付不起更好的酒的账哩。"安德雷亚随意地说。

"于我而言，能对初到此地的阁下略尽身为威尼斯人的地主之谊，将是我莫大的荣幸。而且，倘若我可以用自己的薄产和本地人所具有的知识替阁下效劳……"

安德雷亚正打算推托，却发现站在店堂里边菜台旁的酒馆老板在一直向他点着他的秃脑袋，看样子是让他过去。同时，他也发现混杂着手工匠人、市场贩夫、扒手小偷的酒客中也有相当多的人在冲他打暗号，似乎想告诉他什么，却不敢大声地讲出来。于是在回答犹太人殷勤的邀请之前，他以先付酒账为借口，离开座位，一边高声问着酒账，一边走向老板。

"先生，"好心的老板低声说，"小心那个家伙。与您打交道的那家伙是一个坏蛋。他从秘密裁判官们那里拿津贴，从而对来这里的陌生人进行打探，以获知他们的秘密。您没发现没人坐在他坐的那个角落吗？其他客人全都知道他。什么时候他滚出了这间屋子，什么时候大家就要喊谢天谢地！我呢，虽然不得不容忍他，为的是避免惹火烧身，不过却负有对您提点的责任。"

"谢谢您，朋友。"安德雷亚大声说，"您的酒略嫌浑一点，不过却对身体有好处。回头见。"

说完他就回到座位上，将帽子拿起，对其殷勤的邻座说："走吧，先生，倘若您愿意。我想此地的人应该不喜欢见到您。"他又低声补充说，"他们将您看作密探，我能看出来。咱们还是另外找一个地方聊聊吧。"

犹太人的小脸马上就变白了。

"上帝明鉴，"他说，"他们的确冤枉了我！不过我并不怪他们如此敏感的神经，要知道事实上在这威尼斯，到处都是当局的狗密探。我做的营生，"他们来到街上，犹太人继续说，"我手中的许多业务联系都让我不得不在某一些地方往，看在一些人眼里，就如同我在留心着他人的秘密一样。上帝可以让我长命百岁，不过我却与他人所做的事没任何关系。我只要将他们欠我的债讨回来，哪个人愿意在背后告他们？"

"不过，我想说，先生——您尊姓？"

"萨姆埃勒。"

"不过，萨姆埃勒先生，我可认为您将那些替国效劳的人看得太坏了。他们从事着窥探公民中的非法勾当，将反共和国的阴谋诡计揭露出来，只不过是为了防患于未然而已。”

犹太人不再说话，站在那里，将安德雷亚的袖管拉住，目不转睛地望着他。

“我怎么竟不曾将您认出来啊？”他说，“我原本应该想到，您并非偶然来到这家破酒馆，您肯定是我的一位同事。请问，您进入机关多长时间啦？”

“我？明天的明天。”

“您这话是什么意思，先生？您该不是在耍我吧？”

“的的确确不曾。”安德雷亚回答，“实话告诉您吧，我过不了多久就会成为贵机关的一员啦。我已告诉过您，我的境况相当糟糕，我之所以来威尼斯，就是想将自己的处境改善一下。虽然我今天在一位公证人那里找到了一个秘书的差事，可是薪水和我预期在这里获得的幸运数额相差太大了，也与我的能力不相符。威尼斯不但是一座美丽的都市，而且是一座欢乐的都市。不过，在美人娇娃们的笑声里，也可以听到金钱的叮当响。这好像时时提醒我，切记自己是一个穷光蛋。我考虑着，可不能就这样穷熬下去。”

“承蒙信任，不胜荣幸。”犹太人说，看他的样子似乎在努力思考着，“不过我可必须告诉您，对于新来的外地人，老爷们是不愿意雇用的。所有的新来的人必须得有一个试用期，先见习。倘若我可以自掏腰包支持你撑过那段日子——当然，我对朋友仅收极低的利息。"

"非常谢谢您，萨姆埃勒先生。"安德雷亚毫不在意地回答，"您的举荐对我真是太宝贵了，我在此表示极度感激。不过这里已经成为我的居住地，我并不打算麻烦您，这是由于我手中恰好有一大堆事情要做，都是新东家吩咐的。我叫安德雷亚·德尔茱。倘若您需要我，千万记得来找我。记住，我叫安德雷亚·德尔茱。"

就这样，他与这位少见的朋友握手告别，而后者则在他走后，仍在外边继续站了好长时间，将其所住的公寓和周围的环境仔细地观察了一通，一面脸上浮现着怀疑和思索的奸诈神情，一面嘴里自言自语，好像在说他绝不会替一个布拉契亚人打包票，以便上面可以尽快地将其试用期结束。

安德雷亚爬上楼梯，不过在向乔万娜太太汇报前却无法过关。对于他仅找到如此低收入的小差事，乔万娜太太相当不满。她请新房客将那份工作辞去，再重新找一份收入多且体面些的工作，不然她坚决不同意。安德雷亚摇了摇头，郑重其事地说：

"这就足够啦，好太太，我没多少时间可活了。"

"看看您在说什么呢！"寡妇呵斥他说，"多想好事，远离坏事，这才是男子汉的本色。正所谓：有福及时享，有苦及时避。您看看外边的阳光多美。你这么早地回家，难道不害臊。圣马可广场上此时正响着阵阵音乐，每位漂亮的、有钱的、高贵的男女都走出家门，在那儿来回走动。您理应也去那儿，安德雷亚先生，您不应该现在回家待着。"

"不过我一不英俊，二不富有，也不高贵，乔万娜太太！"

"难道您对如此美好的世界也不曾感到一丝快乐吗？"寡妇急了，转过头去看女儿玛丽埃塔是不是在旁边，然后问，"您不会是得了相思病吧？"

"不，乔万娜太太。"

"或者，您是不是将享乐看成为一种罪孽了？我和您说，我看到您桌上放着那么一本小书。您是有史以来首位带着圣书到我家里来的房客，上帝怜悯！生活在这年月的年轻人都认为：倘若可以放荡地活，虔诚地死，就是魔鬼也会气死；圣诞节，麻雀也在房顶上享受狂欢节。"

"好太太，"安德雷亚笑了笑说，"感谢您对我的关心啦，不过我这人无药可救了。我倘若可以静静地坐着干自己的工作，心里就特别高兴了。倘若您可以为我弄支笔、几叠纸，我会相当感激您的。"

很快，玛丽埃塔将他要的东西送到房里来时，发现他孤单地呆坐在窗前，用茫然的眼神平视前方。傍晚，当她为他送灯去时，看见他还是保持那个姿势坐着，问他打算吃什么，他也只要面包和酒。她不敢问他是否是蚊子搅扰了他的睡眠，是否打算再用药草熏一熏。

"妈妈，"她挨着母亲坐在楼梯上，说，"我可不想再进他的房里去了。他那双眼睛如同圣斯特凡小教堂中的殉道者一样。当他望着我时，我无论如何也无法笑出来。"

不过倘若玛丽埃塔在数小时后再走进他房间，看到当下的情景，她又会说什么呢？——夜风在外面的运河上吹拂着，他站在窗前，与对面的使女闲聊着，同时努力让自己的眼里带上一些俗气。

"美丽的斯美拉狄娜，"他说，"我的确急切地想见到你啊。我在经过一家金匠铺时想起你，替你买了一枚银丝扣针，于你来说，这个礼物的确相当微薄啦，不过相比你那土耳其头巾上的饰扣，它绝对货真价实。您将窗户打开，我好将它扔给你，不过我希望自己可以很快地飞越运河，投到你的脚边。"

"您真好。"使女一边嘻嘻地笑着，一边用双手将他用纸包裹好的礼物接住，"唉，您买了如此贵重的一件礼物啊！不过您还说自己没有钱！您知道吗，今天我的确需要开心些。白天，因为伯爵夫人今天心情不好，咱们可是吃够了苦。那是因为参议员老爷的公子格里迪——她最宠爱的年轻人一天都没露面了，她派人去他府上找他，也找不到人，于是她就担心是不是被秘密裁判所派人暗中逮去关起来啦。我的夫人气坏了，不见任何人，一个人躺在沙发上一直在哭着嚷着，如同疯子一样，我想去劝她结果被她骂了一顿。"

"您或许一点不了解，人家对年轻人的指控是什么吧？"

"一点儿也不知道，先生。而且倘若他脑子里有一点儿反对国家的念头的话，我也情愿发誓一辈子当老处女。老天爷，他才二十三岁，心里除了夫人，其余的就是玩儿呀，乐呀。不过秘密裁判所那帮老爷却有本事替你用蛛丝编出绳子来，而且粗得即便是最结实的喉咙也得憋气。谁知道呢，这次的矛头或许就是针对参议员老头子吧？"

"谈论城里最高当局可要小心。"安德雷亚低声说，"他们受智慧的父老所托，掌管大权，他们不该被无知的儿孙忤逆。"

姑娘凝视着他，想弄清楚他的话是真还是假，不过除了他的表情，什么也看不出来。

"去！"她说，"看您郑重其事的样子，我可受不了。您是新来的，所以要对那班老刽子手毕恭毕敬。他们远远看去，或者涂上粉后或许也相当威严，不过我曾无数次从近处见过他们，就在法娄牌赌台边，咱伯爵夫人做庄的时候。你听我说，他们是和亚当一样的人。"

"或许是这样，姑娘。"安德雷亚回答，"不过他们手握大权，像我这样的穷光蛋倘若公开与人在窗口对其评头论足，就是愚蠢之举了。这些话一旦传到那种坏地方，说咱俩竟然将威尼斯神圣的司法者说成一小撮凡夫俗子的化身。你，我亲爱的斯美拉狄娜，或许还可能因为自身的美貌得到保护，而我呢，却会和人人都知道的那样游水晶宫，或者至少我会从这斯文里的房子被换到井里头的一间更加寒碜的斗室里，更甚者还可能住到铅屋顶下边去。"

"您在这儿随便想说什么就说什么。"使女说，"这里只有少得可怜的几扇窗户朝着运河开，再说这个时候没事没人来这里。在您那一边眼下只余下一堵光秃秃的墙，再说倘若一个人还过得去，就无须拿这条污水沟当镜子照。不过您知道吗？我打算请您过来坐一个小时，我们俩聊聊，边聊边喝，好歹舒服一些。白天挨了伯爵夫人这么多耳光，现在我想喝杯萨莫斯岛产的麦斯加酒，玩一盘塔罗克牌，或许这样可以镇定我的神经。"

"我相当愿意过去，"安德雷亚说，"不过会引起他人的注意，而且现在是深更半夜，房东太太不太容易放我进门。"

"不，不。"使女笑道，"不必这么兜圈子。我这儿有一块板，咱们用它可以轻松地架起一道桥来。仅需一伸手咱俩就可以越过运河，两人就可以互相触碰。为什么不动动腿儿，和我走到一起呢？或者，您是有晕病吧？"

"没这事儿，美丽的姑娘。稍等片刻，我立刻就好。"

安德雷亚将灯吹熄，将房门插严，趴在门上听了听屋里的人是不是全都入睡了，然后再次回到窗前。看来斯美拉狄娜对架桥的举动已经训练有素，不但提前将木板准备妥当，几秒钟内就将桥在两边的窗台上架好，而且特别结实、平稳，宽度恰好可以让一个人通过。她站在对面，兴高采烈地向安德雷亚招手。他也动作敏捷地爬上窗台，脚踏木板，先用目测桥离水面的高度，然后仅轻轻一步就跨到了对面的窗台上。他往下一跳，落在斯美拉狄娜张开的双臂里，被她接在怀中，对方的嘴唇已经擦着他的脸颊。不过他却觉得，还是用害臊的表情面对对方更好。到了这位女友身边，他反而更要对她保持一个尊重的距离，这让她的确有些惊讶。把桥板收回来后，斯美拉狄娜已经将牌和酒从柜子里取出，将桌子移到敞开的窗前，这一对奇怪的人就坐下聊起来。姑娘还是戴着她的土耳其红头巾，只是在架桥时头巾略向后脑勺滑下了一点，她的胸脯上别着安德雷亚送给她的银丝别针，看上去相当可爱。

她正一边替自己斟第二杯酒，一边责备她的客人喝酒速度太慢，态度过于冷淡。就在这时，一只装在房子里的铃铛猛地被拉响。

"看看，"姑娘站起身，生气地扔下纸牌说，"我的情况就这样，简直得不到一分钟的安宁！她原本说要自己脱衣服，所以就将我打发走了，现在这么晚了又来吵我！不过您暂且忍耐十分钟，朋友，我立刻就会回到您身边来。"

她飞快地跑了出去。安德雷亚呢，一个人反倒更开心、自在。他走到窗前，仔细地观察他的窗户和下面水道之间的那一段墙壁。墙高仅十来尺，灰泥差不多全剥落了，光秃秃的砖石坑洼不平，必要的情况下可以轻松地爬上去。再看使女的窗下，像他第一晚发现的那样有一个坡伸到水中的石阶处，阶旁有一根高木桩，上面用铁链子拴着一条窄窄的小艇，余下的水道只能再容一条小艇驶过。他对一切显然相当满意。

"情况真是再好不过啦。"他自言自语着。

他若有所思地俯视着运河，但见在两面陡直而没有窗洞的壁头间，河水在黑暗中静静地流淌着。突然，他发现下游有一点微弱的亮光，正在慢慢地移动过来，很快他就听到桨声。紧接着，一艘小艇驶到面前，停靠在台阶旁。上面的窥视者马上将身子缩回去，以免被人发现，不过他依旧斜着眼睛看着。他看到一个男人从艇里站起来，登上了台阶。随后，下面的门环被人重重地碰响了三下，很快房里就传来透过门缝的问话："是什么人？"

"以尊贵的十人委员会的名义，"来人回答，"请将门打开！"

楼下的仆人马上听从命令，等那位深夜造访的不速之客一进去，门立刻被关严了。

不一会儿斯美拉狄娜就气急败坏地回到房里，不但脸涨得通红，而且头巾也没有了。

"您听见啦？"她憋着嗓子说，"啊，上帝，人家打算将咱伯爵夫人拖走，将她或绞死，或淹死。这让我找谁去啊，她还欠我六个月工资呢。"

"冷静点儿，软心肠的姑娘。"安德雷亚马上回答，"无论何时，只要你的好朋友在，你就不会被抛弃。不过，希望你可以帮我一个忙，让我藏到某处，以便于可以听见高贵的十人委员会究竟想让你主人做什么。我承认，我相当好奇，就如同任何一个新来的人或许都好奇一样。再说，我或许也可以帮助您和您的主人，因为我在一位律师那儿当差，一旦公开起诉，我会相当愿意为你们效劳，尽自己的绵薄之力。"

使女想了一会儿。

"这个简单。"她马上说，"那地方相当安全，我自己就多次藏在那儿，简直无法相信自己的耳朵啊。不过万一被发现了呢？"

"万事我一人承担，亲爱的，没人会知道我如何进的这所房子。瞧，"他接着，"这儿是三个金币，你权且将它们收下，以防我以后无法对你表示酬谢。不过，倘若万事大吉，那么你就瞧着好啦，我虽然手头并不宽裕，不过也愿意和一位这么聪明的女朋友分享。"

使女相当干脆地把金币揣了起来，然后将门推开，侧耳细听黑暗的走廊上传来的声音。

"将鞋子脱掉，"她悄声说，"拉着我，我领您如何走，你就如何走。别担心，除了门房，房里人全都睡死了。"

她将灯吹熄，溜进走廊，安德雷亚从后面跟着向前走去，二人穿过几间昏暗的大房间。随后，斯美拉狄娜将一扇门打开，进了一个舞厅，这里正被通过公馆正面三扇高高的窗户射进来的朦胧月光照射着。一架小扶梯架在厅里的一头通到乐师们坐的高台上。

"动作轻些！"使女提醒他说，"扶梯有点嘎嘎作响。我将您留在这儿。那边的板壁上有一条裂缝，您可以透过裂缝看，而且可以听得相当清楚，这是由于夫人的客厅就在旁边。客人走后我再来接您。不过在我来前，您一步也别离开。"

说完，她就径直离开了。安德雷亚也极其干脆地几步登上高台，沿着墙壁，动作轻柔地向透过墙上的窄缝射过来的一线亮光摸去。舞厅和相邻的宴客厅只不过靠一板隔开，在家业兴旺的时候，二者之间原本是一座更大的宴客厅。灯光是从一具枝形烛台发出来的，烛台就立在伯爵夫人的卧榻前，在灯光的映照下，墙上的油画隐约可见。安德雷亚一定要蹲跪在地上，才可以将下面的情况看清楚。他所在的位置相当不舒服，不过就算如此，或许愿意顶替他的人还相当多哩，尽管他们并没打算探听什么，不过却可以大饱眼福啊。

其实就算贴身使女说的也未必正确，伯爵夫人的确经常涂着厚厚的粉，不过她之所以这样做主要的确是为了赶时髦，而并不是用它来遮丑。此刻，她就坐在卧榻上，身着一套不曾想到如此晚还有客人来才穿的轻薄睡衣，头顶上，一头淡红色的浓发随意地束着，两眼哭得红红的，雪白而丰润的脸颊上还残留着斑斑泪痕。她的对面、背对着安德雷亚的方向坐着一个男人，好像正在仔细地端详她，至少他的头不曾转动，任凭美妇人在努力地申诉着。

"真的，"伯爵夫人说，其表情和声调均含着同样的沉痛，"真的，我的确感到惊讶，您竟然在背信弃义、践踏了对我的神圣诺言之后还有脸来见我。我替你们做了那么多事情，难道就是为了让你们如今如此残酷地对待我，和我作对吗？你们将他弄到什么地方去了，我的可怜的朋友，我唯一的心上人，你们不是已经答应无论何时都不会动他的吗？你们的监狱就算人太少了，也不必一定要将他抓去吧？你们到底怀疑他什么？他到底对伟大的共和国犯了什么罪，竟然一定要对他处以流放之刑，却不愿意给他一个对我而言打击轻一点的惩罚啊？要知道我一向对您坦率真诚，毫无隐瞒，我的心已经属于他，倘若谁动他一根毫毛，那么这个人就是我的敌人。或者将他还给我，或者我与你们从此永远一刀两断，然后离开威尼斯，去流放地找我的朋友，让你们清楚你们这样无情地背信弃义，会自找苦吃，自作自受的。啊，我真后悔当初竟然成为你们的工具！"

"您忘记了，夫人，"客人说，"我们有很多办法让您无法逃出去。而且，即便您成功了，我们的手臂也足够长，足够有力，足够在您自认为可以藏身的任何地方将您毁掉。格里迪那小伙子的确罪有应得。他置我们的警告于不顾，继续和奥地利公使的秘书，一位牵扯相当深的年轻人交往频繁。您相当清楚，威尼斯的法律严禁此类交往。而且，我们截获了一封昂杰洛·奎里尼的信，他在信中对格里迪这个冒失小青年多加赞扬。我们之所以将他放逐，仅仅出于保护他的目的，免得他越陷越深。不过与此同时，我们也清楚欠您的情分之多，蕾奥诺拉。也正是由于这个原因，我才奉命到您这儿来，将真情告知，给您一些指点，让您清楚怎样能补救，当然，前提是您足够明智。"

"可我已经被你们差遣够了。"伯爵夫人激动地说，"今天我终于明白了，倘若我再信赖你们，幻想着只要替你们牺牲一切就会获得你们的感激，没错，至少你们也会保护我，使我免遭奇耻大辱，我早晚都要倒霉。我不再需要你们，也不再希望从你们那儿获得任何东西。在我与这高贵的政府之间，这个政府对朋友与敌人同样残酷无情，在我和它之间的一切全完啦。"

"不过相当遗憾，"客人抢过话头说，"政府还需要您，还希望从您这儿获得些东西，所以，咱们之间还不能算完。您明白的，蕾奥诺拉，像您这么一个参与过共和国这么多秘密事情的女人，政府是无法放心地让您出国的。因为一旦您身在国外，您或许立刻就会被这年头儿的时髦病感染，开始写起自己的回忆录来。总之，威尼斯与您之间是不解之缘。您已经接受过多次考验，以证明自己并不是一个任性的女人，而是机灵和聪明的，因此不必大费周章地让您与我们重修旧好。"

"我压根儿不想听什么和好不和好！"阿米黛伯爵夫人激动地大声嚷

起来，泪水又一次涌出她的眼眶，"就算想又有什么用？我已经无能为力啦，倘若不能见到我可怜的格里迪，我甚至无法领会最简单的思想。"

"您会见到他的，蕾奥诺拉，不过并非立刻，他的突然归来会导致我们的计划毁于一旦。"

"那么，我要忍耐多长时间呢？"伯爵夫人用哀求的目光望着对方，问道。

"这就要看您个人啦。"客人回答，"看您需要多长时间，才可以让一位至今以品行端正著称的青年拜倒在您脚下。"

一丝好奇和关注的神情出现在阿米黛那刚才还充满痛苦和绝望的脸上。

"您说的是什么人？"她问。

"那个与格里迪交朋友的德意志人，他是维也纳公使的秘书。您认识吗？"

"上次划船比赛时我曾与他见过一面。格里迪指给我看的。"

"他那位上司是一个窝囊废，事实上是他在左右一切。我们有充分的理由确信，他暗中在咱们的敌人里边大肆收罗党羽，利用奎里尼作乱后残留的不满情绪从中捞取好处，以替他在维也纳的主子效劳。这家伙相当狡猾。我们在公使的亲随中雇用了四个人对他进行监视。不过直到现在还不曾得到任何一丁点儿证据。您是秘密的大人们充分信赖的人，蕾奥诺拉，我们相信您会再次获得成功，找到将这扇紧紧关闭着的思想大门的钥匙。不过，倘若格里迪夹在中间，那就不会有任何希望。之所以将他放逐，就是在为您铺平道路，给您一个接近那位难以亲近的人机会，因为你们双双失去了格里迪，具有相同的感情——难过，对于自己朋友的情人，与过去相比，他必定会怀着更多的同情。至于其他一切，我就等着您去施展自己的个人魅力啦，要知道，阻力越大，您的魅力就越无可抗拒啊。"

阿米黛夫人沉思了一会儿。她的额头逐渐明亮起来，其两眼焕发着勇敢而高傲的光彩，她那美丽而丰满的小嘴微微张开，一丝若有所思的笑意出现在她的唇边。

"您答应，倘若我将另一个交给你们，你们立刻就要将格里迪叫回来？"她终于问。

"没错，我们答应。"

"那么不用多久，我就会提醒你们兑现自己的诺言。"

她站起身，扔掉白天里哭湿了的手绢，在客厅里踱起步来。因为墙上的裂缝过于狭窄，安德雷亚从藏身处仅能在一段距离内对她进行观察。仅能看到她双目炯炯、挺胸昂首地在室内的地毯上慢慢踱着，好像已经在替自己的新胜利而扬扬得意——安德雷亚不由得惊叹她那女王般高傲的姿态。每当她那没有焦点的目光在空中逡巡而过，扫过他面前时，他都不由得一震，下意识地将身子蜷曲起来，好像有可能被她发现一样。

不过，坐在下面靠椅上的男人则好像瞎了眼一样，仿佛对她的风采视而不见，只听到他用公事公办的口气，不带感情地继续说：

"最近一段时间，教皇使节来您府上的次数少了。您那些世俗的爱好表现得过于清楚，赌局也开得太大了。我们希望，您可以重新变得虔诚一些，让自己和主教大人的关系热乎起来。最近教皇的党羽们与法兰西来往密切，实在令人担忧。"

"您将这个交给我好了。"她回答。

"还有一件事，蕾奥诺拉。为了招待冈迪亚诺那顿晚餐，我们还欠您一笔款子……"

阿米黛如同被蛇咬了一样突然一愣，脸色大变。

"看在全体圣者的分上，"她恳求说，"将嘴闭上，永远不要再提这件事。余下的钱请捐给教会，为了他的灵魂安宁——也为了我的灵魂安宁，多做几场弥撒。我每次一提起那个名字，就如同听见了末日审判的大喇叭响起。"

"您可真孩子气。"客人说，"我们是那次晚餐的责任人，和您没任何关系。他是一个罪人，只是因为考虑到他的家庭声望及众多的社会联系，我们才无法采取秘密的方式执行对他的惩罚。他是安安静静地死在自己家里的床上的，没人会说他是来贵府才死的。难道，您已经听到这样的说法了？"

阿米黛全身颤抖，双眼低垂，看着地上。

"没有。"她回答，"不过我经常在夜里听到一个声音在我耳边低声地说着什么，以致我会于梦中蓦然惊醒。啊！我只是不该参与这件事，仅仅是这件事！"

"那不过是幻觉，蕾奥诺拉，您会将它战胜的。那笔钱——我还要告诉您——已经在侯爵的家里替您准备好了。晚安，夫人。我能看出来，我已经耽误您太长时间了。好好休息吧，以便明天让您的美貌像初升的丽日，不但可以将正义的人照耀，也可以将不义的人照耀，不留半片云翳。再见，蕾奥诺拉！"

不速之客向着美妇人略一鞠躬，向着房门方向走去。安德雷亚只来得及在最后的时候看到了他的嘴脸。那张脸是那么冷漠，不过并不严厉，好像是一张无情无欲的面具，只能从额头和眉宇间看出其主人的巨大的毅力。他将假面具戴上，将脱在门口的黑斗篷披上，未等主人相送，已经疾步走出了客厅。

与此同时，安德雷亚听到了使女在舞厅中轻声唤他的声音，她让他下去。他最后看了一眼那位在客厅里目送客人离开的阿米黛一眼，就如使女所说，像一个游魂一样摇摇晃晃地走下台阶，沉默地随在急忙向前赶的使女身后。

灯光再次出现在斯美拉狄娜房中，窗前的小桌子上还是摆着酒，看上去不曾因为任何东西影响此二人将中断了的赏心乐事重新开始。只不过于男子的脸上可以看到一片不祥的阴云，这让轻浮的斯美拉狄娜也感到恐惧，失去了原本对这一晚所抱的绮丽幻想。

"看您这副样子，就如同见了妖怪一样。"她说，"来，喝一杯吧，告诉我你都看到了什么。事实上并不像我们所忧虑的那样。"

"啊，没错。"他故作冷漠地回应，"人家对你的主人挺好的，你甚至有希望在短时间内获得主人拖欠的工钱。只不过他们讲话的声音太低了，我听懂的不多。现在主要是太困了，要知道跪在硬邦邦的地板上可并不舒服。下次我肯定再来好好喝你的酒，好姑娘，今晚上我必须得回去睡了。"

"不过您甚至都不曾告诉我，您是不是和其他人一样，认为她特别美哩。"使女尽量向这位少言寡语、忘恩负义的朋友表示不满。

"特别美，美得或者如天使，或者如魔鬼。"他从牙齿缝挤出一句，"谢谢你，姑娘，谢谢你让我看到了她。下次我肯定在你这儿好好待一会儿，今天我为了自己的好奇心可遭大罪啦。再见！"

他跳上窗台，跨到使女重新架在深渊两边的木板上。当他回到对面后，他再一次向运河下游眺望，发现小艇中的一星灯光恰好消逝在远方。

"再见。"他转头又对姑娘说了一遍，然后就轻轻地跳到自己家中。

斯美拉狄娜则一边将便桥拆去，一边苦苦地思考，搞不明白自己这位新朋友的举止怎么这么奇怪：你说他穷吧，却如此大方；你说他老了吧，却这么喜欢冒险。

一周后，斯美拉狄娜自认为已经将其邻居征服，不过看情形她对此并不太满意。仅有的一次是，在她将门房钥匙争取到自己手里后，她让安德雷亚于深夜戴着面具偷偷溜进大门，接着又领着他由临着水道的小门走出去，两人一起上了小艇。安德雷亚慢慢地摇桨，小艇穿过无数如同迷宫一样的幽暗水道，最后划到大运河上，并在运河上流连荡漾了一个小时。此次机会太好了，不过安德雷亚还是极其冷漠，还是任由姑娘为取悦他独自说个不停，甚至讲起了自己主人生活的世界及其在中间扮演的重要角色。

他从她的叙述中了解到，这几天奥地利公使的秘书多次拜访阿米黛伯爵夫人，此二人在一起一待就是半天，肯定是在商讨关于对被放逐的格里迪援救的事情。相比过去的任何时候，伯爵夫人的情绪都好极了，甚至重赏了她。安德雷亚好像并没在认真地听着，他的注意力似乎全放在对小艇的驾驶上，因此，当姑娘看到这位沉默寡言的伴侣开始将船拨转头，要抄近路回去时，心里暗暗高兴。安德雷亚动作轻柔，毫无声音地将船划到木桩前。二人下了船，他就将铁链子绕在木桩上，向使女索要锁船的钥匙。她将钥匙交出，然后当先走进门，就在这时，安德雷亚却突然于背后惊呼起来，声称自己仓促间将小小的钥匙脱手掉进运河里去了。姑娘一听特别不高兴，不过紧接着又恢复了无所谓的天性，宽慰其朋友说：没关系，家里多半还可以找着另一把。这次，当她于午夜时分将安德雷亚送出大门时，他感到特别过意不去，于是在她的面颊上轻轻地吻了一下，当作告别礼。

次日，他对房东乔万娜太太解释说东家事务所里工作太多了，所以需要加夜班。这是他唯一一次使用大门钥匙。平时，他一直是天擦黑就已经回到家，仅吃点儿面包和葡萄酒就熄灯睡觉了。所以，好心的房东太太经常在邻里之间夸他不但勤快又规矩，简直可以算是一个模范。她唯一不满的是，此人不知道顾惜自己，虽然年纪不大，不过却不参加任何正当的娱乐活动，根本不想想此类活动可以让人心情开朗、延年益寿哩。每当听见母亲说出这样的话，玛丽埃塔就默默地低下脑袋，只在新房客回到房中时，她就会马上停止唱歌——好像自从安德雷亚搬进她家中，她就一直心事重重。这些天来，她考虑的事情比以往一年考虑的还要多。

安德雷亚住在寡妇家第二个礼拜天的早晨，乔万娜太太身着全套节日盛装，神态慌张地冲进他的房间，很明显，她刚赶完弥撒回来。她发现自己的房客坐在桌前，衣服还没穿齐整，正在念一本祈祷书。相比平时，他的脸色更加苍白，不过目光却格外沉静，似乎对别人打断他的祷告特别不高兴。

"您看您还悄声地坐在房里，安德雷亚先生。"寡妇冲他喊着，"整个威尼斯都闹翻了啊！快把衣服穿好，自己上街去看看，到处都是吓得变了样的丑脸，耶稣啊！全让我给赶上了，想想看，威尼斯还能发生什么可以更叫我吃惊呢！"

"您在说什么，太太？"安德雷亚用毫不在意的口气问，同时将手中的祈祷书放下。

乔万娜太太一下子跌坐在椅子上，明显是已经精疲力竭了。

"哎哎哎，人家一直将我推到小广场，"她又开始讲述起来，"我一看，十人委员会的大人们正成群地涌上元首宫前的大台阶，丧旗从国宾馆的窗户里挂出，在风中飘动。您能相信吗？昨天夜里十一点到午夜之间，三位秘密法庭法官中的洛伦索·维尼耶尔先生在自己家门前的台阶上被人杀死啦！他可是最显赫尊贵的一位！"

"他或许已经是一位老人了吧？"安德雷亚平静地问。

"仁慈的圣母啊！看您说的，就像他在自己的床上寿终正寝了一样！当然了，您不是威尼斯人，不会明白将一个秘密裁判所的法官杀死是一件多么让人震惊的事情。要知道相比一位国家元首，一位秘密法庭的大人更重要，国家元首仅仅是一个衣服架子，秘密法庭却掌握着国家大权。不过最最可怕的是，人家在他的伤口上找到一把匕首，那把匕首柄上竟然刻着：'处死全体秘密法庭法官！'——全体！您听明白了吗，安德雷亚先生？这可不像某个坏蛋收买刺客帮自己人将情敌或同僚中的对手干掉那么简单。'这是一桩政治谋杀案，'一位和我极要好的邻居说，'这案子的背后隐藏着一个阴谋，或许就是昂杰洛·奎里尼的党羽干的。'我的邻居一边说，一边搓着自己的手，我听到这些，真是胆战心惊，您知道，我虽然表面上不敢说什么，不过心里却在想：我心里有数，祸事就像树上的熟樱桃，熟了一个就会不断成熟，这种事既然开了头，就会接二连三地发生。一次流血肯定会引发更多的流血。"

"难道一点没有掌握刺客的线索，乔万娜太太？倘若是这样，秘密法庭养着成千上万的密探干什么呢？"

"丝毫线索也没有。"寡妇回答，"昨晚上天太黑了，加上刮着东北风，人们发现原本系在他的公馆附近的大运河上的一艘小艇消失了。这时他独自一人经过一条横街回家，突然被一只无形的手袭击，他拼着最后一口气将大门叫开，不过还是一命呜呼啦。当时街上特别静，连个人影都没有。不过我心中有数，安德雷亚先生。您想知道吗？您为人诚实，心地好，肯定不会把我说的传出去，让我接二连三地倒霉，所以我告诉您吧：我清楚是谁杀了他。"

安德雷亚聚精会神地望着她，说："说吧，说了您的心里就会轻松些，我不会出卖您的。"

"是不是您压根儿没猜到？"她一边问，一边从椅子里站起来，走到房客旁边，"我记得很早之前我就告诉过您，有的人虽然活着却无法回家，有的人死了却可以回家吗？现在您应该明白了吧？他可没把他们干的好事忘记，是他们将他的老婆孩子拖到铅屋顶底下，残酷地折磨拷打。不过，看在上帝的分上，你千万不能对别人说一个字！倘若死者的灵魂一旦犯事，那么生者就要遭殃受罪。"

"不过您为什么这么认为呢？"

寡妇神秘地向四周看了一遍，压低嗓门说：

"您要知道，咱家昨天夜里就不太安宁。我躺在床上，清楚地听到外面墙壁上发出窸窸窣窣的声音，那声音忽上忽下，就如同幽灵在行走。另外，河下头也有怪声，您的窗户也被敲得叮当作响，那些受到惊吓的夜鸟在旁边的小巷子里成群地飞来飞去，一直到深夜之后好长时间。也就是一点的钟敲响后，它们才安静下来。我知道它们是被谁惊动的。他在做完事后来向我们娘儿俩问候了，要知道当初他不曾与我们告别啊。"

听完她说的话，安德雷亚低下了头。这时，他站起来，说自己打算出去了解一下情况。她是清楚的，他昨天晚上睡得特别早，而且特别熟，因此根本不知道闹鬼的事。他劝乔万娜太太千万不要说出去，就算是亡灵干的事，也不能说出去，因为作为知情人的她是相当危险的，此案关系重大。说完，安德雷亚就穿好衣服，匆匆忙忙地离开进城去了。

　　大街小巷上人潮汹涌，就算是共和国的重大节日，这种情形也是相当少见的。只见一条条沉默的人流快速由内城涌来，流过小街窄巷，向着圣马可广场流去。有的人就算是不曾参加前进的行列，不过也会站在自己家的门口，和匆匆走过的熟人朋友彼此交换着意味深长的手势和眼色。由人们的神色态度可以看出，必定发生了一件从不曾听说过的可怕大事，所以他们都被惊呆了，每个人都盲目地加入巨大的人流，都特别想去亲眼看一看那件事。没人高声交谈，就算是轻轻笑一声，吹一声口哨，或者叹一口气也没有。好像这些循规蹈矩的市民均意识到，支撑着威尼斯这座水上都市的支柱已然动摇了。

　　安德雷亚表现得相当漫不经心，也跟随人流向前走，不过，他将头上的帽子压得低低的，将双手倒背在身后。现在他已经走到圣马可广场，但见在夏日明净的蓝空下，不同等级的人混杂在一起，从而形成无法计数的人堆。不过在国宾馆前，人流还在持续地向小广场滚动，直至滚到被两边的海峡夹在当中的运河河口前。在这乱哄哄的人海中，古老的元首宫巍然耸立。一队队持兵器的士兵在一扇扇圆拱形的窗户后面，一条条连环拱顶的回廊下晃动。一队士兵在宫门前布置了警戒线，除了十人委员会的成员，没人获得进入的许可。

　　此时，威尼斯贵族的精英正在楼上那间四壁画着共和国重大历史事件的大厅里开秘密会议。就在这时，万千群众聚集在这座古建筑下边巨大的圆柱前，他们好像对于获知会议的结果已经等得不耐烦了，所以，每当窗口出现一位贵人时，他们就会交头接耳，指指点点，仰着头向上张望，似乎随时可能有人走到阳台上来，对大家宣布这桩神秘的罪行的判决结果。

安德雷亚独自穿过狭长的广场，最后也和大家一样来到元首宫前。他在经过圣马可教堂时故意瞟了里面一眼，仅看到正在听布道的信徒们头挨着头站着，一直站到了大门外边。随后，他就吃力地挤过人群，朝着河口处走去。他站在小广场的码头上，看着水面一大片黑色的小艇，阵阵忧思涌起。小艇的锯齿状铁皮船头高高地翘着，每一次转动都将太阳光反射到水面上，幻化成一片光波。同样充满期待的人群挤满了其左方的契阿沃里码头，土耳其头巾、红色希腊帽、基奥贾岛船夫的小花帽、三角帽和扑了粉的假发交替出现，让人好像可以听到说着不同民族语言的人们交谈的嘈杂声。不过小艇船夫们单调的吆喝声却从底下的水面不时地传来，就算你是一个瞎子，也能凭借着听到的声音断定威尼斯的大运河就在自己脚下。

两名身着绣金制服的仆人划着一艘敞篷小艇从面前驶过。艇上一位贵妇人用手托着脑袋，懒洋洋地斜靠在艇中宽大的软椅上。一枚巨大的钻石戒指在其淡红色的秀发间发出灿烂夺目的光彩。她看着坐在对面的一个年轻男子的脸，这个男子正在兴致勃勃地对她讲着什么。就在这时，她抬起头，高傲地看了看挤在对面小广场的民众。"瞧，阿米黛伯爵夫人。"人群中有人认出了那个贵妇人，当然挤在人群中的安德雷亚也听到了，尽管他早已认识她了。他看到她不由得一惊，急忙将脸转过去，好像只要看她一眼就会倒霉一样。就在他将脸转过去的时候，他突然发现一张熟悉的面孔正在与自己亲热地打招呼。原来萨姆埃勒早已经站在他的背后。

"您也出来走走，德尔先生？"犹太人用细声细气的语调，在他耳边说，"我每天都思量与阁下见面，结果还是无法碰到。您还真是待得住，比产妇还能待。倘若您此时愿意跟着我，到我办事的地方去一趟，我可以将您或许愿意听的话告诉您。走！为什么和其他人一样站在这里，这些人全是傻瓜，竟然相信十人委员会可以将拯救共和国的妙计想出来！大船搁了浅，船上耗子再闹腾也无法让它重新浮起来。真正的领导这时要做更重要的事情，绝非坐在一起耍嘴皮子。我们走吧，我还忙着呐。再说，谈话还是坐在船上比较舒服些。"

他将手一招，一艘出租艇就划了过来。他拽住安德雷亚的胳膊，让他跟在自己的后面。二人上了船，坐到黑色的船篷底下。透过狭窄的舱房左右两边的窗洞，可以将运河风光尽收眼底。

"您想对我说什么，先生？"安德雷亚问，"您这是领我去哪儿呀？"

"明天早上开始，您就辞别那个公证人吧。"犹太人说，"您跟我走一趟，或许会为您带来更多收入的。"

"您的意思是……萨姆埃勒？"

"您知道昨天夜里发生的事。"犹太人回答，"可真是开天辟地头一遭，威尼斯凶杀案发生十二个小时后，还不曾找到与凶手相关的一点线索。当局已经对我们失去了信任，民众也已经对我们失去了信任，始终将本地警察视为奇迹创造者和楷模的外国人也对我们失去了信任。十人委员会认为自己耳目失灵了。为此，它需要一批新人，以便将一切角落都更好地监视起来。德尔先生，您那双眼睛或许无须再去读公证人的破文书，而是派上更大的用场喽，倘若您十天前所说的想法还没变，那么明天早上您就可以留在家里。一旦事情有希望，我相当高兴替您说话。"

"我的想法一直没变，不过，我对自己的能力没信心。"

"得了，得了！"萨姆埃勒将食指在空中不停地摇着，说，"您当我不会识人吗？要不就是你太会伪装了。要知道，当一个人试图将自己的想法深藏不露时，他实际上就已经将他人企图掩藏的想法猜准一半。"

"不过，是否任用我这件事又由谁拿主意呢？"

"您得接受秘密法庭成员的审查。而我呢，除了说明与您相识，而且相信您的确有才能，其他的一切无能为力。到明天我想秘密法庭的人数又会齐了，现在十人委员会就聚在一起选第三位呢。不是我夸口，就算给我再多的钱，我也不稀罕做这个法官。要知道，匕首柄上的那些字并非闲极无聊才刻上去的。从昨天夜里起，咱们威尼斯这三位大人物吃起面包来恐怕还不如炸药研磨场的小兵有滋味。"

"话是这样说，新当选的一位肯定会上任，是吧？或者，他也可以拒绝吧？"

"拒绝！您不知道，每一个拒不担任公职的人均会受到共和国的严厉惩罚。"

安德雷亚沉默了，他用目光透过旁边的圆窗洞，看着河面。一大片黑色的小艇穿过两岸高耸的府邸，向着同一方向行驶。成群的船迎着他们，从相反方向的里亚托湾驶来。现在，两批船会合在一起，抢着划向一坡宽宽的石阶，从而让自己的客人可以早些上岸去。维尼耶尔家的公馆就坐落在岸上，死者就停放在里边。

安德雷亚一眼就认出这是何处。他勉强将内心的激动抑制住，说：

"萨姆埃勒，您来这儿是有事，还是出于好奇，打算看看那位被杀害了的停在灵床上的大法官呢？"

"我正在执行公务。"密探回答，"不过于您而言，来这儿走走同样有好处。我将向您介绍我的几个朋友，要知道，在这儿的人十个里头必定有一个是身负使命的，只不过我们全都装着互不相识罢了。你知道吗，我敢打赌，在这些吊唁的人中一定也有几个阴谋分子。天知道，凶手本人此刻是不是正好从小艇中的某一艘上往下走呢！他并非傻瓜，相当清楚眼下这儿是最安全的地方，因为最危险的地方就是最安全的地方。趁所有人都上街来了的机会，我可以告诉您，警察正在挨家挨户对那些原本就让他们怀疑的住宅进行搜查。老话说：魔鬼只管教如何干，却不教如何藏赃。"

一边说着，萨姆埃勒一边从小艇上跳下来，随后又相当殷勤地来搀扶安德雷亚。

"您会因为看到死人而感到不舒服吗？"他问，"看您的样子好像不高兴。"

"您看错了，萨姆埃勒。"安德雷亚连忙回答，同时满不在乎地看着他的脸，"我对您对我的关照特别感激。倘若没有您，我在这里就太难过啦。咱们上去吧，去谒见一下那位生前简直不可能让我们接近的大人物吧。看这公馆多么气派，遗憾的是他得早早地搬出去，住在那种又窄又小的石房子里！我对他相当同情，真的，尽管我从不曾亲眼见过他。"

他们二人肩并肩，在一股巨大的人流推拥下登上披着黑纱的台阶。台阶顶上，同样裹着黑纱的维尼耶尔家的族徽俯瞰着吊唁的人，这远比任何门吏更能让人肃然起敬。府内最大的厅堂里设置了灵台，其上罩着华盖，灵堂四周是常青松柏和高脚枝形银烛台。阵阵凉风通过阳台从河面上刮来，无数的蜡烛闪烁不定。四名身穿黑绒制服的家丁，手里拿着缠着黑纱的明晃晃的月牙斧，一动不动地守卫在灵台的四角，看上去如同一尊尊石像。死者身上盖着一条绒被，银色的流苏一直拖到地上。吊唁的人们一进门就可以看到他那轮廓分明的侧面，但见他满脸愤怒和悲痛，双目紧闭。安德雷亚将这张脸认了出来。他就是在那天夜里，在阿米黛夫人的客厅中，将其深印入自己的脑海里的。他目不转睛地看着死者，嘴角一动不动，任谁也不会想到复仇者就站在死者面前。

一小时后，安德雷亚回到住处。乔万娜太太在上面楼梯口迎接着他，简直就像替儿子担惊受怕的母亲一样，玛丽埃塔也表现得极其不安。她们告诉他，他不在的时候警察来搜查了他的房间，不过发现一切正常，与房东太太本人替房客提供的证明完全一样。安德雷亚神色安详地听着，她为此感到放心，更加确信警察的搜查仅仅是走形式而已。好心的寡妇善意地告诫他，在这个罪恶的时代说话行事要时时小心，以免引起任何的嫌疑。

"他们会变得更加严厉，"老太太叹了口气，说，"他们清楚，戴着手套的猫儿是无法抓到老鼠的，唯有死人才能让活人将双眼睁开，这的确是一句实话。因此您务必要当心，先生，别相信任何一个接近您的人。您不了解那些狗东西，他们可会伪装了。你要相信我，一个人只能被他信赖的人欺骗。您以后最好不要去馆子吃饭了，在家里将就一下吧，我们在家里有什么就吃什么。您看起来脸色相当不好，快去床上休息一会儿，您还没能适应这么四处奔波啊。"

老太太一旦说起来就没完没了，玛丽埃塔一直站在她的旁边，专注地看着安德雷亚那苍白而严肃的脸，眼里带着哀求的神情。安德雷亚向母女二人表示自己相当健康，请她们为自己送来一些面包和酒。当他要的东西被送来后，他就一整天不曾走出房间。

次日清晨，他还躺在床上时，萨姆埃勒就闯了进来。

"倘若一个月最少可以挣到十四个金币在您看来还可以的话，那么就请跟着我走一趟。一切都妥当啦，我想您会如愿以偿的。"

"新审判官选出来了吗？"安德雷亚问。

"看样子是的。"

"凶手还没抓到？"

"没有。贵族们怕得要死。他们全都将家门紧闭，任何一个登门拜访的人均被看作十人委员会或者秘密裁判所的奸细。外国使节一个接一个地晋见共和国元首，向其郑重表示对谋杀事件的愤慨，保证愿意协助将罪犯揭露。从现在开始，秘密裁判所的三位审判官的行踪将会更加保密。我确信，必定会对凶手悬赏缉拿，用一笔大到足以让一个穷鬼过好多年富裕日子的赏金，买到凶手的脑袋。所以，安德雷亚先生，眼睛睁大点儿！或许我们很快就可以在一块儿喝比上次在小酒馆里更好的酒啦！"

安德雷亚默默地将衣服穿好，然后就跟随着独自一人在唠唠叨叨的恩人，朝着元首宫走去。看得出，萨姆埃勒对这里相当熟悉。他在院子里将一扇极其平常的门敲响，然后凑近开门的用人的耳朵不知说了一句什么，随后就极其客气地让安德雷亚走在前面，先后爬上一架小楼梯。上楼后，他们又穿过一条半明半暗的极长的走廊，回答着每一个手执月牙斧的卫士的盘问，最后才得以进入一间并不大的房间里。这个房间只有一扇窗户，且向着庭院，窗户的一半被黑窗帘遮得很严实。屋里，三个戴着面具，仅尖尖的胡子露在外面的男人在靠里边的墙面前踱来踱去，低声交谈着，另一个没戴面具的人则坐在桌旁，在唯一一支蜡烛光下写着什么。

当萨姆埃勒领着安德雷亚跨进门时，那个没戴面具的男人抬起了头，另外三个人却好像不曾注意到他俩，还在起劲地交谈着。

"您带您说过的外地人来了吗？"秘书问。

"没错，阁下。"

"您可以走了，萨姆埃勒。"

犹太人恭顺地行个礼，退出去了。

秘密法庭的秘书将摆在面前的文件浏览了一遍，然后长时间地打量着来人，说：

"您叫安德雷亚·德尔菜，您与威尼斯也姓这个姓的贵族是亲戚吗？"

"我想不是的。从我记事时，我们家就住在布拉契亚。"

"您住在斯文里乔万娜太太家，您想替高贵的十人委员会效力。"

"我想替共和国服务。"

"您从布拉契亚带来的证件没有问题。您在他手下工作了五年的那位律师，也证明您是一个通晓事理的可靠人。不过您去他那儿之前的六七年，没有任何材料可以证明。您在父母去世后那么长时间里做了些什么？您这段时间并不在布拉契亚。"

"没错，阁下。"安德雷亚沉稳地回答，"我出国了。我先后到过法国、荷兰，还有西班牙。在我将父母的一点点遗产花光后，只好放下架子，听人使唤了。"

"如何证明呢？"

"原本可以证明的材料放在我装着全部财产的提箱里，结果被人偷走了。随后我厌倦了漂泊无定的旅途生涯，回到了故乡布拉契亚。后来，我的东家发现我可以做些抄抄写写的活儿，结果我就到了一位律师的事务所——这您已经有了证明——学习当秘书。"

就在安德雷亚微低着头，手捧着帽子，低声下气、谦卑恭顺地回答着一个又一个问题的时候，突然，三位戴面具的大人物中的一位来到桌边。安德雷亚感觉到两道犀利的目光盯着自己。

"您究竟叫什么？"审判官追问，从嗓音判断，这是一位老人。

"安德雷亚·德尔菜。我的证件上写着。"

"您可要想好了，倘若欺骗尊贵的法庭，您会没命的。再仔细考虑怎样回答吧。倘若我现在说，您姓冈迪亚诺呢？"

这句问话之后是短暂的沉默，安静得简直可以听到蠹鱼在头顶上钻屋梁的声音。八只审视的眼睛死死地盯着安德雷亚。

"冈迪亚诺？"他慢慢地应着，语气却相当坚定，"我怎么会叫冈迪亚诺？我个人倒真愿意姓这个姓，据我所知，冈迪亚诺家族不但富有，而且显赫，谁如果能姓这个姓，那以后就无须靠辛苦摇笔杆来挣饭吃啦。"

"您的长相与冈迪亚诺一样。此外，您的举止也暴露出您具有比证件上所说的身份更高贵的出身。"

"我无法对自己的长相加以解释，大人。"安德雷亚态度大方，神色从容地回答，"至于我的举止嘛，我曾于游历途中见识过不同等级的人，于是我就尽可能让自己的谈吐举止变得文雅一些。还有，我在布拉契亚生活的这些年也没白费，而是借助于书本补充了一些青年时代欠缺的知识。"

在此期间，另外两位审判官走到了第一位审判官前，其中一个大部分红胡子伸出在面具外边的那位低声对他讲：

"您搞错了，我得承认他们有些像。不过您自己也清楚，世居玛拉诺的冈迪亚诺一族已经死绝，老头子葬在罗马，几个儿子也没活多久。"

"是的。"第一位审判官回答，"不过您好好瞧瞧他，然后告诉我他是否就是跟老冈迪亚诺从坟墓里爬出来一样，不同之处就在于他更年轻。我将冈迪亚诺认得相当清楚，我们是在同一天选进参议院的。"

说完，他从书桌上取过安德雷亚的证件，极其认真地研究起来。

"您的话或许有道理。"他终于说，"不过年龄不一样。说他是老冈迪亚诺的儿子太老了。如果说是他婚前养的私生子，那么对我们来说，就无所谓喽。"

审判官将证件扔回桌子上，朝秘书打了个手势，随后就与其他二位退到窗口前，继续他们中断了的密谈。任何人也不曾从安德雷亚的眼神中发现，在这一瞬间，他内心终于放下了一块大石头。

秘书重新开始询问他：

"您懂外语吗？"

"我可以讲法语和一点点德语，阁下。"

"德语？在什么地方学的？"

"布拉契亚有一个德国画家，我们是好朋友。"

"你到过特里雅斯特没有？"

"去过两个月，阁下，去替我的东家，那位律师办事。"

秘书站起身，走到窗前那三位身旁。很快，他走回来，说：

"我们替您办一个出生在特里雅斯特的奥地利臣民的护照。您拿着它去奥地利公使馆，声称自己被共和国威胁驱逐，所以要求他们给予保护。

您得说，您早年就离开了特里雅斯特，迁居到布拉契亚。无论他们怎样回答都没关系，倘若您足够机灵，去这一趟就足以让您与公使的秘书相识。然后，您的任务是尽可能与之继续保持接触，注意维也纳宫廷与威尼斯贵族之间的秘密联系。一旦发现任何可疑之处，即便是最细小的可疑之处，您都一定要马上报告。"

"高贵的法庭希望我将在范尼公证人处的差事辞去吗？"

"您的生活方式不必作任何改变。头一个月，您的津贴仅为十二个金币。如果您够机灵、谨慎，此后这个数目会增加一倍。"

安德雷亚鞠了一躬，表示一切遵命。

"这是您的德国护照。"秘书说，"您的住处和阿米黛伯爵夫人的公馆紧紧相邻。于您而言，与其贴身使女搭上关系相当轻松，您为此所花费的钱可以得到报销。您要借助这个途径对伯爵夫人与威尼斯贵族的关系进行了解，也一定要来此地报告。共和国希望您忠心耿耿、恪尽职守。您不必起誓表示效忠，原因是既然我们所定的人间的严刑峻法无法让您心怀畏惧，履行自己的职责，那么，您的血管里流着的必定不是人血，也就不会遵从法律。您可以走了。"

安德雷亚又鞠了一躬，转身向门口走去。他还没走出几步，秘书又把他唤回来。

"还有一件事。"秘书一边说，一边将一只摆在桌子上的小匣子打开，

"过来，好好看看匣子里的这把匕首。布拉契亚有几家大武器工场。你想想看，是否在那儿见过类似的产品？"

安德雷亚聚集起最后一点力量以控制自己的情绪，看了一眼秘书递过来的匣子。那里放着他极其熟悉的武器———一把双刃匕首，握柄设计成十字形，同样是钢制的。在依旧血迹斑斑的刀柄上刻着一行字："处死全体秘密法庭法官！"

在对匣子里的匕首进行了足够长时间的观察之后，他果断地将匣子推回去，说：

"我想不起来是否在布拉契亚的商店里见过类似的匕首。"

"好。"

秘书重新将匣子关上，然后挥手示意他退下。安德雷亚慢慢地走出来。这次，他没受到手执月牙斧的卫士的阻拦，他梦游一样走在发出回音的长廊上，直到走到黑暗的楼梯中央，才让自己在大理石的梯阶上坐了一会儿。他感觉自己的双膝就如同要折断一样，额头上直冒冷汗，舌头与上颚贴到了一起。

走出这间房子后，他终于长舒了一口气，再次将头勇敢地昂起，恢复了挺直的姿势。在小广场的宫门前，他看见一大群老百姓正在热烈地念着一张贴在圆柱上的大告示。他也凑过去看了看，原来是经共和国元首批准，倘若谁可以提供杀害维尼耶尔的凶手的下落，那么十人委员不但给予赏金一千金币，而且答应赦免一个被放逐或被判了刑的人。圆柱前的人们来一批又走了一批，仅有几张鬼鬼祟祟的面孔时而出现在连环拱顶的回廊下，窥视着读告示的人们的表情。安德雷亚当然也在他们的注意范围内。不过他如同一个毫无干系的外地人一样，随随便便地将告示扫了一遍就把位置让给其他好奇的人，在大运河边不慌不忙地登上一艘小艇，让小艇载着他向奥地利公使馆驶去。

船行了一段路程后，他在一座相当偏僻的建筑前上了岸。象征德意志帝国的双头鹰装饰在建筑的大门上方。就在他走下船的时候，一个年轻人恰好在叩大门上的门环。听到脚步声，这个人向小艇转过头来，其严肃的脸突然变得开朗了。

"德尔先生，"他呼喊着，将手向安德雷亚伸去，"咱们竟然在此地相遇，您不认识我了吗？您将嘎达湖边的那个晚上忘记了吗？"

"原来是您，罗森贝格男爵！"安德雷亚一边回答，一边亲热地抓住青年伸过来的右手摇着，"打算在威尼斯住一些日子，或是已经领了护照要继续旅行？"

"天知道，"青年回答，"命运之神何时才让我离开这儿，离开之后我不知道是称赞它还是诅咒它。不过，我无须向任何人申请护照，我本人就可以替自己签发。跟您说吧，好朋友，我如今就是奥地利公使阁下的秘书。不过我讲这个的确并非为了在我与您，在自己与自己的珍贵旅伴之间，筑起一道外交壁垒，而是为了您好，亲爱的，要知道，并不是所有的威尼斯人都希望被看成我的老相识啊。"

"我不担心任何事情。"安德雷亚说，"倘若不影响您，我可以进去和您待一会儿。"

"您来公使馆时可并不清楚找的就是我。倘若您有任何求公使秘书的地方，只要在我的权限范围之内，我会相当愿意替您效劳。"

安德雷亚的脸一下子红了。如今，面对着一个自由人，一个多年前萍水相逢、而此刻却待他如此友好的人，他首次感到自己的伪装所造成的屈辱。那张被他揣在口袋里的特里雅斯特人的护照，于他而言就如同铅块一样沉重。不过，这也说明了他在克制内心斗争方面已经训练有素。

"我只是想打听一家德国商号的情况，"他说，"要知道我在威尼斯是一个地位卑下的公证人秘书，只能听从主人的差遣，做些微不足道的杂事。不过，我在布拉契亚情形也不比这好多少，不过就算是这样，您和您的母亲还是不曾轻视我，与我做了旅伴。因此我现在也就冒昧地要求与您一块儿进来了。不过，您要先告诉我，老夫人如今身体如何，她的高贵形象，她对您的感人的母爱，她待我的一片好意，直到现在还不时萦绕在我的脑海中。"

年轻人的表情一下子严肃起来，叹了口气。

"到我房间里去。"他说，"我们可以在那儿随意交谈。"

安德雷亚跟在青年的后面上了楼。当他进入那间舒适的房间后，他一眼就看到写字台上方挂着的一张大彩粉画。他看到了阿米黛夫人那双明若秋水的美眸和满头浓密的秀发，看到了在其笑意迎人的嘴唇上，展示的是青春与矜持的全部魔力。

年轻人将两把椅子搬到窗前。在这里凭窗远望，可以将宽阔的大运河上美丽的桥梁以及房海中耸立着的老教堂的背面一览无余。

"来，"他说，"请坐下。喝点葡萄酒或者甜酒好吗？啊，您没有听。您被这个不幸的形象迷住了。您知道画上的人是谁？您认识其本人吗？画仅仅是其一个苍白的影子罢了。不过威尼斯人人都知道她啊！你无须将这个女人的任何事情告诉我。我知道人们说的与她相关的一切，而且也全相信。不过就算是这样，我还是相当老实地告诉您，倘若您自己有朝一日可以站在她面前，倘若当时您的知觉还是健全的，那么您就不会想到人们说她什么，而只会对造物主表示深深的感谢。"

"这幅画属于您吗？"

安德雷亚停了一下问。

"不，它属于一个更加不幸的人，一位漂亮的威尼斯青年。据夫人亲口向我承认，这位青年乃是她的第二上帝。这个冒失的小伙子不知为什么竟心血来潮，提出要与我交朋友。结果他就犯下弥天大罪，被处以流放。不过加给我的'惩罚'就是这幅画。他将它留给了我，同时我还必须去看她为他哭天抹泪。"

说着，罗森贝格男爵走到阿米黛的画像前，站在那里，以沉醉而忧伤的目光注视着它。安德雷亚满怀同情之心，细细地观察着男爵。他的模样并不英俊，仅是青春的柔和线条加上男子汉的严肃神气以及热烈主动的表情，令他颇有魅力。此外，他那魁梧的身躯的一举一动，也透露出高贵和坚毅。安德雷亚望着他，情不自禁地说道：

"不过，您也会爱上这个完全与您不相配的女人呀！"

"爱上？"德国青年用极其阴郁的声调问，"谁说我会爱上她，就如同我在德国曾经爱过那样，就如同唯一可以称为爱那样？您不要说，我是被其蛊惑了，我是咬紧牙关，唉声叹气，承受着她套在我身上的锁链。我坦白地说吧，我为自己的软弱而感到耻辱，不过还是迷恋着她。过去我从不知道，比起这种心甘情愿地伸脖子承受被重轭压断的感觉，这种为赢取嫣然一笑而把整个尊严抛弃的感觉真的是太重要了。与之相比，世间的一切快乐都是微不足道的。"

小伙子的脸绯红了，他这时才发现，安德雷亚早已不再看那幅画像，正满怀忧虑地听着他的自白。

"我让您感到无聊了吧？"罗森贝格男爵说，"咱们来说点别的。您从那之后过得如何？为什么要离开布拉契亚？"

"不过您一点儿还不曾谈到您母亲哩。"安德雷亚将话题拉了回来，

"她真是一位伟大的夫人！看到她，就算是再陌生的人也希望如同尊敬自己的母亲一样尊敬她呀！"

"请说下去。"罗森贝格说，"或许我会因为您的话语而将自己在这里所中的魔法解除，并不是因为您对我讲了某种新鲜东西，不过听您说到她是一位怎样的母亲，我是她所养育的一个忘恩负义的儿子后，也许可以让我重新想起自己的职责。您相信吗？我已经收到她要求我离开威尼斯的第三封信了，她在信中要求我回到维也纳，回到她的身边。她说她梦见我会遭到不幸。不过我已经遭到的最大不幸，她却一点儿也没想到哩，而且让我对威尼斯割舍不下的并非别的，而恰巧是一个我一点儿也不敢到她那纯洁无瑕的身边去的女人。不过，"男爵接着说，"我也无法太怪罪自己。现在事实上我是很难从这里获得假期的。我的上司伯爵阁下认定我是其重要的助手，尤其是现在恰好出现了某些让他感到头痛的问题。您应该知道，我们在此地是不受欢迎的客人。他们不希望睁开眼睛看着真正的危险来自什么地方，却还死守着一个成见，如同威尼斯发生的任何与政府为敌的事件，均有我们所代表的大国插手一样。他们走得太遥远了，竟然想让我们对维尼耶尔遇害一事负责。实际上，我从内心深处对此种暗杀行径深恶痛绝，也认为能如此干的人皆为一些政治上的短视者。您来说说，我的好朋友，"罗森贝格热情洋溢地继续往下讲，或许想在威尼斯多争取一个支持者，"您自己说，走这种犯罪的道路，是存在一点儿要将秘密裁判所统治推翻的希望吗？我们暂且不去看这件事的道义方面的影响，就看这个涉及如此广泛的密谋，如何可以在威尼斯这样的地方长期不被揭露，最后达到其震慑敌人的目的呢？"

"不可想象。"安德雷亚相当冷静地回答，"倘若一件事被三个威尼斯人知道，那么十人委员会就会知道。正是因为这样才更加让人吃惊，它的手下这次竟然也这么不中用。"

"看来，密谋分子们想连续暗杀那些处于秘密中间的大法官，直至最后无人敢冒生命危险出来担任这项荣誉职务。就算他们如今可以得偿所愿，结果又将如何？像威尼斯这样一个贵族阶级人数众多的地方，出于生存的目的，为了抵御民众意志的怒涛，的确需要一道专制独裁的坚固堤坝，其形式或许可以温和一点儿，或许可以严厉一点儿，不过专制统治一定会无数次地建立起来，最终长期存在。这是由于，在威尼斯又怎么可能找到一个可以建立起真正的自由共和国的人呢？你们仅有一个统治阶级和一个被统治阶级，可是却有成百上千的暴君和成千上万的愚民。不过市民在何处？失去了市民，自由的国体又怎么可能存在？你们的贵族们一向费尽心机，让小老百姓永远无法成熟起来，使之缺乏市民意识，从而不具备责任感和为伟大事业而自我牺牲的精神。他们一向禁止平民百姓过问国事。不过，八百个暴君的统治自身又过于笨重，过于分散，以致争吵不休，因而无法发挥对外对内的作用。所以，这些老爷们就甘愿自己奴役自己，屈服在那个至少是从他们当中产生的三人独裁统治的重轭之下。他们宁愿失去一切法律，眼睁睁地看着本阶级的成员最终被这头三个脑袋的怪物所吞噬，也不想生活在将让他们和民众平起平坐的法律的保护下。"

"您讲的均为事实。"安德雷亚将他的话打断，"不过它必须要继续下去吗？"

"继续下去——或者更坏。因为您瞧，亲爱的，他们将可怕的武器的锋刃对准自己。何时威尼斯共和国还会在欧洲各民族中肩负着重任？何时这个现存专制统治的对内压力会被其对外成果抵消？我们发现，威尼斯的政治力量和无尽财富直到上个世纪还在继续增长，然而，不把它的一切权力集中在一些铁石心肠的暴君手里，这样的繁荣增长就永远不可能出现。一旦唯一可以让这样残暴的手段披上合理外衣的诸多目的消失了，赤裸裸的专制统治便会凶相毕露，开始对内发狂，从而让其不至于无所事事，不得不自认过时。在和平时期的专制统治，无论是由一个人还是三个人实行，于任何大国和小国都将会永远造成生存威胁。在威尼斯，这已成为病入膏肓的痼疾了。现在，共和国的新的生机理应从真正的市民阶级的萌芽中产生，然而，这样的萌芽也已腐朽。所有的信任、所有的正直、所有的安全感以及对于自由的热爱已经被数百年的恐怖统治，精心编织的密探罗网桎梏了。这幢看上去建筑得这么宏伟牢固的大厦，一旦恐怖的胶泥从榫头中消失，就一下子倒塌了。"

"您的论据或许没错。"安德雷亚想了想说，"不过，这是一个外国人的论据，一个可以毫不在意地声称这个共和国已经衰老、注定了走向死亡的人的论据。您很难让一个威尼斯人相信，他这个年迈的母亲已经病入膏肓，连最后进行一下医治的尝试都没价值了。"

"不过您并不是威尼斯人呀。"

"是的，我只是一个布拉契亚人，我的城市曾在威尼斯的沉重鞭笞下流过很多血。虽然是这样，然而我还是对于那些打算用刀子将秘密恐怖统治这个恶瘤割去的绝望的人，表示深深的同情。至于他们是否可以达到目的，那则是命中注定的事情。我不过是一个凡夫俗子，从不想去探究命运之神的秘密。"

两个男子都沉默下来，长时间地凝视着窗外的大运河。他们的靠椅离得特别近。当太阳照进房中，他们也不曾将其灼人的光焰避开。

"您看，"较年轻的那一位最终微笑着又开了口，"作为一位外交官，作为一个打算在威尼斯做出一番事业的人，我还是太轻率，太年轻了。我们仅见过一次面，我今天就相当坦率地将自己对这里的事态的看法全都告诉了您。的确，我相信自己还是具有几分识人的眼力，知道像您这样一位明白人是绝不会成为当局的密探的。"

安德雷亚默默地将自己的手伸向他。与此同时，他一扭头，就发现其同事萨姆埃勒已经站在房间中央，摆出一副卑躬屈膝的样子，与他们相距只不过几步远。这家伙轻轻地将门推开，踩着房内的地毯，一边不停地点头哈腰，一边静静地走到他们背后。

"阁下，"他装作与安德雷亚素不相识的样子，对罗森贝格说，"请原谅，我未经通报就进来了。您的侍从不在前厅。我将您订的珠宝送来了，全是上等货色，阁下，是最漂亮的波斯王后也戴过的。"

他将一些小匣子从自己的口袋里掏出来，将它们小心翼翼地在桌上摆开。这时，他很明显在努力展示自己犹太商人的身份，而他平时将这一身份牢牢地隐藏起来。在德国人选首饰时，他将会意的一瞥投向安德雷亚。安德雷亚却转过身，走到窗前去了。他知道，犹太人此行别有目的。一个密探被派来的另一个密探监视着，第一次捕食的狐狸理应处于老狐狸的监视之下。

在此期间，罗森贝格已经选中了一条坠着锁状红宝石的项链，将犹太人索要的价钱如数付清。他将金币扔给他，不再理睬他的唠唠叨叨，点头示意他离开，随即又走到窗户跟前。

"从您的表情，我能看出，"他说，"您在同情我，将我当作一个神经错乱的人。的确，我就算是将这珍贵的首饰扔进运河，也不应该将它戴在蕾奥诺拉雪白的脖子上。不过，任何的聪明才智也无法帮助我战胜这个魔鬼啊。"

"我相信，"安德雷亚回答，"您解除魔法的日子应该很快就到了。可是，我有责任警告您。您知道刚才离开咱们的那个犹太人吗？"

"我知道他。他是十人委员会雇来监视我们公使馆的众多密探之一。他以罪恶换取金钱。不过我们的全部秘密就在于我们的诚实。因为在他们看来，这绝对是不可能的，于是我们就成了他们心目中最危险和最狡猾的敌人。只是由于您的缘故，这家伙恰好现在溜进来才让我心生不快。他看见您将手伸给我了。我向您保证，一小时之内，您已经上了秘密法庭的黑名单。"

安德雷亚苦笑了一下，说：

"我不怕他们，好朋友。我原本就是一个与世无争的人，我的良心是安宁的。"

那次谈话之后的四天里，安德雷亚和平时一样过着业已习惯的生活，清晨按时去公证人那里上班，天黑后就待在房里，尽管如今他已经等同于一名高级警察，他在斯文里街坊中的好名声已经不再那么重要了。

星期六傍晚，他向乔万娜太太要来大门的钥匙。乔万娜太太夸奖他，说他终于将自己的老习惯改掉啦。今天也的确值得出去一走，她自己就恨不得去圣罗诃教堂参观高贵的维尼耶尔大人的追悼仪式。不过她怕挤，再说——安德雷亚先生知道她之所以恐惧这件事的原因。

安德雷亚说，他在夜里也是尽可能不去人多的地方。不过他感到胸口闷得慌，就打算雇条船，去沙洲岛外面。

　　说完这些，他就向老寡妇告别，然后拐进和圣罗诃教堂相反的方向。晚上八点，夜空中飘着霏霏细雨，光线特别昏暗，不过无法阻止人们不断地涌向坐落在大运河彼岸的圣罗诃教堂。在那里，此刻正要举行被杀害的国家审判官的葬礼弥撒。无数个黑影和安德雷亚匆匆擦身而过，他们或戴着面具，或用挡雨的帽檐遮脸，全都向着渡口或里亚尔托桥赶去。就在这时，重浊的钟声在夜空中传来。安德雷亚在一条小街上停下来，将面具从外套下扯出来，系到脸上。随后他走向附近的一条水道，跳上一艘小艇，大声说：

　　"去圣罗诃！"

　　无数支蜡烛已经将雄伟而古老的教堂照得明如白昼。大堂中央架着黑色的灵台，里边空空如也，既没有花束，也没有花环，仅在脑袋的一侧立着一个大银十字架，在黑色罩衣的两边绣着维尼耶尔家族的族徽。难以计数的民众拥挤在灵台四周。贵族们则坐在披了黑纱、如同露天剧场的阶梯一样的、渐次升高到唱诗台底部的位子上，人数远胜议会举行重要会议时。所有的人都出席了，人人均谨防着引起哪怕一点点怀疑，让人认为他对死者的哀悼是虚伪的。外国使节坐在一处特别的台子上，他们的人也一样齐。

　　相当多的大喇叭在头顶上吹奏出安魂曲的庄严前奏，在管风琴的伴奏下，声部齐全的唱诗班唱起挽歌，歌声在教堂内轰鸣，震耳欲聋，远远地传到外面的广场上，滚进邻近的一条条街道，以致不断涌来的民众都可以听到。天空仍旧下着霏霏冷雨，夜色漆黑，教堂的花窗在暗夜中远远看去如同怪物眼睛一样闪闪发亮，加之成千上万张嘴的叽叽咕咕、窃窃私语，让大教堂周围笼罩着一派阴森恐怖的气氛，几乎无人不恐惧。越靠近当下装着威尼斯全部有权有势者的雄伟建筑入口，所有的人就越沉默，所有的人就表现得越诚惶诚恐。

自古以来，不管是过悲哀的节日或是欢乐的节日，威尼斯的街头一直会出现众多黑色的假面具。现在，一道道畏葸的目光从黑色的面具底下投射出来，穿过明亮的门厅，窥视着教堂里面的灵台。相比挽歌的词句，这灵台更加真切实在地提醒人们：万物均有终结，尘世的权力不可靠啊。

在一条横街上，黑色连环拱廊和圣罗诃广场衔接处，两个男人脚步匆匆地一边走，一边交谈。他们不曾发现，在房屋的阴影中还尾随着第三个人，这个人全身都让斗篷和面具遮得严严实实的，一会儿靠近他们，一会儿又落在后边，与他们保持着适当的距离。前两个人均不曾戴面具。其中一位有着花白的胡子，身上带着大人物的非凡气派，其随行者看上去还相当年轻，地位也低一些。他专心地聆听着老先生的每一句话，只偶尔插一下嘴，态度相当谦逊。

就在这时，他们走到一所住宅前，这所住宅里透出的灯光将整个街面都照亮了。黑面人突然加快脚步，赶到他们二人之前，将自己隐藏在一根柱头后，等他们二人从身前擦过时死死地盯着他们的脸，目光犀利如刀尖。有一刹那工夫，黑暗中，秘密裁判所秘书的脸清晰地显现出来。那位老人的声音同样也曾于法庭的密室中响起过。就是这个声音，曾当面指出安德雷亚·德尔萘原本叫冈迪亚诺。

"现在回去吧，"老人在谈话结束时说，"事情必须马上办。你知道，总监带着多数人在圣罗诃执行任务，不过仅需一支小小的分遣队就可以将这两个人抓起来了。告诉他们，一定要低调行事。随后你就马上预审，因为我很难于午夜之前回来。倘若有任何紧急的事情要报告，那么就等追悼弥撒做完后去我连襟家找我。"

两人分手后，老人一个人穿行于廊柱中，向着圣罗诃广场走去。此时，教堂内的音乐恰好停止了，人人均看向祭坛。但见一位老者在两个年轻一些的教士的搀扶下，相当吃力地登上了祭坛。这位老者就是教皇的特使，是一位头发雪白的长老。他正要对威尼斯的贵族和民众进行训诫。四周一片寂静，只有老人微弱的嗓音在响着，不过那声音远近皆可闻。他开始祷告上帝，希望上帝对世人多加垂怜，由其无限的智慧与仁爱的宝藏中施予忧患的灵魂以安慰与省悟，将下界的黑暗驱散，让罪恶和奸谋无法逃过正义的眼睛，让各种阴暗的勾当遭到挫败。

"阿门"之声刚刚停下，突然就在大门口响起一片叽叽咕咕的噪声，接着这声音就传遍整个厅堂，到达贵人们的耳中。顿时，巨大的会场如同海洋一样被动摇了，翻腾了。人们全都满怀惊惶地看向大门口，因为恐怖恰好是由大门传进来的。此时，无数火把在大门外黑沉沉的广场上胡乱地窜来窜去。于是人人均屏住呼吸，倾听着外面的动静，突然，很多人同时喊叫起来：

　　"杀人啦！杀人啦！快逃命，快逃命！"

　　顿时，这一叫在教堂里引起了前所未有的骚动和慌乱，如同头顶上的穹顶立刻就要塌下来一样。平民与贵族，教士与信徒，上面唱诗班的歌手与下面守灵柩的卫士，男人与女人，全都混乱着挤向出口。唯有祭坛上的那位老人镇定而威严地俯看着惊恐万状、乱挤乱跑的人们，直至空空的教堂中间仅余那具黑色的灵柩，正在提醒他其讲话已经被打断。这时，他才离开自己的宝座。

　　教堂外，惊慌的人群绝大多数向着一个方向拥去。在那里，一支支火把正在风雨中挣扎、摇曳。事件刚一发生，警察们就在总监的带领下奔赴现场，结果在漆黑的街上发现了一具僵直不动的躯体，鲜血还在从其腰间往外迸。火把赶到之后，人们才发现伤口里插着一把匕首，手柄成十字形，上面刻着一行字："处死全体秘密法庭法官！"

　　失魂落魄的群众压低嗓门念着这行字，使之快速传开了。

尽管地震时的首次冲击也给人以可怕的警告，让其清楚脚下存在着火山，不过毕竟还不曾在其心灵深处引起震动。那时，人们于恐怖中还掺和着明显的惊讶与诧异，影响并不那么可以轻易被感知，人们没多久就恢复了心理平衡，最终出于安全考虑，他们必定乐于相信那一切仅仅是自己的错觉。只有当无可避免的可怕灾难又一次发生，才会将此前的错觉似的妄想推翻，从而让心存的那种事出偶然的希望破灭。危险的重复出现可以让恐怖永久化，预示着前面还存在着太多不可知的可怕的事情，不管是勇敢还是怯懦，全都没用。

第二位秘密法庭审判官遇刺的消息很快在威尼斯传开，其影响与第一件事相差无几。要知道政府已经无法隐瞒，因为被刺伤的是这样的一位要人。所以每个人都必须承认，这第二次袭击的成功会让凶手更加肆无忌惮，会让其在暴力之路上越走越远。尽管这次比首在其绸内衣上划了一下，并未马上造成致命伤，不过伤势还是危及审判官的生命——最低限度已导致他无法工作了。不过，秘密法庭在没有三位成员的一致同意下，是无法做出任何判决的。意即，其统治已经暂时处于瘫痪状态。除此之外，民众对三巨头统治全知全能的信念也因为这个神秘莫测的敌对力量的存在而被摧毁，从而将其成员的自信和不顾一切的干劲摧毁。

要知道，一切安全措施都已经采取，一切秘密侦破手段都已经动用了。关于新增选的这位秘密法庭成员，十人委员会的人都已经相互郑重宣誓，保证绝对保持沉默。没想到仅在几天之后，他就承受了准确的打击，如同这打击是从上帝那里发出的一样。于是人们互相投以猜忌的目光，头脑中不禁产生这样的想法：统治者内部有叛徒，这是暴君们在自相残杀，自毁统治。警察将秘密法庭的那位秘书逮捕了，因为在事件发生之前不久，他是最后一个与遇刺者谈过话的人。他遭到了严厉刑讯，承受着残酷的死亡威胁。不过，这当然毫无结果。

与此同时，不管是贵族和外国使节的随从还是旅店客栈和军械所，甚至营房和修道院内，秘密警察人数在急剧增加，他们在大量招募暗探，于是人们为此获得了巨大的收入！半个威尼斯都受到雇用，为的是将另外半个威尼斯监视起来。任何一点有助于发现凶手线索的消息均会被当局重金收买，此时赏格已经提高了三倍。

不过，这种仅针对平民百姓的办法，人们并不抱多大希望，这是因为要找的阴谋集团或许存在于贵族当中。当局做了一大堆事，其目的就是维持一种印象，证明它并不是无所事事，尽管其所作所为一点儿用处也没有。当局颁布了一系列严格的法令，比如规定旅店酒馆天黑即关门，市民不能戴面具和带任何武器外出，违者严惩。巡逻队的脚步声整夜回响在大街小巷，运河边上的岗哨时不时发出喊叫，命令驶经河上的船靠过去。没人可以获得离开威尼斯的通行证。一艘大巡逻舰停在港湾的入口处，它将所有的船只挡住，就算是共和国官员也一定要先说出口令，然后才得以被放行。

　　此类不祥的情况没多久就传遍了威尼斯之外的地区，而且像常见的那样，离得越远传得越是可怕。于是，打算回故乡来的人将行期推迟了，打算和威尼斯某家商号建立联系的人也暂时采取观望态度，等这些或许会动摇共和国基石的混乱过去再说。接着，这些情况又产生了反作用，城市变得萧条了，城里的一切都好像已经停顿。贵族们除非有急事，否则决不离开公馆，人人闭门谢客，就怕无意之间和阴谋分子发生瓜葛。没人可以确切地了解外面到底发生了什么事。

　　反之，诸多关于逮捕、刑讯、判处重刑的特别离奇的谣传，穿过紧紧关闭的大门，传到每一个提心吊胆的家庭内室里。就连那些小人物，也清楚地感到他们并不是此次遭殃的第一个，彼此心怀鬼胎幸灾乐祸地以看热闹的心态看着贵族们惶惶不可终日的样子。不过时间一长，他们也认为此种让人窒息的气氛实在令人难以忍受。至少，天一黑就必须将纸牌和酒杯丢下，否则巡逻队只要高兴就要来你家搜查隐藏的武器，就算是再心无愧之人也不得不时时担惊受怕，谨防遭人诬陷暗算。总之，这一切真是够讨厌的。

　　唯有少数人的生活、工作看上去不曾受到这压抑着心灵的烦闷影响，安德雷亚·德尔菜就是其中的一个。在出事的第二天早上，他与其他多数密探一样，马上被负责雇用他的那个秘密裁判所秘书的后继者召去，询问了他于事发当时所看到的情况。他编造了一则乘船去沙洲岛的谎话，声称去那里是为了调查渔民中的情绪。至于他所提供的奥地利公使馆和阿米黛伯爵夫人府的情报，尽管均为秘密法庭久已清楚的无关痛痒的事实，还是证明了他的确积极开始工作了。

自然，他的朋友萨姆埃勒也抓紧汇报了自己遇到的可疑场面，说他这个布拉契亚人和奥地利公使秘书之间特别亲热。安德雷亚冷静地进行解释，指出二人在利瓦的老关系，而且这种关系对完成秘密法庭交给的使命只会有好处。

这样，他在做完公证人秘书的工作后，就可以天天去看望他的德国朋友。而对于他的朋友而言，在其他任何交往均已割断的情况下，和这个严肃而阴郁的人交谈就慢慢成为一种必需。他对安德雷亚怀着无限的信赖之情，倘若说他避免谈论政治问题，那主要是由于他认为两人国籍不同，无法相互理解，却极少担心安德雷亚会利用自己的坦率。他甚至哈哈笑着告诉自己的朋友，他还收到人家的警告，让他当心他是一个秘密裁判所的奸细。没错，他每天如此光明正大地进出受到监视的外国公使馆门口，肯定会引起人家注意。

"我不是一个贵族。"安德雷亚神色自若地回答，"我不会为了这个目的寻求外交联系，十人委员会的大人们都相当清楚这件事。直到现在，我不曾受到他们的一次警告。于您，我已经产生好感，我会时不时地来烦扰您，对此我也感到痛苦，因为我太孤单了啊。甚至我那位好心的房东太太，过去还用其充满格言谚语的谈话帮我消磨一个半个钟头的时间。不过如今她再也无法跨进我的房间啦，因为她病啦，得了威尼斯的流行病，被在这座城市里四处徘徊的白色的影子给害得躺下啦。"

情况的确是这样。在发生第二次刺杀事件后，乔万娜太太全天都沉思默想、东奔西走，每当夜幕降临时，她就更加激动。直到如今她还坚信，事情就是她的奥尔索的灵魂干的。要知道想第二次逃脱那负责威尼斯安宁的数千双窥视的眼睛的注意，只有一个无形体的影子才能做到。为此，她穿上自己最好的衣服，整夜守在楼梯口，迎接自己已故的丈夫的归来。她还在神经错乱的情况下，烧了一盘自己丈夫最爱吃的菜，放在一张铺了桌布、围着三把椅子的桌子上，不管如何劝她也不愿意自己先吃一口，那种情景让人看了相当感动。她就这样守了大半宿，直到过道上的小灯已经灭掉，玛丽埃塔才将安德雷亚唤来，最后在安德雷亚的帮助下将她强拖回房间，抱到床上。接着，她就发起了高烧，尽管并无生命危险，不过也厉害得每天会有几个小时昏迷着，不省人事。

安德雷亚目睹这一切，心中充满深深的同情，病人在迷迷糊糊中讲出来的那些感人的话语，更让他特别难受。他必须得承认，这些善良的灵魂被扰乱了，自己良心上产生了深深的内疚之情。此外，他也因为玛丽埃塔哀戚的目光感到沉重的压抑，这程度竟然比那些时刻围绕在其身边的血腥的秘密有过之而无不及。

一天下午，安德雷亚怀着如此沉重的心情，走过元首府前，然后长时间地站在那条从叹息桥高高的桥拱下流过的小运河河岸上。每当他的决心发生动摇，对自己承担的法官职责的正义性产生怀疑时，他就会逃到这儿，看一看面前那些古老的围墙，想一想围墙后面一度存在的一个专制政权的万千受害者叹息过、呻吟过，从而增加对于自己使命的正义性和必要性的信念。

太阳穿过九月的河面，照得河上升起蒙蒙水雾，投下了刺目的光线。此刻，这个平时生气勃勃的码头一片死寂。仅有卫兵们踱来踱去的脚步声从元首府前的连环拱顶长廊底下传来。过往的行人因为他们那阴森森的目光而吓得忘记说笑。这时，安德雷亚清楚地听见在一艘刚驶过小广场的船上有人在呼唤自己的名字。他认出此人正是自己的朋友，奥地利公使馆的秘书。

"倘若您有时间，那么就上来和我走一段吧。"年轻人说，"我有点急事，不过还是希望和您聊一聊。"

安德雷亚上了船，罗森贝格将手伸出与他握手，态度相当亲热。

"亲爱的安德雷亚，对于在此与你相遇，我特别高兴。我极不愿意与您不辞而别，不过又不敢去看您或者派人去找您，因为这样做会引起人家注意。"

"您要走了？"安德雷亚简直是惊愕地问。

"必须得走啊。这儿，请你念念我母亲的这封信，然后告诉我，我现在是否不能再犹豫下去了。"

罗森贝格将信从口袋里掏出来递给自己的朋友。老太太在信上恳求儿子，倘若儿子还希望她能获得一时半会儿的安眠的话，他就要马上回到她身边去。从威尼斯传来的种种谣传，他在那儿所处的对他危害特别大的地位，以及他写的每三封信不知道因为什么原因，她最多只能收到一封，这些全都咬噬着她的心，使之不得安宁。医生说她儿子倘若不能马上回来看她，她就无法得到安慰，更不能恢复宁静，那么自己也无法为老太太的健康负责任了。信的字里行间洋溢着母亲对儿子的无限慈爱，而语气却流露出深深的苦闷，就算是安德雷亚读起来也为之感动。

"虽然如此，"安德雷亚一边把信递还给罗森贝格，一边说，"虽然是这样，我还是希望您不要在此时离开，尽管我知道，您的母亲时刻期待着您回家。并非因为您一走，我留在这儿就会更加形单影只，成为一个十足的活死人，而是您在当前的情况下走并不合适，人家立刻会怀疑您是因为心虚才离开的。您要求走时，没人找您麻烦吗？"

"一点儿都没有。我是公使馆的人，他们又如何会找麻烦呢？"

"那您就更要加倍小心。人家已经殷勤地将威尼斯的某几扇大门敞开，而您一旦跨出门槛，面对的就是深渊。您倘若愿意听我的话，那么就不要再这么公开露面，在临行前的最后时刻外出一定要化装。您不可预知的是，人家为阻挠您出行会采取哪些措施。"

"可我应该如何办呢？"罗森贝格问，"您知道，已经禁止戴面具了。"

"那就待在家里，就算是让共和国的权贵显要们空等一场，也不要去向他们辞行。——您什么时间动身？"

"明天一早五点。我想离开一个月，不过希望在这段时间里可以让母亲宁静下来。既然已经下定决心离开，我就与此地的暴力统治差不多达成和解了，尽管我的生活因为它而刻下了不少印记。倘若我可以将我那位美人儿的魔法圈冲破，我或许就永远将其影响摆脱了。不过您相信吗，朋友，一想到和她分手，我就全身颤抖，似乎我会承受不住呢！"

"那么最好的办法就是马上与她断绝来往。"

"您是说，临走前也不能与她见面了？您的这个要求过于不通人情了。"

安德雷亚将他的手抓住。

"我亲爱的朋友，"安德雷亚带着从来不曾流露过的温情，说，"我没有权利要求您替我哪怕做出一点点牺牲。那种最初就将我带到您身边来的由衷的敬慕之情，原本已经是极好的回报。我不敢凭着我对您的友谊，请求您做任何事情。不过一想到您刚才让我阅读了那位高贵的夫人的慈爱的话语，我必须恳求您：千万不要再去伯爵夫人家。我对她相当了解，您也必须承认，有些事的存在相比这一切更应该成为对您的警告，这是我的一个预感：您在这最后时刻倘若不将它躲开，您就会遭到不幸。答应我，千万不要去！"

他将手向罗森贝格伸去。不过罗森贝格不愿意握它。

"不要要求我将话说死。"他严肃地摇着头回答，"我仅能答应您，我会尽可能按您的话去做。不过，倘若魔鬼比我具有更加强大的能力，将我设置的全部屏障均冲垮，那么我就会为既背叛自己又背叛您而加倍地苦闷。您不知道啊，这个女人她想要做什么，就必定能做到。"

他们沉默下来，各自想着各自的心事，船在毫无生气的河道上行驶着。河水如同沼泽一样凝滞不动，直至船头冲上去才不得不退开。安德雷亚希望在里亚尔托附近登岸。他托罗森贝格向其母亲代好，不过当对方问他一个月后是否可以在威尼斯见到他时，他仅是脸色阴郁地耸了耸肩膀。他们二人长时间地握着手，等船靠岸后，又热烈地拥抱，真的不想分开。安德雷亚踏上江边的台阶后想说什么又闭上了嘴，陷入了沉思。黑船篷的圆窗后出现了小伙子那张聪明忠诚的脸，他在冲着自己的朋友频频颔首。两人无法解释，这次分别为什么让他们那么难受。

特别是安德雷亚，他已经很长时间相信自己从任何个人之间的情谊中得到了解脱，除去实现自己确定的那个可怕的目标之外，他对一切小的生活追求早已失去热情，所以私下里感到特别奇怪，为什么一想到将有数周时间在没有这个青年的情况下一个人生活，心中就那么痛苦。不过，他很快就产生了一个希望，希望在自己的事业成功之前，永远不要在威尼斯见到自己的朋友。所以他决定给罗森贝格的母亲写一封信，向她提出暗示性警告，让他不同意儿子再回到威尼斯。主意已定，他就如释重负地马上回家，以实现自己的打算。

当他回到自己那间终日不见阳光的灰色房间内，看到只有小胡同丑陋的秃壁不友好地向着铁窗内窥望。他刚坐下写信，一种不安与压抑的感觉就向他袭来。他将笔扔下，如同一头关在笼子里的野兽一样绕室狂走。他相当清楚，他良心并非这种情绪的产生之地，他也不曾担忧自己的秘密行动暴露和必然遭到的报复，这种情绪是掺杂在其灵魂所受的袭扰中的。就在当天早上，他刚刚见过秘密法庭秘书，确信那些暴君们依旧毫无办法。遇刺受伤的审判官还是生死未卜。

这种状况持续时间越长，三巨头的统治就越成问题。这座摇摇欲坠的大厦只要再遭受一次成功的打击，它就将永远变成一堆废墟。安德雷亚从不曾怀疑，迄今一直指引着他的命运会在其完成最后一举时不再施以援手。他曾对自己的使命感到惶惑。倘若说他今天在心中产生了一种大难临头的模糊不清的预感，为此感到惶惶然的话，那么也和他的事业与图谋本身无关。

天黑下来了，轻微的咳嗽声从对面斯美拉狄娜的窗内响起，这是双方商量好的约会暗号。最近一段时间，他相当冷落她，今天晚上却非常乐意与其重温旧情，一方面可以排遣自己的心事，另一方面可以打听伯爵夫人府里的新情况，从而趁机让秘密法庭的大门对他继续敞开，没准还可以帮助他钻到一位审判官身边去哩。他快步走到窗前，向对面打招呼。斯美拉狄娜冷漠地应接着他，颇有一点儿纡尊降贵的神气。

"好一位稀客。"她说，"看样子，您最近已经另觅新欢了，不想再理睬您身边的人了吧。"

安德雷亚向她保证，他对她的感情依旧。

"倘若果真如此，"她说，"我就愿意重新款待您。今天正好有一个机会，又可以安静地在一块儿聊聊。今天晚上伯爵夫人凑了一个牌局，差不多有六位年轻的先生到来。他们一般都会在午夜之后离开，我们可以一直相聚到那个时候，我已经从厨房里和食品台上为咱们弄来了足够的东西。"

"那个经常上伯爵夫人家的德国人也在邀请之列吗？"

"他？您想到什么地方去了！这个人醋劲儿特别大，倘若嗅出府里还有其他客人，他绝对不来。再说他就要离开了。就是因为这个原因，我们差一点儿被气死！"

安德雷亚长舒了口气。

"十点钟我到窗户边来，"他说，"或者我走大门？"

她想了想。

"走大门吧。"她回答，"您和门房已经是老相识了，您的房东肯定也会给您钥匙。或者，您是在小玛丽埃塔面前一直装作正人君子吧？你知道那个毫不起眼的小东西吧？我相当认真地开始吃起她的醋来。"

"玛丽埃塔？"

"她迷上您了，如果不是，我的脑袋上就没长眼睛。您瞧瞧她吧。她如今是不是像丢了魂儿一样，也不唱歌啦，从前她唱得人不得不将耳朵堵起来。我多次撞见，您不在家时，她偷偷溜进您房间，在那儿猛翻您的东西呐！"

"她在念我的书，这是我同意了的。如果说她不再唱歌，那是由于她母亲病倒了。"

"您就可着劲儿地替她打圆场吧，我可知道得清清楚楚。何时让我抓住把柄，证明她为了夺走您在背后说我坏话，那我就将她的眼睛抠掉，这个好嫉妒的巫婆儿。"

斯美拉狄娜"砰"的一声将窗户关上，而他呢，却不由得长时间地思索着她说的话。早些年，倘若自己可以引得如此可爱的少女的注意，那么他必定会为此激动万分。如今，他仅迅速转动着脑筋，想自己应该如何走一条路，才不会让这个天真无邪的灵魂的平静生活道路因为自己而出现弯曲。此刻，他想起了过去一些不曾注意的小事，它们证明斯美拉狄娜没错。就这些小事中的每一件而言，他都无须承认其意义，倘若将其联系起来，他就不得不承认了。

"我一定得离开这儿。"他自言自语地说，"不过，我在什么地方可以找到这样安全又保险的房子呢？"

在约定的时间，他到达了伯爵夫人公馆的大门前。公馆正面有相当多窗户里射出明亮的灯光，这些灯光将一块多角形的广场照亮。天空中没有月亮，夜色朦胧黯淡。秋天来得太早了，街上的人很少，但这少数人已经穿上了短大衣。安德雷亚站着等门，他由此情此景想到了那个晚上，当时另一个冈迪亚诺就是在跨进此门后，迎来了死亡。他情不自禁地打了个寒噤。直到为他打开门的使女将他的手亲热地拉住，他的手还是冷冰冰的。

在她的带领下，他走进房间，不过无论对方如何劝说，他都吃不下，也喝不进，尽管斯美拉狄娜为自己的朋友，甚至将自己主人的桌面上的最可口的东西都挑了一些出来放在一边。他均以自己有病为理由拒绝了，而她也相信了，因为他并没有拒绝与她玩纸牌，而且还输给她几个金币。同时，他又给她带来了一件礼物，因此今天这位情人虽然还是如此沉默寡言，不吃不喝，她还是认了。不过这样一来，她自己就可以尽情地吃喝，不停地说笑，并且告诉他今晚来伯爵夫人府玩牌的威尼斯公子哥儿的姓名。

"那儿的排场可不比咱们，"她说，"金币并非数过，而是一把一把地往上押。想看一看吗？反正您已经知道那道墙壁了。"

"你指的是墙壁上那道裂口？难道他们不在大舞厅里？"

"不，他们在夫人的客厅中。大舞厅仅供狂欢节期间的大活动使用。"

安德雷亚思考了一会儿。于他而言，有这样一个增加其了解威尼斯贵族成员的机会实在难得。

"带我去吧，"他说，"我就在那儿待一会儿，一定不会将你长时间撇在一边的。"

"只是当心，别迷上咱夫人，"她威胁说，"在吃醋这件事上，我可不懂得开玩笑，糟糕就糟糕在，有些人认为夫人比我更美。"

安德雷亚竭力迎合着她，二人有说有笑地走出了房间。他们在外面碰上一些穿制服的仆人，不过他们对这位使女的陪同者均毫不在意。他们托着银碗银盘匆匆而过，将通往大厅的道路空了出来。舞厅里还像上次一样不曾点灯，不过隔壁却更加快活，更加热闹。当安德雷亚再一次爬上乐队的高台，相当难受地蹲在那里开始窥视的时候，他简直无法认出隔壁那间屋子来。但见屋内明烛高照，烛光投射到一面面高大的壁镜里，镜子与镜子又千百次地交相辉映，斜射来的光被金色的镜框迎接着，再反射到天花板上。

然而，在这一切当中，妖艳的阿米黛身上的那些珠宝则是最光彩耀眼的。一条坠有锁形红宝石的金项链戴在她的脖子底下，安德雷亚清楚地记得，这是他的德国朋友从犹太人手里买的那条。宝石垂在她雪白的酥胸上，好像一块鲜红的血迹。不过她那盯着纸牌的眼睛却显得特别疲倦和无神，当其将目光从那班公子哥儿的脸上掠过的时候，很明显，他们中任何人也不曾引起她的重视。就算如此，客人们还是竭力地表达殷勤。他们忽而下注，忽而谈笑风生，就算是输了金币还兴高采烈的。一位老兄似乎已经输得精光，他坐在两面壁镜间的圈椅上，弹着曼陀铃，唱起了情意绵绵的威尼斯船歌。另一位老兄赢够了钱在休息，用金币描着地毡上的图案玩儿，金币滚跑了，他甚至懒于弯腰去捡。仆人在他们中间端着冷饮和水果来来去去，一只小哈巴狗与一只绿色的大鹦鹉在亲亲热热地谈天，大鹦鹉站在镀金的栖木上，时而说着标准的威尼斯官话，冲着下面寻欢作乐的一群打趣两句。

原本蹲在乐队高台上的偷听者已经打算离开了，因为眼前的景象让他异常难受，不过突然之间，双扇的厅门大开，一个身材魁梧的人走进来了，在场的所有人先是一怔，接着就对他表示欢迎。这是一位上了年纪的男子，不过须发雪白的头颅依旧在肩膀上挺得高高的，走路也看不出一点老态。他快速地将那班公子哥儿打量一圈，然后向着伯爵夫人微微一欠身，请她继续玩儿，不要在意他的到来。

"您这要求有些高了，马拉皮埃罗阁下，"伯爵夫人回答，"面对您在海洋和大陆上建立的赫赫战功，这些年轻人心存敬畏，因此无法当着您的面用如此罪恶的方式消磨时间。"

"您错啦，美丽的蕾奥诺拉。"老人反驳说，"我辞去了一切公职，甚至已经多年不再去议院开会的原因就是，我对年轻人的崇拜感到厌烦，希望可以和一些无拘无束的快活的人在一起。如今这年头，只要十人委员会成员甚至秘密裁判所法官在座，没人可以喝酒喝得开心！担任公职，人就老得更快了，不过我虽然满头白发，却还打算再放荡放荡，至少在端起酒杯时可以让自己恢复青春。当然了，面对着一位美人儿，我还是明显地感到自己已经老啦。"

"不过在殷勤有礼方面，"阿米黛夫人说，"您的确还可以与这些年轻的先生一决高低，尽管他们自认为，只有长着蜷曲的金发和黝黑的胡子，才具备亲吻任何漂亮女人的小嘴的权利。现在我想让人将食品搬进来，我们干一杯，以欢迎您这位稀客的到来。"

"对不起，可爱的夫人。我来此地并非为了做客。我之所以如此着急地深夜造访，仅仅是希望可以将一个消息告诉您。这条消息是今天傍晚才由专差从热那亚送到我手上的，它与令兄有关。消息都相当好，因此倘若我将您从这些高贵的先生身边暂时夺走了的话，我不担心会破坏美丽的女主人的兴致，并且相信会得到您的谅解。您能允许我与您一起进这间屋子里去吗？"他一边指着通向黑暗的大厅的房门说，一边已经挪动脚步。

安德雷亚不由得全身一震。他知道，他无法又快又安静地离开自己的位置，打算悄悄溜掉已经来不及了。就在他犹豫之间，厅门已经被打开了，他听见阿米黛夫人衣裙窸窣地走了进来。他马上趴在地板上，虽然乐台的栏杆没多高，不过还是将他完全遮住了。他听见老人跟在阿米黛后面往里走，当她问是不是让人送一盏灯来时，老人回答说不需要。

"只不过说几句话。"马拉皮埃罗转过头朝着玩牌的房间大声说，"年轻的先生们没人有时间来嫉妒我。"

厅门在他们身后关上了，两人马上在乐台下边踱来踱去。

"您是被什么风吹来了？"伯爵夫人着急地问，"难道您终于给我带来了召回格里迪的消息吗？"

"您还没履行完规定的条件呢，蕾奥诺拉。您向秘密法庭提供了哪些与维也纳有关的秘密？"

"这不能怪我呀。我已经做了一个女人能做的所有事情，已经让那个固执的德国人在网中挣扎，就如同一条困在沙滩上的鱼一样！不过关于公事，他从不吐露一个字。再说您也知道，他今天就要走了。我还因为在他身上白白浪费这么多时间而生气呢。"

"不过倘若他能病倒，就好了！"

"什么意思？"

"他要走，我们没法拦住。不过我们都清楚，倘若他真的回到维也纳，就会极大地危害咱们共和国。他请假的理由根本就是胡扯，真正的原因是他有一些甚至连对密使也不能相信的事情想回维也纳汇报。所以，所有的一切就在于，要阻止他这次旅行。"

"那就阻止呗。他走也好，留也好，跟我没任何关系。"

"您有办法，可以将他轻松地拴住，蕾奥诺拉。"

"这办法是……"

"您立刻让人给他送信，说他将发现您比过去温柔得多啦。他肯定会连夜赶到您府上，然后您再花点心思，那么就可以让他马上病倒啦。"

阿米黛夫人马上将老人的话打断：

"我已经发过誓，永远不再同意你们的这种要求。"

"我们可以将您的誓约解除，让您良心得到安宁，蕾奥诺拉。而且也不要求你采用致命的药物，这甚至应该严加禁止。"

"你们想干吗就干吗好了。"她说，"不过不要将我拉扯进去。"

"这是您的最后决定吗，夫人？"

"我已经说过了。"

"那好，那我们不得不另寻他法，让他在旅途中遭遇不测。这不但麻烦，而且招人怀疑。"

"可格里迪呢？"

"格里迪改日再说。请允许我将您送回您的朋友们那儿去。"

厅门打开后又被关上了。安德雷亚已经相当安全地站立起来。不过，他刚才听见的对话让其神经和四肢处于麻痹状态。透过板壁，他可以隐约听见那些公子哥儿放浪的笑闹声。此时此地，死亡和生存，罪行和轻浮，二者同处一室，相互依傍，他感到毛骨悚然。他吃力地爬起来，摸索着走下台阶，一只手痉挛地伸到了衣服底下，想掏出一直藏在身上的匕首。刚才他用力地咬着嘴唇，以致将嘴唇咬出血来了。

可是，他头脑仍旧足够冷静，不曾忘记再去看一看斯美拉狄娜，平静地对她讲，那一伙赌鬼看起来相当有趣。不过，他今后再也不会到那壁缝前偷看了，这一次他险些被伯爵夫人及一位上年纪的宾客发现。在他们走进黑暗的大厅时，他就从另一道门溜了出来，希望不曾被他们听见。说完这些，他将自己的钱袋里的钱全都倒了出来，然后就急急忙忙地离开斯美拉狄娜。他说，让他从窗口过去是最安全的办法，这样就不会引起伯爵夫人任何怀疑。使女不曾表示不高兴，很快就给他搭好了便桥，安德雷亚脚步沉稳地过去了，尽管这时他的心中已经做出一个重大决定。这次不只是为了其献身的事业，还为了保护一位友人，使之免遭敌人的暗算，同时也让一个游子可以平安地回到母亲怀里，并且以果断的裁决防止一次对于友好待客原则的无耻背叛。

他蹑手蹑脚走到自己房间的门口，偷听着外面昏暗的过道里的声音。

尽管房东太太的房门关着，不过还是可以听见她在迷梦中和她的奥尔索交谈的声音。他走下楼梯，极其小心地打开大门。此时，街上空无一人，长明灯在风中摇曳，其亮光根本无法照远。不过他谙熟道路，疾步穿过几条小街，跨过运河上窄窄的桥梁就到了伯爵夫人府前的小广场上。他在哪儿也找不到一只小艇，仅能猜想老人或许打算步行回家去，他察看周围的环境，选择了一个对方一定要经过的位置。一根黑色门柱远远地突出在外，在他看来这是再合适不过的埋伏地了。他将身子挤进角落，聚精会神地紧盯着伯爵夫人府的大门。

不过，他那只捏着出了鞘的匕首的手颤抖特别厉害，热血在心中汹涌，他只好做出极大的努力，才让自己勉强镇定下来。他将这次的行动当作自己神圣的义务，是一种一定要完成的崇高使命。不过现在，内心又是什么在反对他去行动呢？他顽强地抗拒着那神秘的企图诱使他离开自己岗位的声音。他的肩膀更加紧地贴在木柱上，举起左手揩了揩额角，他发现自己的额头上全是大颗大颗的冷汗。

"坚持下去！"他下意识地对自己说，"倘若老天保佑，这或许就是最后一次。"

突然，他意识到，无疑老马拉皮埃罗会让用人护送自己。他明白了，在此种情况下，要进行袭击是不可能的。他心里简直为可以找到这样的一个借口感到高兴，这样就可以没完成行动就回家去。没想到，就在他将一只脚已经伸到门角外面时，对面公馆的大门打开了，他看到，一个魁梧的身躯在灰暗的夜色中独自跨过门槛，迅速向他走来，那个人身上紧紧地裹着斗篷，白发从帽子底下清清楚楚地露了出来，石板上回响着有力的脚步声。孤独的夜行者注意一直贴着墙根走。

如今，距离隐藏着复仇者的那所房子已经很近了，他好像已经预感到面前的危险一样，把斗篷扯起来将脸遮住，左手紧紧地握着他那把挂在身边的宝剑的剑柄。他并没发现自己的敌人，从其身边走了过去，十步，二十步，对方一直让他这么向前走。眼看孤独的夜行人已经走到桥边，背后突然响起脚步声响，他猛一回头，右手同时将遮脸的斗篷放开，然后高大的身躯慢慢地倒下——他的心窝已经被一把锋利的匕首深深地刺入。

"妈妈，我可怜的妈妈！"被刺杀者凄惨地叫了两声，头往地上一沉，永远地闭上了双眼。

在这一句诀别的话后是持续了好几分钟的沉寂。死者横躺在路上，双臂张开，好像要热情地拥抱已将他抛弃的生命。他额头上的帽子滑落下来，天生的褐发从白色的假发底下露出来，于淡淡的夜色中，其年轻的脸庞如同睡着了一样。在与他相距一步远的墙边，凶手呆呆地站着，双眼直勾勾地瞪着青年一动不动的面孔，在恐怖与绝望中竭力想否认眼前这个可怕的现实，枉费心机地想说服自己，他仅仅是受了幻觉的欺骗，在这张魔鬼变出来的年轻的面孔下面，的确隐藏着刚才在阿米黛夫人家里打算设计谋害他的朋友的那个老家伙的脸。他之所以匆匆来行刺，不就是为了救这位朋友吗？他不是希望将一个游子，平安地送回自己母亲的身边吗？可是躺在地上的这个人，他又为什么在唤他可怜的妈妈呢？为什么现在他这个法官与复仇者竟如同罪犯一样站着，牙齿上下磕碰，浑身阵阵发抖，而手脚却无法动弹呢？

在其眼眶里剧烈搏动的血液退去，流回到了心房后，他这才看清插在死者胸口上的匕首。借着朦胧的夜色，他认出了自己亲手吃力地刻在手柄上的那行字："处死全体秘密法庭法官！"他下意识地念出了声，同时目光在这可怕的凶器和可怜的死者的面孔之间来回移动，竭力地想弄清楚那些字和这张脸之间存在着的无法调和的矛盾。一幕幕想象中的情景飞快地在他眼前晃过。

突然之间，他明白了这儿发生的一切，知道再也无法挽回啦。而这可怕的事情之所以成为现实，并不是鬼使神差。一切都相当自然，相当合理，连小孩子也能理解。一整天，罗森贝格都与他那位娇艳迷人的对手相距得远远的。他希望不辞而别，并且已经派人告诉了她。而她呢，根本不在乎，于是当天晚上就邀请一伙人来家玩纸牌。到了晚上，小伙子抵抗不了魔鬼强有力的诱惑，又向这条熟悉的道路走来。结果在大门口获悉，伯爵夫人另外请了客人，于是他立刻坚决地转身往回走。可是就在这一会儿的工夫，他唯一的朋友埋伏起来，最终将他的性命送掉了。

在决定命运的关键时刻，一个人常常在失去一切希望之后才突然变得心明眼亮起来，安德雷亚也正是如此，直到将一切都考虑清楚了，他的身体的麻痹状态才得以解除。他向静静睡去了的友人扑去，跪在地上，让双眼凑近他的脸。他伸手将那该死的欺骗了他的白发从朋友头上抹开，嘴里发出一阵听起来如同哮喘一样的狂笑。他想起，是他本人今天下午警告朋友，叫他千万不要公开在街上露面的。这样，他就自己替自己和自己亲爱的人设下了陷阱。随后，他将朋友的衣服撕开，摸他的胸口，看心脏是不是还在跳动。他还将嘴凑近朋友的嘴唇，看看是不是还感觉到一点儿气息。一切都静止了，冰凉了，无望了。

就在这时，伯爵夫人公馆的大门再一次打开，一个披着斗篷的身材魁梧的人跨了出来。他的白发被过道里的灯光投射着，是老马拉皮埃罗要回家去了。安德雷亚将头抬起来，更加痛切地体会到，自己的处境是多么尴尬。那个人走过来了，安德雷亚正是想保护威尼斯，保护如同失去自卫能力的羊群一样的贵族和平民，最后特别要保护自己的德国朋友免遭这个人的残害啊。他孤零零的一个人走来了，只不过戴着的是早已被自己的敌人识破了的假面具，没有任何东西可以妨碍你扑向他，而且匕首就在手边……

不过，这把匕首已经被无辜的鲜血玷污，所以不再具有任何别的区别继续存在于审判官、复仇者和那些原本应该被这把匕首处决的坏蛋之间，只有这儿的行动被盲目的偶然性的恶意播弄，那些有恃无恐的刽子手却目标明确，从不失误。

安德雷亚的脑际疯狂地掠过种种念头。他打起精神，将匕首从伤口中拔出，在年老的秘密法院法官不曾发觉之前，在夜色的掩护下，溜过运河上窄窄的桥梁，仓皇地逃回家去。他突然想起，一旦老马拉皮埃罗发现尸体，他就会感谢他这个代劳的、不相识的刺客，于是只好咬紧牙关，以免自己狂叫起来。

他艰难地走到家门前，发现大门还开着。他向上面楼梯口一望，却发现平时老寡妇专用的最高一级梯子上，站着她的女儿，她正双手撑着栏杆，远远地将身子探出来，向下张望。

"您到底回来啦！"姑娘低声说，"这么晚还上什么地方去？我听您出去了，便始终无法入睡。"

他一句话也不说，吃力地爬上楼梯，打算从姑娘身边走过去。玛丽埃塔一眼看到他根本不曾想到藏起来的匕首，捏着嗓门儿惊叫一声，恰好倒在他的脚下。他任由她躺在地上，向着自己的房间走去。他的心中再也没有空隙来容纳对旁人的极其微小的痛苦的同情。他在眼前只看见一位正殷殷期待着儿子从异乡归来的母亲，而这全怪他，结果这位母亲只能等来儿子的棺材。

　　他在房间里刚将门插上，玛丽埃塔就已经来敲门，轻声地请求他让自己进去。

　　"去睡吧。"他对姑娘说，"我与人无任何交道可打啦。明天一早你就去元首府报案，在那儿你可以领到三千金币。你可以告诉他们，阴谋集团中的一个已经不会再危害他人啦。别担心我会被活捉。晚安！"

　　玛丽埃塔固执地守在房门口。

　　"我要进去。"她说，"我知道，倘若您一个人待着，您就会自己伤害自己。您以为我看见您提着匕首回家来，就会将您出卖吗？啊，您放心，我不会将危险带给您。放我进来，请你看看我的脸，然后讲一讲您是否还认为我对您有丝毫恶意。其实我早已猜出来，他们要抓的人就是您。我在梦中经常看见您全身沾满血污。不过就算是这样，我还是不恨您。我知道，您是不幸的，倘若您要求，我连生命都可以献给您。"

　　玛丽埃塔将耳朵贴在房门上倾听，不过无人回答。她仅听见安德雷亚走到临着运河的窗口，在那儿不知做些什么。她突然之间怕得要命，于是猛力摇起门来，不断地呼唤着他，用最最动人的话语恳求他，请他千万不要寻短见——不过一切都是白费。等到房里终于彻底安静下来，被可怕的痛苦所折磨的她就用肩膀猛撞房门，打算用全身力气将门闩撞断。最终，老朽的门板被撞破了，只余框子支撑着，撞出来的一个洞恰好可以让她娇小的身躯钻过去。

房间已经空了，她找遍每个角落也不曾找到他。她奔到敞开的窗前，确信他跳运河自尽了，所以几乎失去了把头探出窗口往下面深渊里看的勇气。不过，她看见的一点东西却重新燃起了她的希望。她发现，一个结结实实的钩子被钉在窗台的底下，房子的外墙上，钩子上拴着一根长绳，长绳一直垂到水面上。只要一个人顺着绳子溜下去，脚一蹬墙壁，就一定可以轻松地跃到对面伯爵夫人公馆旁的台阶上，或者跳进一般都锁在那儿的小艇里。今晚，小艇已消失不见，可怜的姑娘睁大双眼，拼命搜索着底下黑幽幽的河道中，结果压根儿没发现逃亡者的踪迹，不过至少得到一个让她感到欣慰的信念，即安德雷亚倘若想逃命，他选的这条路是最安全的。

　　安德雷亚的意图也正是要她这样相信。他带给这个天真无邪的少女的苦闷已经太多，不愿意再给她的心灵增加沉重的负担，让她了解全部残酷的事实：他已经没救了，他无法逃脱自己对自己的审判。

　　可怜的姑娘还探身在窗外，放任痛苦的泪水不断掉进底下黑色的河流中。这时，安德雷亚划着自己的船，已经转进大运河。两岸的宫殿阴森森地耸立在夜空里。他刚驶过莫洛希尼宫，又看见了维尼耶尔的府第，冷不丁汗毛倒竖：他的一生竟好像给一个圈子圈在了眼前这个地方，开端是何等光明，结局又是何等黯淡啊！

　　小艇划过丘德卡宫，元首府宽大的门面在一弯残月映照下，在朦胧的夜空中显示其轮廓，安德雷亚脑子里飞快闪过一个念头：此地就是人家审判罪犯的所在地。不过，对于他所犯的罪，在这里无法找到审判官。这是由于，没人有权审判与自己相关的案子。再说，他还心存希望，希望由其罪孽中可以绽开其同胞的自由解放之花，希望无辜者的被杀害——公众舆论必定会将其归罪于秘密法庭——甚至没准可以完成他已开始的事业，让专制暴政恶贯满盈，尽快死亡呢。

倘若他投案自首，将暴君们对于看不见的敌人的恐惧消除，将强大的外国对于他们的谴责转移，那么就将这样的希望破坏了。

安德雷亚用力划着桨，将小艇转向沙洲岛方向，然后驶过了只亮着无数停港船只的桅灯的港湾。那艘大巡逻舰横在港湾的出口处，一周以来，倘若不能回答秘密法庭下达的口令，就连最小的船只也不会放行。安德雷亚与其他密探一样，今天一早去接受了新口令。因此，他不曾受到舰上的人的阻拦，得以回到海上。

大海特别平静。安德雷亚已经离岸好几个小时，还无须与风浪搏斗。不过正是在如此宁静温和的夜里，其内心的痛苦就更加剧烈，他不时如同疯子一样用桨猛击海水，仅仅为了可以听见另一种声音，而无须总是听见他朋友最后的话语：

"妈妈，我可怜的妈妈！"

午夜过后很长时间，安德雷亚才把小艇划到沙洲岛岸边，跳上岸，朝着一座在地岬上孤零零立着的修道院走去。这座修道院对于贫苦的渔民们来说相当熟悉。此地住着一些卡普栖派修士，他们以施主们的周济和在大陆上乞讨为生，回报给人们以精神上的安慰，并在某些危难时刻成为民众的支持者。

安德雷亚将门铃拉响，立刻听到看门人问："外面是谁？"

"一个垂死的人。"安德雷亚回答，"麻烦喊一喊彼得罗·玛利亚兄弟，倘若他在院里的话。"

看门人进去了。于是安德雷亚就在门前的一条石凳上坐了下来，将一张纸从票夹中扯出，借着看门人的小房透出来的一线灯光，写下如下几段话：

致昂杰洛·奎里尼

我曾充当审判官，最后却成了杀人凶手。我僭越了上帝保留给自己的主持公道的权利，于是上帝就让我坠入了犯罪的狂念的圈套，让我的双手沾染了无辜的鲜血。我原本打算做出的牺牲，已经遭到拒绝。时候还不曾到来，解放威尼斯的神圣使命将留给另一些人的手去完成。或者已经根本不可挽救了吧？

我就要面对上帝，面对最高的审判者。在其永恒的天平上，我的罪过，我的痛苦，都将得到公正的称量。我对世人已无所期望，只希望您，可以宽宏大度，同情我的错误以及我的不幸。

冈迪亚诺

修道院的门打开了，一位谢顶的、气宇不凡的修道士走了出来。

刚刚写完信的安德雷亚站起身。

"彼得罗·玛利亚兄弟，"他说，"感谢您出来见我。您帮我将那封信带给维洛那的流放者了吗？"

老修士点了点头。

"倘若一个不幸者最后的感谢于您还有某些意义的话，那么就请您将这张纸也稳妥地交到同一个人手里。能答应我吗？"

"我答应您。"

"那好。上帝奖赏您！再见！"

安德雷亚不再握老修士伸给他的手，随后就登上了小艇，向着海上划去。等老人匆匆念完那几行字，惊恐万状地追到岸边喊他，请求他再回去一下，他不曾做出回答。这位共和国的老公仆亲眼看着一个高贵家族的最后一个后裔乘着一叶孤舟，向晨风中开始躁动起来的茫茫大海飘去，心中感慨万千。他思索着，要想打消这个垂死者的坚强意志是否可行，是否能做到。

他还在踌躇，突然，一个黑色的身影从离得较远的小船中站起来，在灰蒙蒙的海平线的衬托下清晰可见。看样子，这位就要离开人世的安德雷亚正在最后一次眺望大陆和海洋，正在回首遥望那座隐藏在水雾中的、像云中仙岛一样缥缈的、仅露模糊轮廓的城市。接着，他纵身跳进了深不可测的大海。

看着这一结局的老修士慢慢地将双掌合起，无声地、热诚地为他祈祷。随后，老人自己也划着小船，来到海上，然而，只看到一艘空空的小艇随着波浪跳荡、颠簸——那位曾驾驶过它的不幸的男子已经消失了踪影。